AI NI,
SHI ZUI
CAN LAN
DE
YI WANG

爱你，是最灿烂的遗忘

高瑞沣作品
GAORUIFENG
WORKS

作家出版社

图书在版编目（CIP）数据

爱你，是最灿烂的遗忘 / 高瑞沣著 . -- 北京 :
作家出版社，2015.2
ISBN 978-7-5063-7798-0

Ⅰ . ①爱… Ⅱ . ①高… Ⅲ . ①长篇小说－中国－当代
Ⅳ . ① I247.5

中国版本图书馆 CIP 数据核字（2015）第 017766 号

爱你，是最灿烂的遗忘

作　　者：高瑞沣
责任编辑：兴　安　宋辰辰
出版发行：作家出版社
社　　址：北京农展馆南里 10 号　　　　**邮　　编**：100125
电话传真：86-10-65930756（出版发行部）
86-10-65004079（总编室）
86-10-65015116（邮购部）
E-mail:zuojia@zuojia.net.cn
http://www.haozuojia.com（作家在线）
印　　刷：三河市九洲财鑫印刷有限公司
成品尺寸：165×235
字　　数：190 千字
印　　张：15.75
版　　次：2015 年 2 月第 1 版
印　　次：2015 年 2 月第 1 次印刷
ISBN 978-7-5063-7798-0
定　　价：25.00 元

目录 CONTENS

我会很天真地以为，

爱你，是一件从一而终的事，

你只是你，而不是——他们。

但是，直到我走到人生接近三分之一的时候，我才发现，

原来，他们，是组成你的元素，

而那些被我摒弃的，错过的，所谓缘分的，

都只是最灿烂的遗忘，

是人生成熟，坦然之前残酷且最美好的前情提要。

CHAPTER 01

想念，不需要语言，却需要勇气

有人说，人生就像是一场旅行，逛得多了，才发现，原来好多地方都一样。也有人说，恋爱就像是一个愿望，憧憬那么多，它也仅仅只是个愿望，而已。

（一）

时至今日，他依然会经常出现在我的睡梦里，挥之不去。

他对我说过的话还萦绕在耳，他对我的温柔与残酷也依旧历历在目。

我始终记得自己曾经丝毫不顾廉耻地求他“如果你也肯爱我”，我的脸上应该还带有献媚的笑，我对他说：“我会把我最好的都拿给你，买你喜欢的那些运动衫和手表，带你去听五月天和孙燕姿的演唱会，送你最好的水果手机和PSP、XBOX游戏机，如果你愿意的话，暑假的时候我们还可以一起去旅行。”

那是七年前的事，夏天的傍晚，周健成就站在学校的羽毛球馆前，拿着他因为用力过猛而坏掉的羽毛球拍子。他满脸是汗，连身上的衣服都湿了，头发也湿了。

他看着我，用手擦了擦鼻尖上的汗，一双黑白分明的眼睛，凝视了我很久以后，把那个坏掉的球拍远远地扔了出去。他拍了拍手说：“很好，成交。那么你赶紧给我两百块，我好换个球拍。”说着，他就那么厚颜无耻地伸出手来，而我却毫不犹豫地掏出了自己的钱包。

其实我知道，他的那个美津浓的拍子在商店里的售价是一百八十八，就像我知道他背的耐克包是去年的款，他脚上的阿迪达斯的纯白色棉袜，其实是地摊上十元三双的那种，但是我什么都没有说，还是如数给了他两百。

他接过钱，看了我两眼，说："多出的十二块钱，我会拿去买烟，就不找你零了。"

我连忙点了点头，他转身就走了，直到，在走出了好远才又回过头来问："对了，我还不知道你叫什么名字？"

"夏朵。"我点点头，"盛夏的夏，花朵的朵。"

他用握着钱的手在半空中对着我轻轻划了两下，说："好的，回头我会来找你。"

于是，我就这样成为了周健成的女朋友。而我喜欢周健成，早已到了街知巷闻，不需要人人奔走相告的地步。我喜欢他，甚至喜欢到了开始喜欢一切庸俗名字的地步，呵，周健成，我通过百度和谷歌可以搜索出全世界至少有十万个周健成。但是我相信，他即使站在那十万个人里，我还是一眼就能认出他。

他有一张好看的脸，金秀贤的下巴，李敏镐的眼，头发还有点儿自然卷，眼睛却是黑亮的，不然的话，看起来会像混血儿。我曾一度追随他上学放学，只为了离他近一点儿，陪他更多一点儿。那个时候，我是何其肤浅，可以为一张好看的脸付出这么多。

现在他成为我的男朋友了，我的好朋友高新晨，在得知此事后只用一个字就总结了所有："蠢。"他如此说。

我当然也知道，但是我想，一个人喜欢另一个人，总是要付出些代价的。

你愿意为你爱的人付出多少？

如果钱能买到的话，又有什么不可以的呢？

我的父母这么努力赚钱不外乎是为了让我这个女儿，能够快乐一点儿，从这个意义上来说，我自私地想，我从来都没有辜负过他们。

但高新晨却用了他有史以来最深沉的声音告诉我："你们并不合适。"说这句话的时候，他没有看我，只是抬头望向远处，良久，他才又深深叹息道："不过他诚心骗你，你又甘愿受骗，一个愿打一个愿挨，好像，似乎也没有什么。"

我始终记得，有哪个作家写过的小说上有这么一句话：如果你的好朋友跟你说了你不爱听的话，千万不要反驳他，沉默就好。

高新晨是我最好的朋友，于是我就真的沉默不语，而为了应对我的沉默，他拂袖而去。他这是在生我的气，我知道。不过我并不打算请求他的原谅，因为从此刻起，友情对于我来说，跟爱情，根本就没有任何可以比较之处。而当时的我，又怎能知道，女人没有成熟的标志，很可能就是，恋爱大过了天。

周健成之所以要用我的钱，是因为他没有钱，而他之所以没有钱，是因为他把自己所有的钱都拿去玩自行车了。他组了一个车队，连名字也没有，但是很多人都知道。他们一有时间就聚在一起，想方设法地改造那些车子，并且探讨各种玩车的技巧和花式。

他们的车队共有四个人，原来为首的并不是周健成，而居然是个女孩。这个女孩我是认识的，她是李梦琪，我们学校公认的校花。她天生就有一张小小的脸，瓜子脸，艺人脸，也是我最忿恨的狐狸精脸，她的倾国倾城让无数外貌协会都拜倒在她的石榴裙下。她和周健成站在一起，也让我不得不联想起天生一对和郎才女貌。

他们两个人都喜欢穿纯白的T恤和磨旧了的牛仔裤，还总是喜欢在脸上，摆出一副玩世不恭，不可一世的可恶表情，目中无人。

我咬牙切齿，恨死了李梦琪的目下无尘，我也抓耳挠腮，爱死了周健成的笑容戏谑。

我知道，我这个样子很像个IE的浏览器，天资平平，土里土气，学不到上位的心机与装X，倒多了些笨拙和迟钝，却又总是逆来顺受，勤勤恳恳，就这么一直明目张胆，厚颜无耻的，卑微的，喜欢着一个并不喜欢自己的人，默默承受和等待，哪怕，最后等到的只是一次，又一次的失望和无奈……

因为我帮他们买了很多改装自行车的昂贵配件，所以放学后周健成会主动带着我一起去他们的地盘，一间小小的地下车库。而随着时间流逝，我逐渐出现得多了，经常去了，那几个人也就开始跟我熟络起来。

他们之中长得比周健成还高几公分的是林鑫，长得稍微胖一点儿且比我们高几个年级的学长是杜宇诺。

他们现在根本就不会再意外我的出现，因为第一次见面的时候，周健成就很大方地揽着我的肩膀向大家愉快地介绍："这是我女朋友夏朵，盛夏的夏，花朵的朵。"

林鑫和杜宇诺都抬头冲我暧昧不明地笑笑，李梦琪则淡淡地凝视了我一会儿，接着别开了目光，继续调整她那辆粉色自行车的龙头。

那一整个夏天我都跟他们混在一起，看着他们聊天、玩车、吸烟与各种没有任何目的的吵架。我总是坐在角落里静静地看着他们，在他们需要的时候，更多的是在周健成需要的时候，屁颠屁颠地跟在后面买单。

既然接受了我的存在，那么就不得不跟我有所交谈，于是李梦琪会貌似很关心地问："你一个女孩子，这么不回家你爸妈不介意吗？"

"我骗他们说我在上辅导班。"我冲她友好地笑笑，"那么你呢？"

其实，此时我心里很想说的是，你怎么就能那么恬不知耻地把自己择得如此干净？就像你不是女的一样。不是女的你干吗还戴着胸罩，并且还比我大了整整一个号，是我羡慕嫉妒恨，苍天无眼的D罩。

在我悄悄翻了一个大大的白眼之后，李梦琪还没有说话，杜宇诺却回答了我的问题，他咧嘴笑笑，道："他们才不会管我们。"

天气真的很炎热，所以周健成在很快参照气弹簧设定表，正确设置下陷长度，搞定他的FOX避震弹簧以后拉着我出来吃冰，他照列揽住我的肩膀，大大咧咧的，带着一股随意。我们站在路边的小卖部前，路过的女孩子们都忍不住抬头看他。他长得真高啊，我觉得他简直像一棵挺拔的白杨树。他一只手插在牛仔裤的口袋里，另一只手拿着可爱多像小孩一样吮舔着，他的嘴唇粉红粉红的，他的喉头在阳光下轻轻蠕动。

他吃完后，抹干净嘴巴有些劝慰地对我说："你不用每天跟着我们的，如果你觉得无聊可以去别处玩，等我闲下来的时候就去找你。"

"你真的会来找我吗？"我抬头认真地看着他。

他便点点头答应我："真的。"

"可是我并不觉得无聊，"我说，"我也挺喜欢看你们摆弄那些车子的。"

于是他就笑了，伸出手来揉了揉我的脑袋。那是个温和的动作，让我心底里无端地升起了一股暖意。我知道他只是用不那么直接的办法支开我，于是我点点头说："好吧，那我不打扰你们了，有用钱的时候，你再找我。"

我走了，努力忍着没有回头，尽管，我尽量走得很慢，所以隔了一会儿，他就在后面几十米的地方又叫住我道："喂！其实你不用……"

我回头，似乎能看到他的眼神里充满了歉意，我不喜欢这样的他，我觉得这是我在逼他，我是在乞讨一种情感上的怜悯。于是我没有等他把话说完就赶紧掉头走了，我走得很快，整个人都几乎小跑起来，其实我也大概明白他想说什么，可是，我却不想听。

我很难过，因为我是这样微茫的存在，但还要那么故作坚强，害怕他说出来的，吐出来的每一个字符，都折射出我那丝丝的憧憬和不甘的忧伤。

（二）

那个暑假我几乎花光了自己所有的积蓄，万般无奈，走投无路的情况下，我只好急跳脚地去找高新晨借。彼时，高新晨刚刚在激烈的校际篮球赛中打篮球受了伤，吊着雪白的绷带躺在床上，鄙夷地看着我，但他终于还是抬了抬下巴："书桌下面第二个抽屉，对，就是那个，在浅蓝色的袋子里。"

里面有张银行卡，我就拿了出来，高新晨懒洋洋地说："拿去用吧，记得还我就成。"

然后他又摇头又叹气，像个小老头："唉，你啊。"

苍天有眼，在我狂刷了好几笔高新晨的银行卡以后，终于苦尽甘来，我幸灾乐祸地看到周健成和李梦琪有了矛盾，他们在地下车库互相板着脸，在学校争执，在大庭广众下吵架，肆无忌惮，声音很大，一点儿也不怕别人听见。我看到他们面红耳赤，看到李梦琪扭头就走，而周健成伸手去抓住她的胳膊，她就甩手给了他一个巴掌，那么地干脆利落，那么地响亮。在场所有人都愣了，也唯有我一口气跑到他们中间，就像一个女烈士般毅然决然地挡在周健成的前面，冲李梦琪嚷嚷："我不许你打他！"

她眯起眼睛看着我，眼神里满满的都是不屑，她叉着腰刚向前走了一步，杜宇诺和林鑫就赶紧跑过来拉住她，劝她："算了算了。"

李梦琪就冷冷地注视着我说："夏朵你听好，我跟周健成的事情跟你一点儿关系都没有！你跟他爱怎样就怎样，那是你的事，但是我跟他之间的事，还轮不到你来插手！"

她一点儿都不隐瞒她对我的鄙视，那么明确，又那么坦荡。说完这句话她就走了，连转身的背影都那么潇洒。那个时候我真心觉得，长得漂亮的女孩子其实有时候还是比较吃亏的，因为女人都很善于嫉妒，也因为这份嫉妒，我更加讨厌她，讨厌她到了极致和非常！我恨不得她出门就被一群民工强奸致死！

哦！我觉得我真的太恶毒了，但我也只是这么想想而已，因为，连我自己都被自己这样的想法吓了一跳。我看到她走，然后周健成也走了，他转身朝了另外一个方向。

我追上去叫他的名字，他背对着我挥了挥手。

我明白他的意思，他是想一个人静一静，我这么喜欢他又怎么会不了解他呢？

于是我蹲在原地，抱住自己头，我不敢哭，只能狠狠地呼气和吸气。

最后还是杜宇诺上来拉了拉我，他像什么都没有发生过一样对我笑笑："我们去吃点儿好吃的吧，好不好？"

我点点头，看了看站在他旁边的林鑫，也是一副什么事情都没有发生过的样子。我知道，我们待在一起时间久了，大家自然而然地都有了一点儿感情。无论这种感情是多么的流于表面，为了周健成，我还是不愿意去破坏。

我们三个人一起去了学校附近的小吃店里吃麻辣烫，这种不卫生的东西家里的大人是从来都不让我吃的，原本我也没什么兴趣，可是真正吃起来，居然觉得是出奇的美味。尽管，为了显示卫生，在吃它的不锈钢盘子上还套着薄薄的一次性白色塑料袋。

杜宇诺边给我夹金针菇和土豆片边说："你不要怪李梦琪，她的性格就是这样，急躁了一些。其实，她人还是很不错的。"

"李梦琪跟周健成认识好多年了，他们俩从小就是这样打打闹闹，你别放在心上，不过，"就连一贯喜欢沉默的林鑫也开了口，但说到这儿的时候，他突然顿了顿，抿了抿嘴唇后还是说了，"他们对彼此都挺好的，很好很好。"

杜宇诺就又说："这李梦琪也是习惯了跟周健成生气，谁叫她妈妈……"

他话还没说完，林鑫就连忙用胳膊碰了碰他，很明显，有些事情他们不想让我知道，不过他们不说，我也就不问，我埋头吃金针菇和土豆片，并且假装对此一点儿都不好奇。

吃完了麻辣烫，我站起来擦擦嘴说："各回各家，各找各妈。"

两个大男生居然都要送我。

我没有拒绝，心中还有点儿小小的沾沾自喜。

走在他们两人中间，现在回想起来我记得，那条回家的路好像突然变得很长很长，夕阳的余晖照着他们两个人，在地上投下氤氲的影子。

我看着我们三个的影子，那个时候在想，人的际遇有时候真是一件很奇妙的事，谁又能想到有一天我跟林鑫和杜宇诺，会这样，貌似亲密无间地走在一起？

那天晚上，我躲在被窝里用浅蓝色的 iPod nano 听梁静茹的歌，听《勇气》和《可惜不是你》，听《爱你不是两三天》和《分手快乐》。我觉得她的歌里有一种很神奇的力量，是温暖的，也是坚强的，但更是悲伤的，而那些歌词就引导我的脑海里不断浮现出周健成的脸，让我那么异常地，想念他。

那些林鑫和杜宇诺欲言又止，而最终没有告诉我的事，我仅仅花了三天的时间就已经完完本本地打听了出来，他们也太低估了我的聪明伶俐，美貌与智慧并重了好不好？

况且，天下没有不透风的墙，没有任何事是可以隐瞒得了的！

周健成和李梦琪，用书本上的话来讲，可以算得上是青梅竹马，他们一起出生，一起长大，两家人是多年的邻居，平时虽然也不乏矛盾，但基本上还算是相处融洽。

然后突然有一天，李梦琪的母亲跟周健成的父亲私奔了。他们丢下了两个年幼的孩子和两个不知所措的大人，还带走了家里所有值钱的东西。听到这里的时候，我也相当气愤，愿这两个无耻下流的狗男女没有好报！天打雷劈外加不得好死！

据说谁也不知道这件事密谋了多久，也不知道走的时候他们在想些什么，总之，就是在一个再平静不过的下午，李梦琪的父亲和周健成的母亲分别看到了两封信，再接着他们就开始争吵，一个指责是对方看不住男人，另一个则说是你的老婆天生下贱。而最后的结果就是，李梦琪和周健成被迫分开，他们都搬了家，从此再也不能光明正大地见面。

但他们还是想办法走到了一起，填写了同一所中学的志愿单，两个人都发了狠地读书，就这样，终于以格格不入的形象出现在了本市最牛 X 的一所重点中学里。

（三）

在那次大庭广众下的争吵之后，李梦琪有好几天没出现在学校里，林鑫跟杜宇诺去她家里找，才发现她连家也没有回。一伙人开始拼命找，却始终找不到，终于都累了，一起躲在地下车库里闷闷不乐地喝啤酒。周健成坐在角落里，始终垂着头，一句话也不肯说。到最后，林鑫和杜宇诺都不得不走了，只剩下我一个人坐在一旁陪着他，地下车库里只有我们两个人，他抬头朝我招了招手，说："过来。"

"你想要干吗？"这种孤男寡女独处一室的情况，让我突然有些害怕，我交叉双手护住自己的胸口，我知道，作为女生一定要学会保护自己，不能不顾一切，没脸没皮，即使是面对自己喜欢的人。

他明显有些暴躁，晃了晃头，嚷道："你到底过不过来？"

"你到底想要干吗？"我反而退了一步，靠到了雪白的墙壁。

他睁大眼睛问："我还能吃了你？"

我就连忙答道："人肉是酸的，不好吃的。"

他有些想笑，但还是忍住了，拍了拍身边的软垫子，说："我就想跟你聊两句。"

"只是聊聊天？"我向他确认。

"只是聊聊天。"他不耐烦地点点头。

“好吧！”我便顺从地走到他身旁坐下来，当然，依然用双手护住自己。他揽着我的肩膀，我僵硬的肢体在他温和的话语里慢慢开始放松，脸颊感觉到他呼出的热气，我听到他在我旁边轻轻地说：“你不用对我这么好，我不值得。”

“我愿意。”我说，“我喜欢你，所以无论为你做什么我都觉得值得。”当然，除了那些不应该在这个年龄段发生的事，我心里默默地想。

他便咧开嘴笑了一下，揉揉我的脑袋道：“真傻。”

“那你有喜欢我一点点了吗？”我抬起头问。

他点点头，我就高兴了起来。

我知道，想要周健成也高兴起来，那就是找到李梦琪，而我也知道，到了这种时候我也就只能拜托高新晨了。他有他自己的圈子，也不知道平时都忙些什么，但他总能有办法解决一切问题。我找到他的时候他居然带着伤在操场上打篮球，手臂上的石膏和绷带还没有拆，他用另外一只没有受伤的手，单手抓住篮球。我刚说完他就用脚踢我，狠狠地说：“你还能傻到什么程度啊？他们吵架跟你有什么关系？”

“我不知道，”我使劲咬了咬唇，“我只是想帮他，你帮我找找李梦琪好不好？”

“你个白痴！”他生气地将篮球砸向篮筐，接着头也不回地走了。

看着他远去的背影，我并不着急，因为，我觉得高新晨一定会帮我，在当时，说实在的，我真的不知道为什么，自己可以有这样的自信。很快，我就发现我的直觉真的很正确，过了有两三天的样子，高新晨主动出现在我面前，给我带来了李梦琪的消息，他说：“她人现在不太好……过一阵子我再告诉你她在哪里，不过你可以转告你那位男朋友，让他放心，他的青梅竹马一点儿事也没有，只是不太开心罢了。”

那个时候我们就站在学校门口讲话，所有路过的人都抬头打量高新晨。我得承认，在这样一所学校里高新晨显得太过出众了，他还只是个初中生，居然就有了一辆摩托车，品牌还是哈雷的，那时候的我虽然不是特别懂，但也依稀知道这个车很贵很贵，我想，它的价格，肯定超过了我表姐开的宝马三系。

从某种角度来说高新晨也是一个特别好看的人，白皙的脸，大眼睛，长长浓密但却并不卷翘的睫毛，是很多女孩子都喜欢的那种长相。我口中常说的娇生惯养，小白脸的长相。而他说完了他该说的话就走了，此时，跟我要好的几个女生都跑过来打听："那个人是谁？你的新男朋友？"

我只是摇头走开，去找周健成。

我从来都没有跟人说过，我跟高新晨也像是李梦琪跟周健成那样，因为父母之间的纷争而被迫分开，当然，我们两家的矛盾主要来源于经济。多年前他父亲还在我父亲的公司打工，据我父亲说，他并没有薄待高新晨的父亲，还给了他股份，但没想到的是他居然卖掉了这些股份并且重起炉灶，成为了我父亲的竞争对手。他们在同一个行业里为了利益不止一次地争得死去活来，直到现在见了面也不肯跟对方打招呼。

谁叫我们两家都有那么几个臭钱，又有几分小暴发户的傲娇，所以，就算我和高新晨都努力学习，也不可能考到同一所学校，他们才不会在意我们是不是都上了重点中学，反正，这个城市里有的是学校，我们必定不能在同一所学校，哪怕不是同一个班级。

李梦琪再次出现在学校里的时候，这个学期都已经快要结束了。因为翘课，她被给予了一个很大的警告处分，然后，照例的，学校操场的布告栏里出现了一张白色的通知单，然后被一大群下课的同学围观。

我站在人群里，踮着脚想要更加靠近，想要看清楚那上面写的字，我并不是幸灾乐祸，我只是想了解，这个处分到底严重到什么程度，会不会影响到李梦琪的升学和中考。我努力向前，在双手撑住布告栏的不锈钢钢板的时候，忽然一只手从我背后伸出来，毫不犹豫地扯下了那张纸。我回过头一看，李梦琪面无表情地从人群中走出来，将手里的纸揉碎，丢进了一边的垃圾桶里。

她瘦了一些，也剪短了头发，显得更精致伶俐。我还注意到她手腕上戴着一块新手表，是施华洛世奇的，镶满了人造水晶，在阳光下闪耀着细碎的光芒，有些晃花了我的眼。

除了形象上有所变化，李梦琪这次回来连行为也变了很多，她居然再也没有出现在我们的地下车库里，而为数不多的车队成员虽然嘴上什么都不说，但我却能感觉到气氛一天比一天压抑，尽管大家每天还是一放学就跑来这里，但除了例行的保养自行车外，剩下的大部分时间都是坐在那里无所事事。

等到租期快要到期的时候，我像往常一样拿钱给周健成，他却低着头对我说：“不用了，不续租了。”

我问他：“为什么？”

“车队解散了。”他轻描淡写地晃了晃手指。

连林鑫和杜宇诺都怔了一下，而他却像什么都没有说过似的走了出去，剩下我们三个人大眼瞪小眼。好久之后杜宇诺才追了出去，而林鑫却留了下来，他开始收拾车库里零散的东西和杂物，我想动手帮他，他却拦住我说："没什么事的话你就回家吧，这里交给我就好了。"我没有说话，站在原地半天，看着他把一件件东西收拾整齐，终于还是点点头，拿起书包，朝外走，回家。

"夏朵，我好像从来没有对你说过谢谢。"这是我的脚刚刚踏出房门口的时候，林鑫背对着我说的话。我转过身的时候，他也回过了头，他冲我笑笑，露出整齐洁白的牙齿，他的表情很诚恳，他很认真地对我说："谢谢你，谢谢你这些日子对我们的资助，我知道，这不是因为我，但我依然心怀感激。"

谁也说不清周健成为什么突然就解散了车队，而我跟他又是什么时候分的手。

大部分时候我们都知道一段故事如何开始，却从来没有去想象过它应该怎样结束。因为很多时候，结束不会像高新晨打的篮球比赛那样，响起哨声。它没有任何的预知和信号，也没有具体的行为，就那么淡淡的，像一个人越过你，还越走越快，越走越远一样，渐渐的，你再也看不到，就那么不见了。

学校就那么大一点儿，但我和周健成竟然也可以很久都见不到一次。

暑假来临的时候我在学校门口看到他，他正在跟杜宇诺说话，我在原地犹豫了一阵，但还是朝他走了过去。他回头看到我，礼貌地对我笑笑，问："暑假有什么计划？"

"暂时没有。"我也笑笑。

他伸手，揉乱了我的头发，说道："有空我叫你出来玩。"

我说："好的。"

然后，我们就这样告了别，由始至终，我都没有跟他旁边的杜宇诺说一句话。

我转身回家，走了好久以后才忽然想起来，暑假之后我们就都毕业了，他怎么可能会来找我玩？

想到这里，我立即掉头，朝刚才周健成出现的地方跑去。

夏日的艳阳就像一个炙热的火球，烤得人身体发烫，令人思维恍惚。我穿过街上层层叠叠的人群与自己的那一整个年少恋慕的时光，去用力狂奔，只为了再看他一眼，一眼就好。

但我终究还是没有再见到他，他方才站过的位置什么都没有。

我抬头，发现这一天没有风，也没有云，天空碧蓝如洗。我收拾起自己的全部失望回家，然后趴在床上狠狠咬住自己的手指头，默默流泪。

（四）

初中毕业以后，周健成去了哪里，我不知道，我后来只是了解到杜宇诺考上城东的那所重点大学，而我和林鑫升上了本校的高中部，并且还成为了同班同学。然后更让我意外的是李梦琪，她居然也留了下来。她可是曾经被学校严厉处分过的。所以直到她和高新晨手拉着手出现在我面前的时候，我才想通了整件事。

一个女孩想要得到她无法得到的，想要争取到一些原不该有的东西，那么唯一可行的方法就是找一个靠山，找一个土豪做朋友。

很显然，李梦琪找到了，而这个人，就是高新晨。

他们俩是什么时候混到一起的我不知道，高新晨没有跟我提过，我也就没有问他。但如果他们手拉手在我面前出现，我就会装作不认识他们，把他们全当作空气，侧身从他们身边走过。

那时候我已经是一名高中生了，没有特别的努力，成绩并不算好，却也不算太坏，一直都在班上的前二十名左右晃悠。爸爸本来想安排我出国留学，但是我却不肯离开，我只想待在国内，因为只有待在国内，也许还有机会再见到周健成。

我已经很久很久没有见到他了，从初中毕业至今，一眨眼，两年，时间居然可以在我的浑浑噩噩里，溜得那么快。这其中，杜宇诺来探望过我一次，给我带来了一些钱，这些钱是他们卖掉那些自行车的，他说周健成说："大家都长大了，这些车子留在那里也没有用，还不如卖掉，换点儿钱。"他说，周健成也说了，这些钱不足以偿还我替他花出的那些，他说，他以后肯定会还我的。

听了杜宇诺的转达，我突然有些高兴，我在想周健成既然说要还我钱，那么他肯定并且一定会再出现在我面前，我发现我是那么地开心和愉悦，因为我知道，在将来的某一天，某个时候，等到他准备要还我钱的时候，我还能再见到他。

我问杜宇诺："周健成究竟去了哪里？"

他把装钱的信封搁在我的手心上说："他母亲也不知道他去哪里了，到处都找不到。"

我默然，因为我知道，他没有撒谎。

我很心痛地想，一个人想要消失，竟然可以这么容易。所有的青春年少，都像砂砾一样飘在空中，一眨眼就不见了。长大以后我才渐渐明白，人生不过是一场漂浮游戏，我们在空中跌跌撞撞，偶尔碰到，待一会儿，接着就擦肩而过，也许就这么，再也见不到。

我们甚至连再见都没有说过。不是说好的，你会来找我玩的吗？不是说好的，你已经喜欢我一点点儿了吗？那么现在，你在哪里呢？

称得上重点高中，除了超高的升学率、豪华的硬件设施以外，保送名牌大学的名额也成为必须显摆的优势之一，但再怎么牛掰，名额也肯定是有限的，就算是本市首屈一指的我们学校，也仅有一个名额。

林鑫为此而努力了很久，我天天都能目睹到他的勤奋和努力，甚至都熬白了些微的头发，而那时他才只有十六岁。我本以为年年全年级第一的成绩，优秀学生干部，拿过绘画金奖，得过奥数优胜，小说变成了无数的铅字发表在杂志上，这些构成了他必须获得这个名额的理由。

但是我发现我错了，学校用红榜公布那个人是李梦琪，并且理由是她那份无比光荣的举动，为学校捐献修建了一个多功能图书馆。我知道，这要好多好多的钱。当然，我也知道，钱是高新晨替她出的，他为她还卖掉了他的哈雷，而自此，她算是成功了，我明白。

红榜就贴在曾经贴过她处分通知的布告栏里，这次，李梦琪没有伸手把它揭下来，而我也同样参与了围观，静默地待在周围，我只是想从那些人群中发现周健成的脸。我以为她有这么天大的好事，他一定会来的。但直到人群散完了，放学很久了以后，他都没有出现，连一个似曾相识的背影都没有留给我。

后来，我去买了一大包我最爱吃的喜之郎果冻给林鑫，我想安慰他却不知道应该跟他说些什么，而他却是一副根本不在意的样子。他笑笑自信地说："不保送，我也同样能够考上。"最后反倒是他来劝我，他说："何必呢？周健成虽然是很好的人，但你也该明白……你们并不合适。"那个时候我相信他已经真心实意地当我是朋友，因为也只有真朋友，才敢掏心挖肺地说这种话。

我点点头说："我知道，我知道，我只是……"

只是不甘心？还是放不下？是越得不到就越想得到？

我不懂，我只知道我想念周健成，那么地想。

再后来的某一天，李梦琪就跟高新晨分手了，这好像也是意料之中的事情，反正我的直觉就是这样。她借高新晨得到了她想要的，他也知道她是利用他，而他心甘情愿地帮助她，不外乎就是因为爱。因为没有男人会拒绝一个女人无与伦比的美貌以及玲珑有致的年轻身体，这些李梦琪都有，当然，只喜欢男人的男人不算。我就是这么想的。

失恋之后的高新晨让我陪他，他在酒店开了一间房，起先我并不敢去，我怕他饥不择食，哦，不对，应该是兽性大发。我想，我应该还是有那么一点点吸引力的，当然，绝对不只是一点点，我甚至很想买一条内裤给他，因为我听说万能的淘宝有一种男士铁内裤，可以设定密码，三次不对就自动爆炸。

纠结了半天，最后我还是去了，尽管，我没有买到那种内裤让他穿上以后，我再进门。

我觉得我应该为了我们青梅竹马的友谊而天不怕地不怕，最坏的结果我也想到了，大不了我给高新晨生个娃，而他的基因也还算不错，论起他的容貌，我想我也并不吃亏。这么想想，我竟然还有了些期待！想到这里我就忍不住煽了自己一个耳光，我发现有时候，我真的有些受不了自己这么地开放！

到那儿之后，他请我喝酒，我们蜷缩在沙发上一人一只杯子，我略咂了几口，便举起手中的水晶玻璃杯对着灯光，让冰块在兑了软饮的洋酒里晃荡过来、晃荡过去。而他就一杯接着一杯地喝。

窗外淅淅沥沥地下着小雨，我听到高新晨漫不经心地说："我第一次见到李梦琪的时候她就在喝莫尼托，一杯一杯地喝，那种很便宜的加了很多薄荷叶的酒你知道吗？我当时很困惑一个人的哀伤怎么可以这么廉价呢？几百块甚至几十块就打发掉了。可是她的酒量却那么好……"

我不理他，他就继续那样絮絮叨叨着。他说："我看到李梦琪那样，突然就产生了一种怜悯，哦，不对，其实是有种同病相怜的感觉，我也不知道为什么，就突然很想去帮帮她……"

"然后帮她，就把她帮成了你的女朋友？你还真是热心公益呢！那我看新闻里的失足少女有那么多，你怎么不去都帮呢？"听着他的话，我白了他一眼，喝了一大口酒。虽然我也觉得他说的这些话有些奇怪，但却没有去深究，我想，失恋都是这样，讲些似是而非的胡话，装装文艺，讲一讲他们曾经发生过的往事，细枝末节建筑起的爱情假象。这世界从来都是如此残忍和势利，公主不外是由金钱堆砌起来的，仙德瑞拉假设不是有那么一套极品装备或是长得很美，王子又怎会跟她跳舞？我明白，这些我都明白。

其实他们都觉得富家女是不懂事的，但怎么会呢？站得高，明明看得更清楚才对。很多时候那些人装傻，是因为有些人不值得他们拿出自己最聪明机灵的一面。而另外有一些人，在他面前你有再多的聪明伶俐和先知先觉也拿不出来，因为你一见到他，就开始口干舌燥、肢体麻木，脑袋里全是浆糊。

就好比我遇到周健成。

那个夜晚高新晨喝了很多，喝到把他带到酒店的酒都喝光，然后他醉醺醺地拉着我起来，出门去超市买酒。我们在就近的 24 小时便利店只买到两瓶啤酒，因为我们出来得急都没有带钱包，而我外套里的零钱，只够买两瓶高瓶装的易拉罐的嘉士伯。

高新晨居然让我作为一位女士帮他付了钱，并且，还让我帮他拿着啤酒，他真的有够厚颜无耻的，我咬牙切齿地想。

偌大的城市，雨停了没多久而地面上居然已经都干了，炙热的柏油马路上永远的车来车往。我和高新晨一前一后走着，我身上穿着短裤背心，他也是；我踩着夹角拖鞋，他也是；我提着两罐啤酒，在过马路的时候，他就很自然地接了过去。然后红灯转绿灯，我还没有反应过来，高新晨就干脆拉住了我的手。而就是在这个时候，我突然看到了一个熟悉的背影，就在对面的街口。

他低垂着头，穿着一件简单的白色 T 恤，旧旧的牛仔裤，动作有些笨拙地往我们的反方向走。他身边依偎着的人，我一眼就认出来了，那是李梦琪。情敌见面，自然是分外眼红的，而我只怔了一秒就尖叫了起来："周健成！周健成！"

我看到他在原地定了一会儿，然后和李梦琪加快了步伐继续向前。我挣脱高新晨的手就追了过去，他们走得飞快。我在后面大步地追着，一不小心跌倒了，膝盖流出血来，再抬头，他们的影子已经消失在了出租车里。

我知道那就是周健成，一定是他。当你喜欢一个人的时候，他连背影都会跟别人不一样，就像是会发光一样，你一看，就知道那个是他。

可是他终究还是离我远去了，我跌跌撞撞地跑回高新晨身边，他一直都在原地等我，然后看到我受了伤，就丢下啤酒，把我背起来去医院包扎膝盖。

护士涂药水的时候，我觉得一点儿都不疼，但我还是忍不住捂住眼睛，眼泪就从指缝中一颗颗掉了下来。护士很温柔地安慰我说："不怕不怕，一会儿就好了。"我觉得她的声音就像棉花糖一样，那么甜，又是那么绵软。

我们总是期待生活中能够有一些温柔，可是到头来的那些温柔，却都是陌生人给你的。那么多的求而不得，那么多的失望，也不知道我们该怎样做才能更好？

（五）

我知道周健成在故意躲我，就算在他的问题上常常会变成白痴的我，也知道。于是在高中毕业的这一年，我终于决定放弃他。

高考我考得一般般，但是家里为我花了很多钱，于是，我居然可以跟全年级第一、全市第三的林鑫上同一所大学，只是不同专业而已。我们的大学在另外一座城市，是全国的政治、经济、文化中心，比我从小生活的这座省会城市要更大，更繁荣。

而高新晨却放弃了上大学，他已经开始去他们的家族企业里工作。但他父亲也并不允许他太放纵，让他从基层做起，月薪才3000块，可是他却开了一辆保时捷去上班。另外，他还专门向我提了些要求。他说，让我在大学里帮他物色一些好的苗子，等他们毕业，可以介绍到他的公司上班，他说，虽然他没有读大学，但他却可以让他的手下都是大学生，至少本科以上，非名牌大学还不要。虽然他那天说得很潇洒，但过了几天当我该离开的时候，他却以行动表现出了对我的难舍难分。

我出发去报道的那一天他还特意请假来为我送行，他一脸苦涩地说："我还以为等我们都长大了，有了自由，家长无法管束的时候，我们就可以在一起了。但没想到挨了那么多年，你终于还是要离我而去，尽管只去四年，但我也会觉得很难过。"

他问我："为什么呢？为什么就不能选一个本市的大学？"

为什么呢？其实我也曾这样问过自己，我想，应该是因为我不想自己未来的另一半是一个太复杂的人吧，我的脑袋本就没有他那么聪明，还经常性地转不过弯来，自然也就跟不上他高新晨的步伐。

高新晨从来都是一个聪明的人，所以他可以玩转一切，还玩得那么好。比如他十几岁的时候就已经明白钱能做什么，不能做什么；比如他喜欢一个女孩子，而那个女孩子喜欢别的人的话，他就可以想办法令那个男孩子离开……

每个人都有自己中意的东西，那个东西，有的时候花一点儿小钱就能买来，他不缺那样的钱，所以可以毫不在乎。何况，他真的很想试探试探我，看看，如果他和另外一个女生在一起，我会不会吃醋，会不会生气。

他就是在这种心态下跟周健成做了一笔交易，如果周健成愿意离开我，他就可以照顾李梦琪，让她得到她想要的一切。而那个时候周健成喜欢李梦琪，这是人人都知道的。

周健成当然愿意为了李梦琪而放弃我，他根本就不需要做过多的考虑，因为我对于他无足轻重，根本就不值一提。然后李梦琪跟高新晨装作在一起，明面上是在一起，其实私底下只是她接受他照顾那么几年，在功成名就后，她正式脱离了高新晨，最后回转头光明正大地重新跟周健成在一起。

那么我呢？他们之中没有任何人在乎过我的感受。

高新晨看着我嗫嚅着说："我以为这样……这样你就会忘记他，会发现我在你身边，会退而求其次……"

但是爱情要怎样退而求其次呢？

假使我喜欢一条漂亮的裙子买不到，我可以买一个相仿的；但假使我喜欢一个人而得不到，我难道找另外一个人就能解脱吗？他怎么可以这么蠢？怎么可以以为，一个人的感情是他随意摆布一下就能够得到的呢？

此时，我只能看着他微微苦笑。

后来，也就是遇到周健成和李梦琪的第二天，我在我的QQ邮箱里发现了两封信。一封是周健成发来的，他跟我解释了这一切。另一封是李梦琪发来的，她说："你不要怪我们，我们跟你们终究是不一样的。对我而言所喜欢的人就是一切，但对你来说，生命中缺了一样也是可以很圆满的。你瞧你有钱，有好的父母，你也很漂亮，根本不乏追求者，你还有更辉煌的未来……"虽然表面上的一切她都表现得自己多么问心无愧，但她最后还是道了歉，她说："对不起，我并不讨厌你，可是我身边只有周健成一个人，失去了他，我就什么都没有了，所以我不能把他让给你。"

看到这些字闪烁在电脑屏幕上的时候，我居然没有哭，只是心中很难过，但这份难过却不是为自己，而是为他们。我忽然觉得如果这样他们就会幸福的话，那么即使我痛苦也是值得的。我决定离开，给自己找一个新的起点，而将来随便怎样都好，只要他们快乐，就好。这便是我能够给周健成的，我最好的一种喜欢了，我想。

（六）

没有熬过夜的人一定不知道熬夜后的那种感觉，除了身心的疲惫，其实还会有一种感官因为疲劳到底限，而瞬生的，一种回光返照似的彻底清醒，这对于我，也许是一种最难得的体味。所以，我会经常熬更守夜等到晨曦的到来，在天边微露出鱼肚白的时候，喝完一整杯温热的牛奶，然后把一整夜看过的动漫或者电影作为美梦的佐料，在所有人即将苏醒的时候安然入眠。

这是我在这个城市，大学生活开始以来越来越喜欢的一种作息方式，我知道这样并不好，容易老，但是还是忍不住经常这样，也许是，在这以前的十几年，我都没有这么恣意地使用自己的时间，所以除了必听的专业课和不敢逃的班主任的课，以及那些会无耻点名的老师的课以外，我贪婪地享受着这种日夜颠倒的随意。

我没有和别的同学一样住进寝室，而是让家里给我在学校旁边买了一套小小的一居室，房间完全按照我的意愿装修，到处都有软软的垫子和沙发，明明亮亮的落地窗和有着淡蓝色海豚花纹的墙壁。我会拉紧卧室的窗帘，让逐渐灿烂的阳光透过棉布的质地，温润地洒满整个房间。然后在这种幽明幽暗的光线里，我会在软软的大床上伸个大大的懒腰，随意扭动肢体舒展酸软的筋骨，随后闭眼，静静安睡。我还是会常常想起周健成，只是频率逐渐减少。我在百度搜索里看到，有人说我这样的情况是一个好的现象，他说遗忘是一个过程，灿烂就像是恋爱过，短暂，却也是记忆中的一丝微光闪烁。

也许是因为学习压力突然变小的缘故，初高中安分守纪、低调做人的林鑫在我们的大学里却格外地活跃了起来，而他居然也还没有忘记照顾我这个，他的旧同学兼好朋友。是的，我们现在是好朋友，所以在我们学校社团刚开始招新的时候，我真的没有想到，自己居然会被他惨无人道地拖去了一个美其名曰，为了弘扬中华武术而成立的咏春拳社的超冷门社团。

要知道，我从来都是一个特别不爱动的文静女孩，能躺着我就不会坐着，能歪着我就不会站着，能走我当然不会跑，更何况，是去跟人打架？还咏春拳？他以为我是苗翠花还是方世玉他妈啊？我可做不了像严咏春那样的奇女子好不好？所以林鑫让我加入咏春拳社，这对于我，无疑就是一种折磨，惨不忍睹，令人发指。

作为一个手无缚鸡之力的女子，我哭天抢地，撒泼打滚也并不能阻止林鑫对我的生拉硬拽。他把我往咏春拳社的临时办公室里一推，然后愉快地朝他们社长陈子维打了个招呼："学长，她也报名参加，她叫夏朵，盛夏的夏，花朵的朵。"

"很好。我们这里就是缺少你这样貌美如花的侠女，加入我们，行侠仗义，除暴安良。"陈子维对我点点头，顺便对林鑫说："加上她，我们拳社的人数就终于突破 10 这个数字，就可以去参加比赛了。"他急不可耐地把我的名字登记在册。而林鑫则改变了拖拽我的方向，他还向陈子维汇报："那我现在就带她去体育馆先练习蹲马步、打木人桩！"

听他这么说，我就赶忙含泪默默抱住了办公室的门柱，我不想，林鑫是知道的，但是他却偏要强迫我参加，他说，因为在这个城市里，目前他只有我这么一个朋友，他说他需要我的陪伴，他说朋友就应该为朋友两肋插刀，所以他就毫不犹豫地拿我开刀。

我真心觉得，林鑫这种不要脸的举动比强奸还要令人不齿，强奸不能反抗还可以躺下享受，而积极参加打架的训练，对于我来说根本谈不上享受。

我只能毫无形象地用尽全力抱住门柱，林鑫一时之间拉不动我，就来掰我的手指。而且他还根本不顾场合地对我说："你怎么这么不热爱我们的祖国，这么不愿意传承我们的民族文化，这么懒惰，这么误国！还扭扭捏捏的简直就像个女人一样！"

他前面说的那些大条道理，我是真的不想辩驳，就只能"呵呵"了，而最末的那一句，条件反射地让我忙下意识摸了摸自己齐腰的长发，认识这么多年，难道他还没弄清我的性别？顿时我怒从心头起，恶向胆边生，抡起拳头就要朝他猛冲过去，而当他在我面前拉开一个电影、电视剧里经常可以看到的黄飞鸿的动作，再加上他雄纠纠气昂昂的肱二头肌没有丝毫保留地映入我眼帘的时候，我暗自叹了一口气，果断决定，君子动口不动手，当然，女子也是。

当年那个扶风弱柳的男生今天竟然举着肱二头肌逼我去学打架，一瞬间我觉得这简直就是天意弄人，苍天无眼。

硬的不行就改来软的，女人一定要知道，温柔是我们的武器，美貌最具杀伤力。

于是我就连忙对林鑫展开一个自认为肯定迷人的微笑，我说："嗨，林鑫，你能不能看在我们同窗三年，认识已经超过五年的情分上放我一马？”而他根本就对我的天生丽质不为所动，只是笑容满面地朝我点点头：“夏朵，认识你我很高兴。”说着，他还优雅地伸出他修长的手指，我不知有诈地跟他握手，然后直接就被他一把给拖到了体育馆。在这个过程中我有想过反抗，但是当我的眼角瞟过他那跟吃过菠菜的大力水手一样的肱二头肌，再次确定我根本打不过他的事实以后，就只能没出息地妥协了。

我必须要打眼前的木头桩 100 下，无论是用拳头打，用脚踢，扇它耳光，甚至是扑上去咬它几口，反正，我第一天学功夫的任务就是打这个木头桩 100 下。林鑫还温柔地说，作为新人，也作为女人，他不能要求我太多。

这还算要求不多？我真的十分无语。

他还特别关照地站在我身后指手画脚：“出拳，出拳，用力用力，你这是摸它还是打它？你这是在打拳还是在跳舞？还是你把它想象成了个男人想要勾引它？”

我真的很想转头直接就袭击林鑫他本人，但我知道他身手敏捷，才不会像这个木头桩一样不动不闪，我肯定占不了什么便宜，所以，我只能可怜兮兮地回头凝望着他，讨好且狗腿地朝他献媚地笑：“不好意思，我想申请中场休息！”

林鑫瞪大了眼睛，一脸的恨铁不成钢：“你才打了它十几下而已。”

我连忙捂住肚子故作虚弱状：“原谅我，作为女生有不能说的秘密！”

他只是愣了一下就马上恍然大悟，还很认真地问：“是大姨妈来了吗？真的很疼吗？要不要我去给你买一包卫生巾，不过你得告诉我你都用什么牌子的，并且还需要详细告诉我，你目前这种情况，是需要薄的、厚的、日用的、夜用的、棉柔的还是纤网的？加长的抑或是迷你的？外置 and 内置？有翅膀的还是没翅膀的？”他说着还摊开手，满脸的天真无邪，“作为男生我不是特别了解，你懂的！”

我懂你妹啊，我都快抓狂了，已经无语了，他还说自己不是特别了解，他还想要怎么了解？我甚至觉得他现在看起来，已经俨然一副生理卫生课课代表的样子，好不好？当然，我也实在不想跟他继续在这个话题上纠缠下去，于是我摆摆手 :“其实没有那么疼，我想我还是可以多打几下木头桩的。”

于是林鑫就很欣慰地拍了拍我的肩膀，并且纠正我 :“它叫木人桩，不叫木头桩。”我突然觉得我柔弱的小身板简直就要被他拍得有了内伤，他欣慰地看着我，伸出五根手指 :“坚持一下，如果你能打它 50 下，等下我就请你吃饭！吃好的！”

刹那间我只觉得天昏地暗，因为打了十几下我的手就已经酸了软了疼了，如果要打 50 下，那简直就是要我的命，所以我很焦虑。

但为了那份大餐，特别是林鑫这个抠门鬼，他好像，从来也没有请我吃过一顿像样的饭，而为了让他的荷包出血，我咬牙居然真的坚持了下来。

打 50 下木人桩竟然如此艰辛，它居然是会动的，我扑了好多次空，还被它平伸出来的木桩给撞了好几下。而在我到终于打了 50 下以后，站在一边观战的林鑫一脸崇拜地看着我，他摸着自己的下巴若有所思地说 :“用了半个多小时，还反被木人桩撞得屁滚尿流，夏朵，我发现你绝对没有当侠女的资质，甚至，连泼妇，悍妇，女汉子都有点儿够呛。”

此时的我，已经没有力气向他表达我的抗议和愤怒，谁想当泼妇，悍妇，女汉子啊？他还真是高看我了。

我丝毫不顾形象地跌坐在体育馆的木地板上，他就连忙走过来对我说：“刚剧烈运动过后不能这样不动，要走一走做些放松调整活动。你起来再走几步，揉揉腿，动动手，晃晃脑袋，做几下深呼吸。这样才能使快速血液循环慢慢平稳下来，有利于肌肉中乳酸的清除，最后能够很好地消除疲劳。”

我白他一眼，没有理他，照样坐着不动，林鑫就干脆直接拉我起来：“好啦，好啦，我请你去吃东西好不好？你真的别这样不动。”

现在就算是满汉全席也无法吸引我，当然，我估计他也只会请我吃校门口的麻辣烫，况且，我觉得我的手臂小腿，浑身各个地方，都有青红肿痛的趋势，我便哀怨地回答他：“手脚都软了，真的走不动了！爬都不行！”

林鑫叹了口气，在我面前认命地蹲下来：“来吧，我先背你回去休息。”

当时我就震惊了，林鑫吃错药了吗？他怎么会对我这么好？

但我突然觉得他宽厚的背怎么看怎么好使，于是我就很没有骨气地爬了上去。

林鑫背着我一路从体育馆走回去，我疲惫且虚弱，全身酸软，根本无暇顾及一路上别人的异样目光，最终，他把我背到了我校外那套房子的门口。

放下我时，他居然脸不红气不喘地鄙视我：“身子太弱了，你一定要加强锻炼。”临走之前他再三关怀地问我：“你看，要不要我买点儿药酒来给你擦擦？”我摇了摇头，我想，我们再熟也还没有到要肌肤相亲的地步吧。

心里虽这么想，但很快，他的关怀配合他温柔的眼神就已经完全蛊惑了我，到最后，在擦药酒那句话的后面，他又补充了一句，而我甚至都没给自己大脑时间理解，便诚惶诚恐地点了点头，

一直到我趴到自己软软的大床上的那一刻，我才反应过来，他补充的

那句话是："明天开始晨练、蹲马步和跑步，早上七点半，我会从学校过来，在你家的小区门口等你。"

我哀号着进入梦乡。梦里，我破天荒第一次梦到林鑫的脸，相识多年，我居然一直没有发现，他现在居然已经长得这么好看了。他把框架眼镜换成隐形的以后，居然可以一下子帅那么那么多，并且，他还把自己练成了一个肌肉男，而且重点还在于，这个肌肉男长着这么一张清秀的貌比潘安的脸，实在是天理不容！

（七）

是可忍孰不可忍，忍无可忍就无需再忍，在煎熬了三天的晨跑和蹲马步以后，我终于想尽一切办法在回男生寝室的必经之路上，堵住了我们的学长，也就是咏春拳社的社长陈子维，并且还跟他进行了一次严肃的谈判。

我苦苦哀求："学长，我真的不想打架。"

"是打拳，弘扬中华武术。"他纠正我。

我抿了抿嘴唇，服软道："那么好吧！我不想打拳，而至于弘扬中华武术，恕我资质愚钝，不能堪当大任。"

他便斜着眼看着我："又不是我要你加入我们咏春拳社的，你好像找错人了。"

"可是你是咏春拳社社长啊！"我欲哭无泪，手指向天，娓娓道来，"李刚可以不是我爸，但既然陈子维你现在被我抓到，你就不能不管那个万恶的林鑫。"

他摊了摊手，说：“可是我也无法干预社团成员的感情。当然，如果你不参加，我们社不够人数还参加不了比赛。”

参加比赛，凑个名额，只要不真的上场，不需要天天练习，我当然是可以大度地帮他们一个忙的，可是他说感情。“感情？你说感情？”我急不可耐地问。他这话到底是什么意思？

我一时间没弄明白。而他看着我不解的样子就轻轻笑了，露出洁白整齐的牙齿，说：“你难道真的看不出来，林鑫他喜欢你吗？”

“开玩笑，我跟他认识这么多年，怎么不知道他喜欢我？”话虽这么说，但当我瞟到陈子维的眼神是如此认真的时候，我不得不紧张起来，沉声问他：“你确定？”

他点点头，说：“我相当的，十分的确定。”

我无语，我无话可说，因为我内心的小怪兽在怒吼。因为就算是这样，林鑫如果真的喜欢我，那么他也应该找个浪漫的地方，他可以安排各种机缘巧合跟我偶遇，可以老土地给我写情书甚至打电话、发微信，可以跟我说他对我日久生情，不能自拔，可是绕着学校屁滚尿流地跑步和挥汗如雨地打木头，真心一点儿也不浪漫啊！我自言自语：“我觉得我应该跟林鑫讲讲道理，就算我的美丽随着时光润物细无声地打动了他，但是我相信我在跑步和打架的时候，肯定没有平时美！”

陈子维表情惊悚地看着我，说：“对不起，打断一下，我实在是受不了你的自欺欺人，你到底哪里美了？”我怒火中烧，而就在我准备用目光攻击他的时候，他又幽幽地开了口：“这么说，你心里一点儿都不喜欢林鑫喽？”

“当然不喜欢。”我回答得飞快，基本上没有过脑子，因为我从来没有想过，我认识了这么多年的林鑫，并且看着我喜欢了这么多年周健成的林鑫，会真的喜欢我。

陈子维听到我的回答很高兴，因为他告诉我，他的妹妹陈静比他低一级也就是和我同级，也在这所大学，他说她对林鑫一见钟情，并且追林鑫追得要死要活，求而不得。

他说如果我真的不喜欢林鑫，而又不知道该如何拒绝他，怕伤他的心，破坏这么多年友谊的话，我大可以参照他的亲妹。

如何参照呢？

陈子维拉着我去了学校附近的小餐馆，我和他偷偷摸摸地站在门口，我看见，林鑫和传说中的咏春拳社第一女侠客，外号女土匪的四肢发达的陈静一起，正为了某个他们共同的朋友庆祝生日。他们的座位挨着，有人起着哄，紧接着我就看见林鑫站了起来，半拥着陈静和她干了一大杯啤酒。

陈子维就赶紧评论道："你看，林鑫简直就把她当成哥们，一点儿也不当她是个女人！"

我撇了撇嘴，抱着肩膀问："那你的意思是？"

他就很快回答我："让林鑫不把你当女人而当成哥们，他就不会喜欢你，你也不会因为拒绝他而尴尬，你们的友谊就会地久天长，天长地久！"

其实，林鑫好像早就不把我当女人了，早在那天在咏春拳社办公室，我抱住办公室门柱的时候。想到这里，我没来由地不开心，所以转身就朝回家的路走去。而陈子维偏要不依不饶地追上来，继续向我献谋献策，他说："夏朵啊，如果你想要林鑫不喜欢你，首先就要成为我妹妹那样的女汉子，你要加强体育锻炼，加强练习咏春拳。"

我不理他，继续向前走，我用我的沉默表示了自己的抗议，不管是要我学习打架还是打拳，武术在我的世界里简直能跟满清十大酷刑画上等号。很显然，陈子维对于我的态度相当不满，于是他便阴阳怪气地说："原来你是喜欢林鑫的啊，那你何必心口不一呢？"

"谁说我……"我本想反驳他，但很快我就明白，原来他是在对我用激将法，我停下脚步向他点点头，"看来，你们兄妹的关系很好！"

"在感情上我也许帮不了她什么，不过能帮她减少一个情敌，何乐而不为？"他冲我笑笑，"当然，我这也是在帮你，你原本就不喜欢林鑫的，不是吗？"

他说话的样子，让我无端地想起高新晨，为什么总有聪明人觉得他们可以干预别人的感情。突然间我很想冲他生气，但是理智告诉我，自己对陈子维生气根本就没有理由，没有道理。我知道，事过境迁，我必须学着看淡一些事情，才是对自己最好的保护。而且我也明白，自己这也是在羡慕陈静，羡慕她，有一个人可以这么关心她，在乎她的想法，理会她哪怕是少年时最些微的恋慕。

"我想我会努力成为一个女侠客的。"鬼使神差的，我也不知道为什么，我居然会答应陈子维这么离谱且无稽的要求。反正，学习点儿武术防身，好像也还不错，我才不要做严咏春，我想，我要做就做小龙女、黄蓉、赵敏或者最差也要是个外表冷艳、内心狠毒的周芷若。

陈子维得到了他想要的满意答案，很快就抛下我，走了。徒留我失魂落魄地晃回家里，一想到我要成为一个女侠客的道路漫长且艰辛，我就想用最忧伤的姿态 45 度仰望天空。

陈静很快就发现了我的存在，在林鑫跟我连续晨跑和蹲马步的第十天以后，她知道了我们每次晨跑的终点都必定是体育馆。于是她开始每天都那么巧合地掐准点在我们面前出现，然后也总是嚷嚷着同一句话：“林鑫，我有事要跟你说。”

很多年前，我就明白，女孩子不能没脸没皮，就算是在自己喜欢的人面前。所以我一边苟延残喘地挪动在木人桩旁边，一边在听到陈静声音的时候配合地翻了个白眼，当然，我不会让一旁的林鑫看到。我不用转头，都会料到林鑫准会搓搓手笑容满面地回应她：“说吧！咱俩谁跟谁啊？”

你喜欢的人对你不理不睬其实并不可怕，可怕的是，他对你以礼相待，这样，你就无法跟他牵涉上任何的瓜葛。所以，林鑫对陈静如此的哥俩好，也让我不得不为她感到惋惜，让我觉得她的前途十分坎坷，希望渺茫。

林鑫一边搭着陈静的肩膀谈心，一边很温柔地朝我笑笑：“你先去打木人桩，我跟她说完事就来指导你，等下练完我们一起去吃麻辣烫，好不好？”他确实对我好像有点儿意思，对我越来越关心，但他却从来不说出来，所以我当然没有理由去婉拒他以朋友的方式所给出的种种好意。在独自开始打起木人桩的时候，我无意间用眼神瞟去，林鑫和陈静已经不再勾肩搭背，他们居然在体育馆的地毯上，开始打架，哦，不，我的意思是，对打练拳，切磋武艺。我惊恐地发现，陈静和林鑫你来我往，眉来眼去，他们的手臂肌肉在白炽灯光下闪动着锃亮的油光。最后他们竟然难分难舍地滚倒在一起。

我的世界顿时雷电交加。

我想就算我不喜欢林鑫，但我也实在不能接受，自己相识这么多年的朋友变得如此的重口味，于是我不忍再睹，默默地丢下木人桩，逃离了拳来脚往的体育馆。

林鑫后来来找我的时候，我正坐在篮球架下发呆，很单纯地发呆，什么都不想。

他一脸忧伤地伸出手摸了摸我的额头，说："夏朵，你可不可以告诉我你在想什么？"我知道他误会了，他肯定以为我在想周健成，因为以前，周健成打篮球的时候，我就是这样呆呆地在篮球架下陪着他，我从来就不喜欢运动，当然，也就不可能十分喜爱篮球。我坐在篮球架下唯一的目的，就是想看着他，看着周健成，看着我喜欢的人。

我站起来，拍拍裤子上的尘土回答他："我在想我坐在这个位置，篮球应该很容易砸中我，那么负伤的日子，我是不是就可以不用每天都起来晨跑和蹲马步了？"

他拉着我往回走，说："如果你不喜欢晨跑的话，我们就中午跑，如果你不喜欢中午跑的话，就下午跑，就算是晚上再练蹲马步，我也是没有问题的。"

我苦笑，什么时候跑和什么时候蹲马步，对于我来说难道不是一样？

我无话可说，所以没话找话，我问他："陈静又来跟你说什么大事？是汪峰上了头条还是外星人攻击了地球？"

林鑫的表情突然就变得十分痛苦，他说："她是来找我谈心的，顺便切磋一下武艺。"

我用渴望知识的眼神表达了我对他们谈心内容的浓厚兴趣，而他却只是傲娇地扭过头，诚实地告诉我："你别指望我会告诉你，刚刚打拳我输了陈静起码三招以上。"我发现，林鑫只有在提及陈静的时候，才会有我从不曾在他身上看到过的娇羞。我想，那就能很好地说明陈静追他追得十分卖力，不过，她也实在够猛的，能把一个大男人追得都娇羞了。

此时的陈静还叉腰等在体育馆，地毯上还躺着个刚刚被她重拳放倒的虎背熊腰的男子，而那些和她切磋过武艺的拳社成员们均面目沉痛地站在一旁，只见她豪迈地挥手："还有谁不服的，过来继续再战！或者，要不你们几个一起上。"

我轻轻张嘴感叹，她的口气还真是不小，不过，张开嘴我就闭不上了，因为远远的，人群中的陈子维居然对我发出邀请："你也来试试？"

当时我就惊呆了，我低头审视自己的骨瘦如柴，哀痛地问："打架，哦不，我是说打拳这种技术活真心的不太适合我，你怎么会突然就有了如此创意的想法？"

"当然是让你切身感受一下，什么叫作差距。"他根本就不容我再多说什么，一把就把我拉到了陈静面前。

我颤悠悠地学着电视剧电影里李连杰演黄飞鸿时，摆出的姿势，陈静纠结地盯着我，最终为难地只伸出两根手指，很快，她的手指就掐到了我的脖子，而她的脚对我向下一盘，我便重重地跌倒在了地毯上。这一秒我输得简单粗暴，林鑫大笑着拍了拍陈静的肩膀，感叹道："出手狠辣，绝对是高手风范。"

于是，陈静就更加用力地拍回去，顺便附送一个千娇百媚的媚眼："讨厌啦！"

我躺在地上半天起不来，我想，刚才她的阴招肯定震出了我的内伤，否则，为何我此刻看见扭捏做作的陈静，会有想吐血的感觉？他们真心的不配，我不能让我的朋友，不能让林鑫就这么被陈静这个肌肉女魔头蹂躏摧残。说真的，我不能。

（八）

喜欢运动和武打的人，一般都不怎么喜欢静，我是这样想的。于是就开始经常把林鑫拉到学校的图书馆，以躲避陈静那柔情蜜意的夺命追杀。

林鑫不怎么爱漫画绘本小说，也不爱古言玄幻和新新武侠，更对那些在这里装文艺、扮清纯的女同学没有任何遐想。其实想想也对，陈子维那么斩钉截铁地说他喜欢上了我，理所当然，如果他真的能有这样的超高水准眼光，又怎么会看上别人？

其实，我早已经开始慢慢相信陈子维的判断，因为，林鑫即使再不喜欢这里，也会心甘如饴地陪着我。就算他会在他的不耐烦中慢慢熟睡，让酣流的口水不小心滑过那些发黄的书页，以至于我在还书的时候忐忑不安，生怕被管理员发现，对我做出处罚。

他总是以一种旁若无人的气势扑倒在图书馆的桌子上睡得肆无忌惮，而最后我就在该走的时候叫醒他。但是今天，我走的时候却没有叫醒他，因为，我觉得我只是离开一下下，不会有什么问题，并且陈子维打电话过来的时候，我刚好看见他在睡梦中把嘴唇弯成了一个好看的角度。我想他肯定正做着什么好梦，所以我不忍心打扰他。

陈子维在电话里跟我东拉西扯，从北京的空气阴霾聊到了香格里拉的风和日丽，从最新上映的电影又谈到汪峰想要上头条，并且还在三分钟之内，直接就把话题从房价太高扯到了道琼斯指数。而当我终于结束跟他云里雾里的对话，回到图书馆的时候，刚好看见陈静躬着身子，正在准备亲林鑫的脸。

她的唇在刚刚触到林鑫脸的时候，林鑫就醒了，没有预想中的较大反应，他只是慢慢睁开眼，然后温柔地笑，直到他的目光从陈静身上疑惑涣散，然后重新在更远一点儿的我的身上聚焦以后，才浮现出浅淡的尴尬，不好意思地红了脸。

看见这一幕的我转身就走，手指捏成了拳头，我想你要自甘堕落很好，原本，我根本就不应该管你林鑫的事。而他没有叫住我更没有追出来的情况让我更加恼火，我甚至有些愤怒，林鑫他到底是什么意思？就算我们只是朋友，我觉得他也应该就刚才的事做出一些解释。但是需要什么解释呢？我停住脚步问自己。

有什么好解释的？他凭什么跟我解释？我想我更应该想想自己又为什么站在这里，像现在这样的生气。我是否应该气的是陈子维，因为我有一种被欺骗的感觉，原来这一切都是他和陈静设计好的圈套，他打电话引我出去，好让他妹妹乘虚而入。而且就是他，就是他那么肯定地说林鑫喜欢我，我才不要林鑫喜欢，我根本就不喜欢他。

我突然有些难过，原本我从来就没有任何的期许，原本我那么地甘愿让自己保持最惬意的状态。无爱，无欢，无欲无求，无忧无虑。我不需要林鑫的喜欢，就是不需要。

那么我这样想，到底有没有自欺欺人的成分？

我甚至开始有些讨厌自己，因为直至此刻，午夜时分，我还抓着手机辗转难眠，可笑的我依旧抱有不切实际的希望，以为会接到林鑫充满歉意的电话。当然，失望是合理并且符合科学规律的，林鑫根本就没有错，错的是陈子维，他的错误判断还连带着我也想多了，自作多情了，或许，林鑫根本就没有对我有任何一丝一毫的遐想。他只是给了我们很多错觉，于是我就叹了口气在床上翻了个身，强迫自己睡觉，我知道，我很讨厌这样的错觉。

从这个意外发生以后林鑫就没有打过电话给我，而且，连平时晨练的时间我居然也碰不到他，我检查过自己的闹钟、手机还有手表，比对过中央电视台的北京时间的准点播报，到后来我才明白，问题并不出在时间上，而是他主动要跟我错过。我发现他提早一个小时去体育馆跑步，去蹲马步，也推迟两个小时结束打木人桩的训练，他的逃避那么让我始料不及，那么的刻意和明显，甚至有些迫不及待。

那么，我也没有主动去找他，我努力保持着自己原本的作息时间，反正，我从来也没想过要跟他怎样。但话虽如此，我却管不住自己的思想，我明明不想胡思乱想但却又不得不胡思乱想，我怀疑，生气，以最不良好的心态去猜测林鑫，直到无可奈何，无语问苍天。

我内心的傲娇让我没办法鼓起勇气去直接询问整个事件的来龙去脉。我无端的自我矜持，让我只能等待，等待林鑫来找我，有时候我真的觉得自己很糟糕，很没有用，然而最后，糟糕没用的我，注定等到了一个让自己更加痛不欲生的消息。那是陈子维告诉我的，陈静和林鑫，即将在本市第三届青年武术竞标赛上，双双努力夺取轻量级男子及女子组的散打冠军。

散打？我不止一次在心里默默地感叹，看打不死你们！而且最好打得你们鼻青脸肿就像是变形金刚，我恨恨地想。

我有一个星期零两天外加五个小时没有见过林鑫。在体育馆门口小商品超市里碰到他的时候，我发现我居然会不知道如何跟他打一个最平常简单不过的招呼。

跟他在一起的还有陈静，她却好似什么都没有觉察，什么都没有发生过似的跑过来笑着对我挥挥手，表情很得意。她主动跟我打了招呼，她说："夏朵，这两天怎么没有看到你，你这两天究竟跑到哪里去了？"

我就打个哈欠回答她："照常上课，下课回家，无所事事，事事平常。"

我的态度让她有些不满意，她轻轻扬扬眉说："夏朵，过几天我和林鑫就要参加市里的散打比赛了，我们是一个社团的，我相信比赛那天你一定会来为我们加油，为我们骄傲。"

骄傲？听她这么说我觉得可笑毙了，我有什么好为她骄傲的？为她骄傲她把自己的手臂练得比我的大腿还要粗？这简直就是个笑话，我跟她根本就不熟好不好？

于是我就告诉她："我那天也许没空，你知道的，我一向不喜欢看见别人在那里撕咬拽打，那暴力的画面真的很没有意思。"说完，我耸耸肩绕过她走了。

我脚步迈得很快，走得很匆忙，连原本想买的绿茶都没有买，因为我在余光里发现林鑫刚刚从收银台结完账，他买了两瓶功能型运动饮料，还背着两个运动包，其中一个我认得，那是陈静的，颜色鲜艳得恶俗而刺眼。

比赛那天，我还是到了现场，我得表现出我的大气和善解人意、团结同学。虽然相比于陈子维，我的准备并不充分，他居然在赛场旁边拉了个夸张的加油横幅，他拉着这一头，还偏要让我帮他拉着另一头，他卖力地扭动着身子挥舞手臂："林鑫加油，我爱你！陈静加油，我也爱你，妹！"我觉得他确实挺你妹的，因为，周围人群嫌弃的目光已经很显然波及到了我。

于是我忍无可忍，不得不提醒他："陈子维，请你好好的站着不要像个羊癫疯和帕金森患者，我的为人是很低调的。"

不知道是因为我的言语制止还是因为比赛已经开始，陈子维果然收敛了很多，而随着他的目光，我的眼神也一起聚焦到林鑫挥动的双拳和踢打的双腿上，他的手和腿可真是长啊。

和一个个虎背熊腰的男子对打，我觉得我站到场上都会腿软跌倒，而林鑫连续几场都轻松战胜了对手，打得对方都站不起来。没想到，他很轻松地就获得了冠军。咏春拳社的所有人都跑去围着林鑫欢呼，而他却只是挠着后脑勺淡淡地微笑。我远远站在人群外看着他，忽然觉得此刻的林鑫是那么帅，连眼神都闪着像星星一样的光了。

另一边，女子组比赛中，陈静的表现也异常优异，就在我觉得她拿冠军是毫无悬念的时候，她终于在二分之一决赛遇到了一个旗鼓相当的对手。我真的无法想象，世间除了世界女子举重冠军还有哪个女大学生可以和陈静的彪悍体型相媲美，不过，今天我算是看到了，山外有山，人外有人，她的对手，居然比她还要高出半个头，这场准决赛变相的说就算是决赛了，就算我再不懂武术，也能感觉到陈静陷入了苦战，况且她的打法不再像以前那样，一往无前，而是开始有了迂回，耍起了花式和技巧。

这场比赛持续的时间很长，直到台上的两个女子的汗水都可以洗脸，甚至是洗澡的时候，我看到，陈静不小心漏了一个空门，而对方竟然抓住了这个机会，一击就把她击打出了拳台的边界。

我那么清楚地看到陈静从拳台上摔下来，还是四仰八叉的。她爬起来，对大家笑笑，脸色苍白，此时的我还是很难受的，然后在这个难受的基础上，我就看见林鑫风风火火地跑过去，扶着她，让她又重新回到了拳台。

最终，陈静还是输了，她获得了第二名，这也应该算是不错的成绩，我想，虽然此次参加比赛的女子不超过 20 人。

陈静抱着奖杯和鲜花对所有过去向她祝贺并且关心她的人抱以微笑，并且娇羞地说自己没有大碍，最多只是有一点点轻微的扭伤。果然没多大回事，因为在第三天庆祝林鑫夺冠的咏春拳全体社员的郊游上，我就又见到了生龙活虎的她。

（九）

我们一行人郊游的地方是市区的一个山景公园，这里原本是没有山的，据说是古代的某位君主，为了他豪华的都城及宫殿所挖的护城河的土，堆积而成。

大家在山脚下集合，向着山顶进发，刚开始还很多人在一起，逐渐地距离就开始拉开了，比起有发达肌肉的社员们而明显柔弱的我，当然就被甩到了最后。林鑫是刻意留下来陪我的，我知道，但我还是继续不理他，相应的走到最后的还有陈静，她是为了林鑫，我也知道。

我们三个人一前一后一中地走着，我居然在最前面，林鑫在中间，陈静垫底，陈静不断靠上前去跟林鑫说话，而林鑫只是时不时走近到我的身边，见我没说话只走路就又退回去。其中我向他翻过了无数次的白眼，就不知道他能不能看到。

他也真是的，我不说话，难道他就不能主动开个口？他是个男人，就不能大气一点儿？

我们没有说话，那么说话的机会就全部给了陈静。所以一路上，我都能听到她咋咋呼呼地在林鑫耳边说这个说那个。一会儿问他山上的叶子已经都红透了，那么它们什么时候再变绿？一会儿又说郊区的空气就是比市里要清新，最后她还不断表示："我们就是应该多出来走动走动，呼吸呼吸新鲜空气。"陈静说的我们，自然就是她和林鑫，当然是不包括我的，而且她说这句话的时候，故意很大声，生怕我听不到似的。于是，我突然觉得自己不能再这样沉默下去了，所以我主动朝林鑫开了口，我说："确实，我们应该多出来走动走动，林鑫，你说是不是？"

是傻子也该知道我这是向他抛出了橄榄枝，果然，林鑫从来都不笨，他很快就答应道："是啊，你喜欢的话，我们可以经常出来走走。"

我停步，转过头来朝他们微微一笑，确切地说，我是想向陈静露出胜利的微笑。于是我就在自己的微笑里看见陈静一不小心踏到了山路石阶旁的青苔，眼看着就要滑下去，说时迟那时快，我居然鬼使神差伸过手去拉了她一把。而很明显，我高估了自己的力量并且低估了她远大于我的体重，我同她一起重重摔了下去，在草坪上滚了好几米才停下，还是幸亏有棵参天大树把我们拦住。

我努力想站起来，刚起到一半就发觉脚踝很疼，我知道我扭伤了。在林鑫冲过来之时，我还发现陈静的手腕和我的手腕都被擦伤了。他显然很着急，一只手抓住我的手，另外一只手把还在地上的陈静拉起来，他问我们："怎么样？你们哪里受伤了？"

一时之间，在林鑫的言语里，我实在分不清楚他到底更加关心我们哪一个。所以我就抢在陈静前面很快回答："我的脚好像扭伤了，很疼很疼，站起来都很勉强，一动就更疼了。"

林鑫就赶忙背对着我蹲下来，说："那我来背你吧，扭伤脚可大可小，你千万要小心了，不然伤上加伤就更加麻烦。"当然，在背起我的同时，他还是问了陈静："你呢？你到底伤到哪里了？严重不严重？还能不能自己走？"

"我当然是没有问题的，你就照顾好夏朵吧。"陈静笑笑，边说着还边拍了拍自己身上的土。她又强调："我身体这么好，真的没有问题。"

"那好，我们下山，你就跟在我们后面，有事记得叫我。"林鑫点点头，背着我向下山的路走去，我抱着他的脖子转头去看陈静。我能看到她的脸色有些苍白，况且我也有直觉，觉得其实真相并不像陈静说的那么简单，刚才摔倒的时候她在我的下面，滚地的时候我还压到了她的身上，按常理来说，她应该比我摔得更重。可是就算这样想，我也并没有想过要把林鑫这舒服又宽广的肩膀让给她。

我只是轻微扭伤，擦了药酒之后也就慢慢好了，而陈静却相当严重，原来她上次比赛时就已经肌肉软组织受伤和手臂韧带拉伤，此次伤上加伤已经演变成了手臂的韧带断裂，如果不好好治疗的话，医生说今后恐怕连搬重物都会有问题。

在得知这个消息的时候，我和林鑫正在图书馆看书，我看的是高瑞沣的最新小说《原谅我，来不及爱你》，而他则是在翻着几米的绘本旧作《月亮忘记了》。

此时，陈子维气急败坏地跑过来，神情激动，他问林鑫："你那天为什么不背她回来？"

林鑫只是红着脸没有说话，于是陈子维就又问他："好吧，那天的事我不跟你计较，因为夏朵也受了伤，重色轻友本来就是人之常情。那么我再问你，你为什么连来医院看看她，也不来？”

他继续不回答，陈子维就急了，一拳打到他的左脸上，而等他再次举起拳头的时候，林鑫就把自己的右脸主动伸给陈子维打，陈子维当然不会跟他客气。在被打了两拳以后，林鑫依然不说话，但是我却不能不管，陈子维还想再打的时候，我冲上前去挡在了林鑫面前，我说：“够了好吗？难道你想把他打死？”

陈子维气呼呼地说：“夏朵这件事跟你没有关系，你让开。”

我当然不能让开，我问他：“怎么会没有关系？如果那天林鑫背的不是我而是陈静，她就不会严重到这种程度，要不，你连我一起打算了。”

“我从来不打女人，况且这件事你根本就没有错！”他狠狠瞪了林鑫一眼，然后转身离开，而在他离开以后，林鑫就像是什么事都没有发生过一样，继续坐在图书馆的桌子上翻看刚才的画册，他还是一句话也没有说。

我也坐下来，拿起书，可是小说里的情节却不能像刚才那样继续吸引我。我忍不住问他：“其实你是知道，那天，陈静比我伤得更严重的，是吧？”

较刚才，他终于有了不同的反应，他侧脸看着我，眼神中有微微的讶异。

于是我就继续道：“你不去看她，难道是因为愧疚？愧疚那天你明知道她受伤比我严重，却还是决定背我，而顾不上她，是吗？”

“你别多想，根本就不关你的事，是我自己的问题。”我的话还没有说完，他已经合起手中的画册站了起来，然后把那本画册放回书架上，低头对我笑笑，“我想去体育馆跑跑步，今天就不陪你了。”在他转身就要离开的时候，我叫住他，然后用力呼出一口气说：“谢谢你，林鑫。”他回头深深地看了我一眼，我觉得此时他的目光是那么地熟悉，一如若干年前的那个夏天，在那个狭窄的地下车库一样，最后，他对我轻轻点点头，然后离开。

我看着他走过图书馆长长的走廊，落地玻璃窗外的橘色阳光透进来，扯长了他的影子。看着他的背影，我忽然发现，原来潜移默化中，我是那么在乎林鑫对我的在乎，那么感激这些日子以来他对我的种种关怀和陪伴。但是，我却从来没有向他表达过一丝一毫。我知道，很多人都会说：我不知道我自己想要什么。但其实这句话的真正含义是：我们都没有勇气面对和足够的努力去争取我们真正想要的。

我知道，在这件事情上我是有一定责任的，我明明发现了陈静的不妥，却并没有主动去改善当时的情况，导致事情像今天这样让人沮丧。我很自私我知道，但是当时，我真的没有想到会变成现在这样，我以为，没有关系。

我发现不止是我，我身边很多人都是这样。我们常常会犯错，并且不好的结果其实都在自己的预见里。但我们却不愿意及时纠正，我们总以为事情不会如自己想象般恶劣，但是最后情况真的会最坏，而我们却由着它发生了。我实在不明白，这究竟是一种怎样的惰性？

CHAPTER 02

暧昧，换言之就是寂静喜欢

所有的人，起初都只是空心人，所谓自我，也只是一个模糊的影子，全靠书籍绘画音乐电影里，他人的生命体验唤出方向，并用自己的经历去充填，渐渐成为实心人。而在这个由假及真的过程中，最具决定性的力量，就是时间、经历和成长。

（一）

是夜，林鑫打电话过来的时候，其实我已经睡着了。我从枕头下摸出手机，看着屏幕上闪烁的他的名字，眨了眨眼，突然觉得，睫毛上似乎沾了些莫名的水分。我等铃声响了好几声以后才接起来，我刚刚说了声喂，他的叹息就通过电波传了过来，他的声音很悲伤，而且好像还喝醉了，他问我："夏朵，你在哪里？你现在是不是睡着了？"

窗外的夜色深沉，我按了下手机导航键，看到屏幕上的时间，呵，居然已经凌晨两点了。但是我却使劲睁了睁自己的眼睛，晃了晃脑袋回答他："没呢，没睡，我正在看韩剧《Doctor 异乡人》，我好喜欢里面李钟硕演的朴勋。"

他似乎对韩剧这个话题没有丝毫兴趣，只是轻轻告诉我："我在蝴蝶吧。"

而我怎么会不知道这个蝴蝶吧，他已经不止一次在这里喝得酩酊大醉。我几乎可以估计到，他酒后失态的样子这里的人都应该见过，可就是不知道为什么，他还是厚着脸皮继续出现在这里。

他又说："我失恋了。"

我一点儿都不觉得奇怪，从陈静那次受伤再也不能打拳，再也不能剧烈运动以后，他就一直在恋爱和失恋。而我却始终只记得他曾经陪着我在图书馆的那些明朗午后，他趴在桌上睡觉，做梦时额上沾满的细微的汗珠，以及脸庞上长着的可爱茸毛。他的号码虽然一直都存在我的手机通讯录里，但是我却从来没有再主动给他打过。可是，他却总喜欢打给我，高兴的时候打，悲伤的时候也打。

我看到很多书上都说，遇到这样的情况，他应该是爱上了我。

可是事实上，他现在的每一场爱情，女主角都不叫夏朵。所以说，书上的东西都是骗人的，骗一些天真的傻子，比如说我。

我的时间很多，除了上课，除了等林鑫的电话，就是陪陈静去做她喜欢做的事。而她最喜欢做的事都和林鑫有关，比如就为了见他一面，比如只是听听他的声音和他说说话。

还有陈静现在是我的好朋友，因为她受伤以后林鑫没有去看过她，而是我替他去看了她很多次。在逐渐熟悉中，我发现除了四肢发达她其实人还是挺不错的。

有空的时候，我还是会看很多书。除了照常去学校的图书馆，还会在实体书店、报刊亭，或者淘宝、当当、京东、卓越上乱买一通，书在家里堆了一大堆，我还一本都舍不得扔掉。我似乎依然还相信书里面的那些话和那些故事，并且还跟随着作者们的笔调去同悲同喜。所以有时候，我觉得我很傻，真的很傻。明明林鑫并没有叫我过去，可是我还是去了，而且我还只穿了双夹脚的人字拖鞋，在睡衣上简单罩了个外套，就出了门。

我在我家的小区门口用滴滴打车打了个出租车，去林鑫在的那个酒吧，去蝴蝶吧。

给我开车的是个很年轻的男子。他有一双很清澈很漂亮的眼睛，一点儿也不像个专门开夜车的出租车司机。有好几次，我都发现他在后视镜里偷偷看我，而我一抬头，他就赶忙把眼神岔开。他似乎对我一个女孩子这么晚出门，感到很好奇。不过，也确实，这么晚，还穿着卡通棉质睡衣，没有化妆就往夜店里跑的女人，怎么能不让人奇怪？

到了目的地的时候，我付钱，他突然说："这么晚了，你一个女孩子最好别乱跑。"

我瞪了他一眼，没有说话，心想，哪里有这么多事的司机。

在我推开蝴蝶酒吧的玻璃门的时候，尽管里面灯光黯淡，但我还是一眼就看到了林鑫。他坐在窗边，扭着脖子凝视着窗外酒吧一条街的灯光璀璨和人影憧憧，满脸都是忧伤的样子。我走过去在他对面坐下。他没有说话，像是不知道我来。于是我就给自己叫了杯莫尼托，就是那种放了很多薄荷叶的洋酒。

半晌，他才回过头来对我说："我和她分手了。"

他没有说那个她是谁，不过，就算他说了她的名字，估计我也不认识。这一年多以来他身旁的那个她太多了，多得我都记不清了，所以干脆就不去记了。

我点点头，算是回应他的话。

他很不满意我这样的沉默，有点儿生气地转头叫服务员给我上杯长岛冰茶。

这是一种劲儿比较大的酒，我知道。

我觉得我现在就应该掉头走掉。眼前这个人，他和我不过同学一场，就算是朋友我觉得我也不需要做这么多，为什么我每一次都要这样巴巴地跑了来？我知道他希望我来，但是当我来了之后，他就又厌烦起我来，我知道，这些我都知道。

可我不明白的是，我为什么可以把他这种复杂的心理，给剖析得那么分明？

“从来没见过那么无理取闹的。说好去看电影的，突然又说要来酒吧，来了酒吧又要去台北纯K。说她两句她还发脾气……”长岛冰茶上桌的时候，他喃喃地对我说，最后，他还问我，“我也没有说不陪她去啊？”

我没有理他，也没有去碰那杯长岛冰茶，只是抓着桌子上盘子里酒吧送的小吃椒盐花生米，一颗一颗吃得津津有味。当我吃完一盘，然后叫服务员上另外一盘的时候，林鑫终于受不了了，突然很大声地叫：“夏朵！”

我抬起头来，故作一脸茫然地看着他。

他看起来很恼怒，他说：“我这么难受，我失恋了，你，你在这里还吃得这么香？”

我继续一脸茫然地静静看着他，说真的，他哪怕是生气，那样子也还是很好看的。

不知道是因为我最近看韩剧看太多，还是此时灯光的原因，我突然觉得，他竟然有点儿像李钟硕，我睁大眼睛再仔细看看，又好像不像了，我想我应该是花了眼，不过，他长得也确实不错。他一直都很受女生的欢迎，这些，我都知道。

林鑫成绩很好，又会打拳、打篮球、踢足球，连象棋、围棋、国际象棋都会，还写得一手好字，所以，一直都有人喜欢他，往他身上前仆后继，变了法儿地讨他欢心。而他呢，对谁都是那样，一副深情款款的样子。哪怕是分了手，也还记得人家的生日，无限温情地宁愿借钱，也要订了那些华而不实又死贵死贵的花送过去。

我发现，他从来都没有送过我花，他也好像只有对我的时候，才这么凶。

于是我就站起来，拍了拍手，跺了跺脚，说："我走了。"

他冷冷地看了我一眼，没有说话。我就真的推开椅子走了。一边走，一边好像还能听到他把我的那杯没碰过的长岛冰茶大口喝掉的声音。我没有回头看，我想我就这么走了，他应该是很生气的吧。可是他却不叫住我，从来都不。

出了酒吧的玻璃门，我的脚刚踏下蝴蝶吧的水泥台阶就已经有的士轻巧地滑过来。车窗摇下来，露出那双令人印象深刻的漂亮的眼睛。

他扬了扬嘴问我："Hi，美女要车吗？"

我有点儿吃惊，刚刚送我来的他竟然还在这里。这里是繁华热闹的酒吧一条街，我已经进去了一个多小时，我真不相信在这一个小时内，他会没有生意，没有人要用车，所以，他一定是在等我，不然是不会这么巧的。

知道了他的刻意，我还是若无其事地上了车，这个城市遍布天眼，我真的一点儿都不怕，我只是更加捏紧了自己的手机，有事找民警，有事就打 110，这是妈妈从小就教会我的一件事。并且这次我坐的还是副驾驶的位置，我知道他的出租车运营证就贴在那里，有他的照片、名字和他所属公司的监督电话，我当着他的面用手机把这些拍了下来，发到我的朋友圈和微博。我想，当着我这么多粉丝和朋友的面，他是不敢把我怎么样的。而他对我的行为好像很满意，点点头说："女孩子，就是要学会保护自己。"

接下来的一路我们都没有再说话，我把车窗放下来一点儿，让夜晚的风涌进车内，温柔地吹拂着我的脸。我靠在椅背上听到他居然轻轻哼起了小调，那种很舒缓清新的调子，我没有听过，但是我觉得很好听。

等到下车的时候，这个年轻漂亮的出租车司机居然又一次对我重复嘱咐道："以后太晚了，就不要再出来乱跑了。"这次，我没有瞪他，只是轻轻地点点头。因为此刻，这种萍水相逢的关怀，让我突然的心怀感动，倍觉温暖。

（二）

凌晨两点我去找林鑫，凌晨三点我又回到了家，凌晨四点，酒吧的人把我的手机打到没电，直到关机。而我只是把手机开了静音放在床头柜上，我就趴在床上看着它的屏幕不断闪烁着微光，直到黑屏，我忍住一个电话都没有接。因为我想，难道我不去管他，酒吧的人就真的会让林鑫醉死街头，曝尸荒野？

酒吧的人最后无可奈何，只能把他的通讯录打了一个遍，深更半夜的，不是关机就是没人接，还好在打到陈静那里的时候，她接了，而且还去把他接了回来。

陈静把林鑫弄回学校男生寝室的时候，已经是早上九点多了，她又来找了我，把我从阶梯教室里生拉硬拽地拖了出来，并且把我带到林鑫这个最漂亮的女朋友面前。

我觉得，她绝对算是我见过的，已知的，林鑫所有的女朋友当中最漂亮的一个，难怪这次林鑫喝醉酒比以往任何一次都严重，我看他这次是完全喝蒙了。

这是外校的一个叫齐乐的女孩，长得异常漂亮，长手长腿，身材特别好。

当然，至于有多好，我说不上来，反正我估计要比我和陈静都好。因为她穿的这种吊带和热裤，我和陈静是穿不出来的，露胳膊露腿的，身上，就没有几尺的布头。

在我们表明来意以后，这个齐乐并没有任何的不满及恶言相向，相反，她对我们格外客气，还很亲热地过来，左手一个右手一个挽住我和陈静的手，对我们笑笑，说："走，我请你们去喝点儿东西。"

她带着我们进了一间很别致的咖啡厅，非常安静的那种，临着一条小街，闹中取静，有的桌子还在户外，撑着一排排墨绿色的阳伞。我们选了临着落地玻璃窗的桌子，刚坐下，齐乐就说："喝点儿酒吧。"不等我和陈静有所反应，她招手就叫了三杯长岛冰茶。

"这个酒，酒劲不小。"我提醒道。

"我知道，所以我很喜欢。"她点点头，举起杯子跟我们碰杯，没有办法，我和陈静就只能端起来象征性地一人喝了一小口，而齐乐却一口就干了。

紧接着，她又给自己叫了莫尼托，就是加了很多薄荷叶的那种洋酒，莫尼托之后，她又连续喝了血腥玛丽、天使之吻、梦幻洋河和玛格丽特。

这其中陈静几次想提起林鑫，可是齐乐却根本没给她机会，她竖起一只手指在唇边，轻声打断她："嘘，喝酒的时候千万不要说话，会醉的。"

而我根本就没什么想要跟齐乐说的，我只是被陈静拉过来的，她拉我过来的目的，我实在说不准，我只能保持安静，低头轻笑。我在想，陈静明明喜欢林鑫，却拉着我来见林鑫喜欢的人，而齐乐带我们来咖啡厅不喝咖啡却叫了无数色彩斑斓的鸡尾酒，这样的状况，为什么会让我觉得那么难过呢？

一直到齐乐已经有些微醺了，陈静还没找到机会提起林鑫，结果还是齐乐自己提起了他，此时，她轻快地推了推陈静，说：“你把他叫过来吧，就是现在。”

陈静打过去的时候林鑫没有接，陈静用齐乐的电话打，他也没有接，最后我看不下去了，用自己的手机打给他，林鑫居然一下子就接了。他还在睡觉，酒也没有彻底的醒，但是当他听我说我们在齐乐这里，并且齐乐叫他过来的时候，他马上就答应了，还来得很快。

他到了以后，二话不说就当着我和陈静的面径直把齐乐楼在怀里，他很生气地冲我埋怨：“夏朵，你怎么让她喝那么多的酒？”

“这好像并不能怪我吧！”我苦笑着摊了摊手，苍天啊，大地啊，我真心冤枉啊！

“哪是夏朵让她喝的，我们还一直叫她别喝那么多，但是她却一次次把我和夏朵的手打开。”陈静连忙帮我解释，我轻轻呼出一口气，还好有陈静这个证人在场，要不我跳进黄河也洗不清了。

我沉冤得雪，所以我一声不吭，我知道沉默有时候比辩解显得更加委屈，但是我却没有等到林鑫的道歉。他看也不看我，把齐乐背起来就走，他要送她回学校，而我就只能陪着陈静看着他们的背影消失在街道的拐角。我知道此时的陈静应该是不开心的，所以我想伸手过去拉住她，但她却只是对我摆摆手，跑到街对面打了个车走了，我看着她坐着出租车绝尘而去。

我站在车来车去、人来人往的街道上，嘴唇都被我咬出了血。

我知道，从这条街到我家，打车几乎要一个多小时，坐公交要换车转乘差不多一个半小时，而就算是坐地铁也要四十多分钟，何况这里还没有地铁站。

好吧，没有关系，我想，我可以走着回去。

天知道为什么，我今天还穿了双自己难得一穿的细高跟鞋。

我独自在马路上走了许久，随着天色慢慢暗下来，我的脚踝也越来越疼，不得已，我走进路边的药店，用身上仅有的一些零钱，买了几张创可贴，贴在脚上。

在走出药店的时候，有辆出租车开了过来，我下意识地闪开。我不是不需要坐出租车，而是我根本就没有那么多的钱坐车。我家离学校很近，我又很懒，所以我上课从来都只带一本书和手机，还有一张学校食堂的饭卡，连钱包也是不带的，至多是在外套包包里装两三块买矿泉水的零钱。而陈静把我拖出来，并且拉到这里，这完全在我的意料之外。当然更让我始料不及的是，这辆出租车居然就那么停了下来，车窗摇下来，司机冲我大声嚷嚷：“赶紧上来，这里不许停车。”

我诧异地看着他发呆，总觉得这个司机很面熟，好像在哪里见过。他却在那里着急上火：“快点儿上来，快点儿，你听到没有？”

慌乱间我上了车，坐好了以后才想起，哦，原来是他，是那个在今天凌晨接送我去蝴蝶吧的司机。这么巧？简直比中了彩票还要巧！

我连忙解释：“我可没有叫车。”

他指了指计价器回答：“我知道，你看，我这不也没有计价吗？”

我低头揉了揉自己酸痛的脚踝，说：“没关系，你计价吧，最多我改天还你。”

他侧脸看了看我，表情突然有些严肃，不知道为什么，我就不敢再说什么了。他把车里的音响关掉，问我：“你为什么老是一个人在街上胡乱走啊？”

“哪里有？”我睁大眼睛故作惊讶地看着他。

他就只能无可奈何地叹了口气，说：“你家住在哪儿？是不是我昨天半夜接你送你的那个地方？我送你回去吧。”

我下意识地摇了摇头，真诚地说：“可是，我还不想回家。”

他突然笑了，说：“我猜也是。”

我发现，他笑起来的时候就像个孩子，那么地熟悉。

我有些累了，所以闭上了眼睛。闭上眼睛我就好像想起了什么，想起了是不是周健成笑起来就是他这个样子，而是否有时候，林鑫笑起来，也好像是这个样子。

我想我应该是睡着了，因为我是在自己突然的刹那里惊醒过来的。我醒过来的时候，身在一辆出租车的车厢后座，这辆车子，就停在离我家小区只隔了一条街道的小路上。

年轻的司机在车外，靠在马路边一棵法国梧桐的树干上吸烟，星点烟火在暗淡昏黄的路灯里明明灭灭。车厢里播放着梁静茹的最新单曲《爱久见人心》，我很喜欢这首歌，歌词让人觉得很温暖，可是听着听着，我居然流了泪。

待我擦干眼泪的时候，他才发现我醒了，随手扔了烟头走过来，坐回到前面的驾驶座上。系好安全带以后，他回过头冲我笑，唇红且齿白，他说：

“你终于醒了。”

我点点头说：“对不起。”

我想不到自己这么大年纪了还这么幼稚，还会在陌生的车子里睡着，而他却只是笑着说：“要是你再不醒的话，我估计我只能把你拉去卖了。”他还摸着下巴估算着：“我想，十块钱一斤总该还是会有人要的吧。”

我白他一眼，然后竟然想，如果没有人买的话，那我算是丢死人了。

我说：“今天因为我而耽误了你赚钱，真是不好意思。”

他眨眨眼睛，很认真地问：“光是不好意思就可以了吗？”

我很淡定地说：“除了以身相许和我的存折，其余的你尽管开口。”

估计是我冷静的样子把他给逗笑了，他说：“我送你回家吧。”我眼看着他转过去握住方向盘，然后启动了车子，在车子滑出去的时候，他又说：“你的不好意思可以记账吗？如果可以的话就记着好了，仅仅是记着，其实也算是一种报答。”

我点点头，其实我平时很少理睬陌生人，但与他，却不知道为什么会如此，凭空的就突然觉得亲切了起来。记得很久以后，我还把我此时的想法全部都向他和盘托出，于是他笑着帮我解释道：“这是一种缘分。”而他的这句话，让我无端想起了一首歌里的歌词：“原来缘分是用来说明，你突然不爱我这件事情。”

（三）

据陈静说，林鑫和齐乐到现在还在交往，我掰着手指头计算着，她应该算是他交往最久的一个女朋友了，当然，也仅仅是就目前的情况来说。

我已经跟林鑫有好几天没有碰面了，但是我却依然能够从陈静这里，知道他的一举一动，事无巨细。我甚至怀疑，如果陈静是男的，那么林鑫一天要上几次厕所我都可以详细了解到，包括大号一次，小号无数次，他肾亏这个事实。我恶狠狠地这样想。

而那个出租车司机叶榛，我觉得他是个好人，所以我和他成了朋友。也是在熟悉以后我才知道，他的正牌工作是个 IT 公司的高级销售，年纪轻轻就收入惊人，但却偏偏要在晚上出来开出租，真心弄不懂他是怎么想的。

不过也好，我现在也算是混得有专职司机了，这话可是叶榛他自己说的。

每次他来找我，他的车子总会停在我们第一教学楼的楼下，而只要他来，就会有同学叫我："夏朵夏朵，你的那个小男朋友来了。"被误认成是我的男朋友也就算了，但是在男朋友这个称谓前再加个"小"字，我实在受不了。虽然他看起来确实很嫩，但是我也应该算是青春无敌的。为此我曾经无数次仔细端详过他的容貌，我觉得他的名字真的没有取错，榛榛其叶，灼灼桃花，美不胜收。

叶榛不止一次把他的身份证扔给我，说："你可以拿出这个向你的同学证明，我要比你老，起码三岁以上。"我捏着他的身份证竟然会有些舍不得还给他，我发现很难得，有人的证件照也可以拍得这么好，一副大好青年，天天向上的样子。

此时，我的手机响了，林鑫两个字在屏幕上一闪一闪的，我很快接了起来。电话那头的他就像是什么事都没有发生过一样，欢快地冲我嚷着："夏朵，我租了一套房子，就在你住的那个小区，还就在你家的楼下。”

林鑫说他很忙，要忙着谈恋爱。所以，他租来的小房子的布置就全权交给了我。我原本是不干的，于是他就说：“那我找陈静算了，她应该很乐意帮助我的。”我很想说他，你下流无耻，真不要脸，但当着叶榛的面我却说不出口。最后我还是答应了。

反正房子是租来的，而且本就是精装修的，所以其实需要我做的并不是太多，主要就是帮他订购一下窗帘，买一些舒服的垫子、毛巾和实用的锅碗瓢盆。

他说让我看着办，随便，我就想我会尽量买那些最难看的款式，选那些最艳俗的颜色，最好让他端着马桶形状的饭碗根本吃不下去，拿起蕾丝花边还有米奇妙图案的浴巾无语，穿着粉红色的女士超大码拖鞋立刻崩溃……

我发现我好像从来都没有对他说过不字，而这一次好不容易说了，却在他的威逼下没有成功。我记得，就是在去年的这个时候，他得了一场重感冒，高烧几天都在胡言乱语。我把他从脏乱不堪的男生寝室搬到我家暂住，手忙脚乱地服侍了他几天。他本来答应我，等他身体好了以后要请我吃一顿大餐，可等我破天荒认真化了个淡妆，换了件好看的裙子，站在说好的餐厅门口等了他一个多小时以后，他打电话来跟我说，他来不了了。他说：“陈静今天出院，我要去看看她。”他还说：“有空你能不能帮我买点儿鹿筋给她送去，但别说是我买的，我听说多吃点儿这个，对身体复原有好处。”

我知道，他去也不过是远远地看看她，他那么多次去医院看望她，却从来都不让她发现。我也知道，他要躲避的并不是陈静，而是他为了我让陈静受伤的这个事实。即使他和陈静现在表面上装作什么都没有发生过一样，但我明白，有时候绝口不提不是遗忘，而是铭记，有些事纠结就在于，既无法扭转也无法忘怀。

也正是当天晚上，他在蝴蝶吧喝了很多，他要我去接他，我匆匆打车过去的时候，他却已经走了。我打电话给他，他就在电话里很生气地说："夏朵，你怎么总是那么笨，干什么都慢慢吞吞的？"

还有今年我的生日，他送了个几米的音乐盒给我，很精致的那种。我收下，虽然表面上淡淡的，但其实内心却很喜欢，我还把它放在自己的床头柜上，这样就可以天天看到。我万万没有想到的是，一个星期以后，林鑫居然跑来找我，理直气壮地要把音乐盒拿回去，因为他新交了个女朋友，超爱几米的绘本。我就让他拿回去了，他说以后一定会把这个生日礼物补上，他还说："反正我看你也不是特别喜欢这个音乐盒。还有，你那么迟钝，怎么能看懂几米的绘本？"事实上是，他错了，而后来，他也忘记了。

林鑫总是说我笨，我也承认我的确不是那么聪明。但我至少知道，无论如何，人生，总是要前行。明天，是今晚闭眼以后再睁开，未来的你会在未来等你。

叶榛也是这么说的，他还说："你的下一个爱人一定是我。"

我白他一眼，说："既然是下一个，那你就好好等着吧！不过我现在要马上去一趟宜家。"因为我觉得为了彻底影响林鑫的睡眠质量，他的床头，还应该有一盏很少女的蕾丝台灯。

他马上就说："我开车送你吧。"

我抱着肩膀，皱着眉问：“你怎么可以那么游手好闲，无所事事？”

他一脸的不服气，说：“我不知道有多忙。”

他开着车，载着我在这个城市的大街小巷里穿行，他修长的手指握住方向盘，眼睛盯着前方却突然说：“算我刚才说错了好不好？我们别等下一个了，你现在不是没有吗？不如你考虑下，咱们俩干脆在一起得了。”

我笑得快喷出来。他却很认真地说：“他们都说我长得像韩国帅哥。”

我严肃起来：“可是，我比较喜欢港台的。”

他连忙说：“也有人说，我长得比较像古天乐。”

我没有说话，只是狂笑不止。被别人喜欢真的是一件很快乐的事，所以明明知道他百分百对我有意思，我也不肯正经地拒绝他。

买好台灯以后，叶榛把我送到楼下。我下车前，他问我：“能不能一起吃个晚饭？”我略想了一下便点了点头，他就很开心地对我说：“快去快回，我在这里等你。”

我说“好”，然后抱着灯上了楼，掏出钥匙开了门，一进门就看见林鑫坐在客厅的沙发上，板着一张臭脸问：“有新男朋友了？”

我回答说：“不是。”

他便似乎松了口气的样子，不过，很快就皱着眉又问：“那我在窗口看到开车送你回来的人是谁？”

“关你什么事？”我打开台灯的包装把它放在他的床头，从卧室里走出来的时候，才对他说，“我交男朋友，你紧张什么？”

他故作轻松地笑笑，说：“那以后叫你就不是那么方便了嘛。”

我对他的厚脸皮十分恼怒，可有气又没处撒，就掉转头往楼下跑，脚踩得楼梯的水泥台阶很用力，咚咚咚的。于是林鑫就在他那层的楼梯口，使劲朝下面喊着："被子太薄了，我昨晚睡得差点儿感冒，你现在有时间帮我去买床厚的吧，晚上我请你吃饭。"

我原本不想理他，可听到他说差点儿感冒，还是于心不忍地去商场赶紧给他买了，并且，我还跟叶榛扯了个谎，说："突然想起原来晚饭我早已经约了别人，真是对不起，我们下次好不好？下次，我请你。"

而我万万没想到的是，等我抱着新买的蚕丝被重新回到他家的时候，林鑫已经不在了。我打电话给他，他说，谢谢谢谢，非常感谢，却一句都没有提请我吃晚饭的事。

我就坐在他家的客厅里发了半天呆，等肚子饿的时候，才慢慢下楼来，想随便找点儿什么吃的。没想到在小区里又碰到了叶榛，他还没有走，他远远看到我便下车亲自拉开车门笑着说："去哪里？还是我送你吧。"

我只能说："原本跟我约好的那个人，失约了。"

他就像哄孩子一样，摸了摸我的头发，说："那挺好的，换我陪你，可不可以？"而我看着他那双漂亮的眼睛，微微笑笑，我在想，如果我们在乎的没有那么多，想要的没有那么多，顾及的没有那么多，也许生活就会简单得很多很多吧。

（四）

叶榛问我想吃什么，我摇了摇头，因为我确实不知道吃什么，实在是没有什么胃口，只要是能填饱肚子就好。于是，他便拉我去了一家有上百种菜品的自助餐厅，他说这里中餐、西餐、韩国料理、法国菜、日本菜应有尽有。

他说："你看看你想吃什么，我去给你拿。"

我无奈苦笑，说："你不知道我有选择恐惧症啊，菜再多，我也不知道吃什么啊！"

他就自作主张地去给我拿了三文鱼刺身，他说这个很新鲜，吃了很容易消化。他又拿了蛋炒饭和水果沙拉，他说这是家常的和大自然最原始的味道。而他跑的最多趟的，是为我几乎拿齐了哈格达斯冰激凌的所有口味，他说："曾经有个女孩告诉我，在心情不好的时候吃一点儿冰激凌就会好了。"

我问他："你怎么知道我心情不好？"

他笑着说："也是那个女孩告诉我的，女孩子心情不好的时候就会胃口不好，就算再多好吃的东西摆在面前，也会像你现在这个样子，吃不下去。"

我大勺大勺地挖着冰激凌，大口大口地吃，还不忘跟他说："你看，那个女孩说的都是错的，我的胃口很好啊。"

他的声音沉了沉，说："所以说，你是真的心情不好是吗？"

我就连忙反驳："我也没有心情不好啊。"

他叹了口气，说："是啊，没有心情不好，那你怎么会知道心情不好会没有胃口呢？"

我终于发现我是被他绕进去了，所以一个忍不住，便咬着不锈钢的冰激凌勺子眼泪一颗颗地掉了下来。他连忙扯着纸巾来擦我的脸，说："哭出来就好了，不过只许你哭两分钟。"果然两分钟以后，他就伸手往我前面指了指，说："你看，洗手间在那里。"

我去洗了一把脸，回来的时候手机响了起来，电话那头的林鑫有些气急败坏："夏朵，我把钥匙忘在房间里了，你赶紧回来给我开门吧。"

我告诉他："那你只能找开锁匠了，我把你给我的那把钥匙放在你床头柜上了。"

他还以为我在跟他开玩笑，在电话那边不耐烦地继续嚷嚷着："别闹，齐乐在我旁边呢，她要参观参观我的房间，你快点儿回来吧。"

我清了清喉咙，提醒他道："我们小区开锁匠的电话是64408178，还有你在让他给你开锁的时候，请记得一定要带着你的身份证。"

林鑫很吃惊："你把钥匙还给我了？这是为什么呀？"

我就用很清晰的声音，清楚地回答他："我答应帮你做的事情已经做完了，所以理当把钥匙交还给你。"在说这话的时候，我在想，这又算不算是一种到此为止呢？

我原本还想跟他说，如果他以后再有如此稍微超出了朋友之间的，厚脸皮的请求，还是另请高明吧。可是我的话还没有说完，就已经被歇斯底里的他给打断："夏朵，你疯了啊？你搞什么鬼？你赶紧麻溜地给我回来，现在，马上，立刻。"见他这样，我却只是挂了他的电话。我知道，千言万语都比不上这个动作，我估计他现在想要我的命，然后我的心情突然就好了起来，把叶榛给我拿来的食物，风卷残云般地很快解决干净。

直到现在，我才不得不跟叶榛承认："那女孩说得其实一点儿都没有错，真的。"

当叶榛的脸上浮现出得意之色的时候，我又马上补充了一句："那女孩一定是喜欢你的吧？"他就有些害羞地看了看我，没有说话，虽然没有承认，倒也没有否认。我发现他被我揶揄到的样子居然很可爱，我就看着他略显尴尬的神情，轻轻叹息："原来感情的债，和时光的海一样，是我们谁都越不过去的东西。"

吃完饭以后，叶榛开车送我回了家，我坐在副驾驶上，夜风从窗外的四面八方涌进来，轻轻吹拂着我的发，我就下意识伸出手拨了下自己的头发。细碎的黑发从指间穿过，就像是人生，好像总有些什么，你想抓却怎么也抓不住。

在学校顶楼消耗掉的午后时光，逃非专业课时他回头小心翼翼偷看我的微笑的脸，学校门口一起吃过的麻辣烫，图书馆里交换过的小纸条，甚至是他背着我时脖颈上沁出的细密的汗，我总以为这些都会因为太过短暂而被忘掉，原来，我还清晰地记得每一个细节。

这些小小的温暖的细节，居然被我记得那么清楚，所以，一直以来，我总想回报林鑫更多。我发现也许一开始就是我错了，我的人生经验太少，我不知道，有些情感不能谈回报，回报会把一个人惯坏。但我也并不后悔，因为付出，也是一种沉淀，它们会默默铺路，只为让你成为更好的人。

车被开进我家小区的时候，我的直觉告诉我可能会遇到林鑫，最后在我下车时，果然看到了他，在深沉的夜色里独自站在路灯下的他。

他一看到我，便冲我大声嚷嚷，声音划破了小区宁静的夜空，也点燃了好几栋楼的声控灯。他说："夏朵，你怎么才回来？我等你很久了！"借着昏黄的灯光，我居然觉得，他的声音再大也掩饰不了表情中的讨好。

我的心就软了下来，其实，我哪里可以硬得起心肠？

我连忙说："你怎么没有叫开锁匠呢？那齐乐呢？你已经叫她回去了吗？你说这么晚没有开锁匠了怎么办？"

他居然很脸大地说："还能怎么办？我看我今天只能打扰你了，要不，我出去开间酒店房间，其实也是可以的。”

我点点头，说：“那好吧，你就去我家客厅打个地铺吧。”

他张大嘴巴露出满口的白牙，说：“就打地铺啊？”

“那你还想干吗？”我抱着肩膀一副你只有这个单一选项的样子。

他无奈地呼出一口气，竟然还问：“那开锁匠呢？你说怎么解决？”

我皱了皱眉，说：“你自己叫不可以吗？”

他竟然很无耻地说：“哦，那我怕我又忘了，明天后天大后天，还要打扰你！”

我真的很恨他的这种死不要脸，但我也真的拿他这种死不要脸没有办法，所以就只能很没骨气地答应：“好吧，看来明天我得押着你去找开锁匠了。”我只顾和他说话，却早忘记了叶榛，直到听到车子的发动机响，才转头去看，叶榛却已经把车子开出了老远，行动快得我还没有来得及跟他说再见。

（五）

齐乐来找我的时候样子有些憔悴，她还没有化妆，所以看上去不像上次见面那么光彩照人，我心里顿时有点儿安慰，原来再美的美人也有变成平常人的时候。

她跟我说，林鑫自从搬到新家以后，已经很久没有给她打电话了，就算找到他，他也总是说不上两句话就逃走，他总说他忙，也不知道他在忙些什么。

她还睁大眼睛望着我说："林鑫说我有公主病，他说你就从来都不像我这样挑剔和情绪化，乱发脾气，他说你总是很善解人意，很有眼色，也很懂事。"

我喝着奶茶，听她这么说差点儿一口喷了出来，我突然很想笑，我什么时候变得这么重要了？林鑫又何尝如此夸奖过我？我还不知道我有这么多的好处。但我只转念一想，便明白了，他厌倦了她，而我就变成了最好的挡箭牌。

我绞尽脑汁才开口："齐乐，其实林鑫没什么好的。"

她居然反诘我："那你为什么一直喜欢他？"

我张口结舌，其实我也不知道自己是否真的喜欢他，其实我也只是觉得对他好像比朋友多一点儿，但是话说回来，好像比恋慕又少那么一点点。我对他有好感是不假，但至于喜欢，再至于爱，我想，我还需要好好考虑一下。

尽管如此，我也总以为自己掩饰得很好，原来齐乐都知道了，估计叶榛也是明白的吧。他也许正在生我的气，已经好些日子不在我面前出现了。而我一出门就会想到他，满街的出租车，我总怀疑他待在哪一个角落，正怔怔地打量着我，为我的纠结而恼怒。

我突然间意识到这是一个惊人的进步。除了林鑫，我又开始挂念起别的男人。

我很认真地回答她："也许我只是喜欢上一种习惯，又或许我对他日久生情，只不过，日久生情只是一种妥协，要我认真地选，我绝不会妥协。"

她突然松了口气，说："夏朵，看不出你是个明白人。"但转瞬她又忧伤了起来，她捧着脸颊说："我这两天休息不好，皮肤都差了好多，今晚回去要敷个面膜才行啦。"

我点点头，轻轻笑了。你看，年轻就是好。再深的爱情，也抵不过皮肤的好坏。

刚刚和齐乐挥手告别，就接到了林鑫的电话，他最近好像很闲，打来的电话也很多，早中晚三顿饭的饥饱情况都会被他问候一遍。他说他在学校门口等我，他说他又发现了一家很好吃的餐厅，他想，我肯定也会喜欢的。

我顺步往校门口去找他，找到他以后我居然可以很坚定、很平静地跟他说："我什么都不想吃，就不陪你了。"

这样拒绝他的感觉很好，我呼出一口气，笑着冲他摆摆手，我说："我要回家了。"

他拉住我，说："要回家就都回家，我也不去了。"

我不置可否，带头朝前面走，他就连忙三步并作两步跟了上来。

"真的和齐乐分手了？"在我们并肩一起往住的小区走的时候，我乘机问他。

他沉声反问我："齐乐是谁？"

我就突然又忍不住生起他的气来，我说："林鑫，拜托你认真点儿好不好？别以为总有好女孩在等你，世界上又不只有你一个男人。"

他看我一眼，举手投降道："好好好，夏朵，我答应你，我这次真的是很认真地跟她分的手。"他说着，还自然而然地很调皮地把手伸过来搂住我，用他的下巴轻轻抵住我的额头，很温柔地对我说："在我还没找到目标之前，借我肩膀给你靠一下。"

其实我真的很想推开他，可是最后，我却没有。

就这样，我们靠在一起走着，在快要走到小区门口的时候，一辆车在我们身后响起了喇叭。我们并没有挡住他的路，可是他却一直按着喇叭，一直按一直按。林鑫拉着我停下来转过头去看，那车已经停了下来，有人从上面走下来，那人是叶榛。

他一过来就狠狠一拳打在林鑫的脸上。他的脸有点儿狰狞，他说："别碰夏朵！"

我尖叫起来："叶榛，你这是干吗？"

林鑫捂着脸，轻轻冷笑，看着他说："关你什么事？"他伸手过来又揽住我，说："我就是喜欢夏朵！你怎么着，你能拿我怎么样？"

叶榛盯着我，破天荒第一次冲我恶狠狠地嚷嚷："夏朵，你给我过来！"

林鑫搭在我肩膀上的手很明显地紧了一下，我感觉到了。而此时叶榛的声音都变了，他的声音有些嘶哑，说道："过来！夏朵！"

我轻咳一声，没有动，问道："叶榛，你这是怎么了？你是不是喝酒了？"

他紧紧地盯着我，摇了摇头。

于是此时林鑫拉起我的手说："走吧，夏朵，我们回家吧。"

我咬着嘴唇，不知道该如何应对现在的情况，而在我还没有想好之前，林鑫就已经生生把我从叶榛面前给拉走了。我是被他生拉硬拽给架进了小区上了楼的，我的手腕都被他捏得生疼，最后红肿了起来。但是叶榛却没有跟过来。在上到二楼的时候，我抬起头来看着林鑫问，很认真地问："你喜欢我吗？你真的喜欢我吗？"

林鑫吃了一惊，他看着我，有点儿结巴："你怎，怎么了，夏朵？"

我很镇静，说："不不不，你并不喜欢我是吗？从头到尾，你都没喜欢过我。"

林鑫就很诚恳地回答我："夏朵，我并不想欺骗你。对于我，你就像我生活的一部分，我习惯了有你。我只能说，如果你肯给我机会，我愿意尝试一下。"

我突然间有一种释然的感觉，这种感觉促使我轻轻地笑了起来。他不是没说过啊。我记得他跟我说过，他最喜欢双眼皮大眼睛的女生。还有他爱过的女孩子，无一例外都有那么一双漂亮的双眼皮大眼睛。而我没有。小的时候我就是单眼皮女生。长大以后我就是单眼皮女人。只有头一天晚上哭着入睡，第二天早上醒来，镜子里的那个人才会意外有了双眼皮。

比如，这一天清晨，我在镜子里，又看到了自己的双眼皮。

我用凉水泼脸，告诉自己，这是最后一次，真的，最后一次。

突然间，我觉得自己很寂寞。

因为我拒绝了林鑫的好意，我跟他说不需要他尝试了。爱是尝试不出来的，喜欢一个人原本就是一种本能的冲动，就如同陈静对于他，如同曾经的我对于周健成。而周健成，这个名字好像已经离开我的生命很久了，其实想想，也不过才两三年，还没有我喜欢他的时间长。我竟然没有想象中的难过。我连吃饭都正常起来，胖了好些。我常常拿着手机对着叶榛的手机号码发呆。我很想打个电话给他，可是却不知道说些什么。

在一个天气晴朗的日子里，我终于鼓足勇气给他打了个电话。他接起来，只是"喂"了一声就没有再说话。于是，我就不得不开了口，我说："我需要用车。"

但是他却说："对不起，我已经不开出租车了，另请高明吧。"

我问他："你生气了？"

他回答："没有，只是真的不开了。"

我咬了咬唇，说："那究竟为什么？好好的就不开车了呢？"

他笑笑道："那出租车是我哥们的，原本他生病我只帮他代班三天，但没想到的是，在遇到你以后，我这个代班居然代了整整两个多月。"

一时之间我突然有了种想流泪的感觉，我哽咽得说不出话。我们相对静默了很久，叶榛才叹了口气，声音软了软问："你最近好吗？"

我摇了摇头说："不好。"

他有些讶异："那林鑫呢？他没有陪着你吗？他不是说他喜欢你吗？"

我想了想对他说："喜欢是两厢情愿的事，不是妥协，不是习惯，也不是强求。"我还对他说："有些东西失去了，不在了，我才发现他的重要。"我对叶榛说了我此时的真心话，我也是考虑了很久，才得出这样的答案。

而他却只是轻哼一声，说："先说好了。我可不是出租车，召之即来，挥之即去。错过就错过了，过时不候，后悔不迭。"

听他这么说，我就来气了，他还拽起来了，所以我想也没想就砰地一声挂了电话。而刚挂了电话，我就有些后悔了，握着手机正踌躇的时候，叶榛居然又打了过来。我故意没好气地接起来，没等他开口我就嚷嚷起来："不是说让我另请高明吗？"

他好脾气地回答道："对啊，我就是要给你另外一个司机的电话。"

我咬牙切齿地狠狠说："好，麻烦你发短信给我就是了。"

他笑着说："不需要那么麻烦。正在通话的这个电话就是，这个司机是你的专职司机，还随时恭候大驾，24 小时 standby。"

我忍不住扑哧笑了，然后呼出一口气冲他嚷嚷："你脸皮真厚。"

他就冲我嚷回来："得了吧，夏朵，我看你就是喜欢我的厚脸皮，你就是喜欢上我了，你就对我明说了吧！”

我恼羞成怒，说：“谁说的？才不是！”这次我是毫不犹豫地挂了他的电话。

然后我一个人跑去吃叶榛带我吃过的那个自助餐，自己一个人跑前跑后拿那么多口味的哈根达斯冰激凌，没有他有什么关系？谁又不能没了谁呢？而我正吃得高兴的时候，就看到叶榛走了进来，他大摇大摆地在我对面坐下，顺手扯张纸巾就给我擦脸。

他很认真地看着我说：“没关系，夏朵。等你想好再来喜欢我也可以。我可以等你，只要你需要我等，我就等，我保证！”

我眨了眨眼睛，看着他那双漂亮的眼睛，不不不。我觉得我不应该让他等了，因为我已经做好了全心全意喜欢上他的一切准备，于是，我就伸出手紧紧地拥抱了他。我对他说：“最好的温柔是不离不弃，最好的恋人是可以随时说话，最好的状态，就是和你在一起，我真的很高兴。”

（六）

我发现原来喜欢和被喜欢就是这么简单，而所谓的幸福，就是一个笨蛋遇到一个傻瓜，就算没有旁人的羡慕和嫉妒，但至少可以风风雨雨，平平淡淡。

我不后悔在感情上自己曾经走过那么多弯路，因为少走了弯路，也就错过了风景，所以无论如何，我想，我会始终感谢经历。

我在想，就算大学毕业了，我也不想工作，我已经有了叶榛我怕什么？

反正他答应过我，他会养我的，况且，除了他，我还有爱我并且很会赚钱的老爸。所以我打算继续念书，有时候我也自嘲这就是家底丰厚的好处，如果我愿意，我可以一直待在象牙塔里，念完了大学可以念硕士，念完了硕士还有博士，念完了博士还可以游学，当然，也许以我的资质，到八十岁都念不出一个博士，这样正好，我可以干脆在学校里待到八十岁。

我靠在叶榛的腿上午睡，他说："夏朵你不会做饭这可怎么办？"

我睁开眼睛，说:"叶榛你腿上的肉好紧哦。"然后我从他的腿上爬起来，接着说："叶榛我们去吃韩国料理，哦不不不，还是吃三文鱼吧。"

他摇了摇头，说："要走那么远，太累了。"

我使劲拧了下他的大腿，他说痛，皱起他粗粗黑黑的眉毛。他用力抱我，可是他还是不去，我咬了下他胸前结实的肉，说："叶榛你对我太不好了，这么一点点路，你都不带我去。你老不准我吃这个吃那个，用我的眉笔乱写字，抱起我的时候那么用力，你还老逼我给你洗你的白衬衫和白袜子，你老不让我。"我一笔一笔地跟他算账。

可是后来我累了，就又睡着了。

那天我还做了一个梦，我梦到我和叶榛都白了头发，我们手拉着手坐在摇椅上，我好像还为他生了好多孩子，他们都长大了，团团圆圆地簇拥在我们的身边。我觉得他变成老公公的样子好好笑，所以后来我就笑醒了。而叶榛居然手撑在我旁边撅着嘴看着我，他不知道什么时候已经出去了一趟，然后打包回来很多三文鱼和寿司。

我冲上前去亲了亲他的额头，说："你真好。"

他笑笑，说："其实，是我突然也想吃了。"

我吃得满嘴都是酱油，他就拿张纸巾来帮我擦干净，他还温柔地跟我说：

“这个周末，我的几个朋友邀我一起去普吉岛玩，周六早上去，周日晚上回来，只过一夜，你愿意去吗？”

我弯了弯嘴巴，说：“出国啊，出国可以只过一夜吗？”

他就笑了，说：“你想过多少夜都可以，我都可以陪你。”

我脸红了，我知道，他说这话很有调戏我的意思，我没有说话，只是狠狠地瞪了他一眼。他就连忙示弱了，他有些温柔地说：“直飞的话，只需要5个小时，很快的。”

“那我们是跟团吗？”我问。

“如果是这样的话，那还不如不去，我们一般喜欢自由行。”他就赶忙回答我。原来，我们的想法是一样的，因为我才不喜欢一个导游挥动着小旗子，带我们前行的旅游，如果是这样的话，那就真的太无趣了。

我偏了偏头问：“都是你的朋友吗？我去会不会不太好？”

叶榛扬了扬眉，说：“那你到底是想去，还是不想去呢？”

“我……”我转了转眼睛，“让我好好想想。”

他便有些讨好似的笑了，唇红且齿白，他说：“我的意思呢，是想顺便介绍我的朋友给你认识认识，其实啊……”他停住，把嘴一直凑到了我的耳根，才轻轻接着说：“其实，我还是喜欢只跟你在一起，单独的在一起，只有咱们俩。”

我故意逗他：“那好啊。你既然这样说，那我们就不去好了。”

他明显有些着急了：“其实呢，我都答应他们了，你给我个面子好不好？”

我就连忙点点头，答应道：“好吧，去就去吧。”说着，我还伸过手指，去戳了戳他满月似的额头：“你这个小骗子，你明明早就已经自作主张了，为什么还要来问我的意见？”

叶榛就侧身过来捉住我的这根手指，拉到他的唇边吻住，同时深深地凝视我。

我的手指感受到他呼出的热气，心底如同一阵风轻轻吹过湖面，起了微微绵长的荡漾。

周六的一大清早，我便拎了个轻便的运动背包出了门，叶榛开车在楼下已经等了好久了。我上车的时候，他侧头看了看我，禁不住微微一笑，我疑惑，也低头看了看自己，问：“有什么不对吗？”我穿着T恤外加棉质灰色运动长裤，白色的匡威布球鞋，自从摆脱了林鑫的晨跑计划以后，我倒还真是少有这么穿的时候。

叶榛笑着说：“头一次见你这副打扮，看上去完全是个学生。”

我白了他一眼，说：“我本来就是个学生啊，我大学还没有毕业呢。”

他边开车边解释道：“我这个学生是指高中生、初中生。现在的大学生，穿得那叫一个成熟放荡。”

我抚掌而笑，说：“原来，你恋童啊，这口味可不轻呀！”

“你少胡说，我就是夸你清纯，你听不出来啊？不过，”他偏了偏头，“你穿什么我都觉得好看，觉得都别具韵味，”他说着，还递给我一个牛皮纸包装的食品袋子，“喏，这是你的早餐，要做五个多小时的飞机，飞机上的东西肯定不好吃的，所以赶紧趁热吃吧。”

听他这么说，我心里喜滋滋的，而且他一向都是这么细心的，他肯定知道我是空着肚子出来的。我吃着鸡蛋汉堡，喝着温热的豆浆，就心情舒畅而满足了。

我们把开来的车停在了机场停车场，叶榛和他的朋友们约好在机场出境大厅集合。他另外来了五个朋友，三男两女，都背着很专业的户外背包，全副武装的，跟叶榛一样。看来，他们经常在一起外出旅行。

我们来的都很准时，所以只是互相简单介绍和问候了几句就登机了。

原本我的旁边是叶榛，我和他的位置挨在一起，他旁边是他的朋友，一个叫莫蓓蓓女孩。但当我们还没坐稳，飞机还没起飞的时候，她就硬是要求我们调换了座位，她说她不想靠窗，所以最后，就变成我坐中间，叶榛和她分坐我两旁。

一路上，她都很热情地跟我聊天，我们聊的话题很多，从新潮的衣服到精致的化妆品，从最新的电影到最好喝的咖啡，然后她竟然很八卦地问我，怎么跟叶榛认识的？叶榛对我好不好？我们俩是谁先看上了谁？是谁先追的谁？我最喜欢他身体的哪个部分？

我都一一认真诚实回答，毫不矫揉造作。最后，我还在她的要求下，在旁边熟睡的叶榛脸上，用口红涂在手指上，印出了个浅浅的红印。他竟然一点儿反应都没有，在飞机上也能睡得那么熟，我还真是佩服他。

一路上跟莫蓓蓓有说有笑，时间也不算难熬，很快就到了，叶榛也醒了。

他睁开眼，乘莫蓓蓓不注意，抬手就擦掉了那个红印，位置拿捏得很准，我猜他刚才肯定没有睡着，一直在偷听我们说话，我确信，但是我认为现在没有必要拆穿他。

机场的第一层是抵达的出口，分为国内和国际两部分，其中国内出口 Domestic Arrivals 在机场的南侧，国际出口 International Arrivals 在机场的北侧。我反正跟着叶榛走，不怕迷路的，然后经过出口门口右手边，我看到有很多架子上有免费的地图、咨询等。再走过去，一个黄柜台，叶棒轻车熟路地就帮我们领取了免费的 turnover 卡 (Free Sim Card)，送的卡里还有话费。

我们一起去拿行李，叶榛很细心地告诉我行李出口是有两个厅的，所以如果行李没有找到，也不要着急，只需要到另外一个大厅查看就好了。两个大厅是并排的，很好找到。他还告诉我这里出门的右侧就有兑换泰铢的银行了，一般来说机场的汇率会低一点儿。出门不远处就是机场巴士站，坐去芭东或者市区的巴士就在这个地方，一般 20 分钟左右就有一班。如果航班时间是白天，时间也不赶的话，可以考虑乘坐这种巴士。

我们是自己租车，莫蓓蓓他们清一色租的是摩托车，而我肯定是不敢骑摩托车的，所以叶榛就租了辆吉普。在路上，他边开车还边向我介绍，芭东海滩距普吉镇 15 公里，是普吉岛开发最完善的海滩区。海滩附近有几条布满商店和餐馆的街道，走走看看间乐趣无穷。夜晚，度假村、露天酒吧、舞厅、夜总会人来人往。点一杯简单的饮料，在异国的夜晚和陌生的朋友聊聊天，看看外国人的夜生活，再吹一吹海风，真是非常享受。

我们刚到酒店安顿好，吃了点儿东西，大家就被莫蓓蓓拉去玩沙滩摩托，七个人，六辆车，一起奔腾前行扬起了不少的白色细沙。我坐在叶榛的后面，双手搂住他的腰，一动都不敢动，而他们却骑得越来越快，叶榛为了跟上他们，也就不得不提高速度，搞得我生怕自己会不小心掉下去，一路抓扯着叶榛后背的衣服，惊叫连连，后来他就索性停下来，把我抱到他的身前固定住我。我觉得沙子都飞进了我的嘴里，所以浑身都不太舒服。而叶榛也不知道从哪里翻出一条大大的纱巾兜住我，还把丝巾在他的背后打了个结，我就这么被他紧紧缠绕在怀里，我的脸，贴到了他的胸膛。

他看我害怕，也不再着急追赶他的朋友，速度放缓，沙滩上，只剩下了我们俩，沿着海边缓缓行驶。摩托车的速度慢了，扬起的泥沙也少了，也不像刚才那样惊险刺激了，我的心情也放松了。眼前与天际相交的海面，没来由地让人神清气爽，感觉十分惬意。

我依偎在叶榛怀里，突然很盼望这条路就这么一直走下去，就像这海上的浪花一样一直奔腾下去，就这样前行到老，没有琐事的干扰，也没有尘世的烦恼，也许这就是古人诗词上写的“愿得一心人，白首不相离”的境地吧。我这样想着，但是如此突如其来莫名的情绪，又让我有了几分惊吓和几分自嘲。我悄悄抬起头，叶榛却只是专注地看着远方，似乎全然没有觉察我内心这份小小的波动。他宽广的胸口贴着我的脸，我发现，这是一个让我安心而贪恋的姿势，我就更深地依偎进他的怀里。

沙滩摩托结束后，安排的是户外烧烤，怪不得他们背那么大的登山包，原来，他们打算要露营，明明订了酒店房间却不住，估计是他们早就商量好了，帐篷带了三顶，三个男的挤一顶，两个女生也住一顶，而剩下的那顶就是我和叶榛的。

我红着脸坐在一边看叶榛和一个男生一起搭帐篷，另外两个男生去烧炭火。我发现叶榛的动作从容不迫，一举一动如同行云流水般流畅，似乎没有一个多余的动作。

“叶榛一向细心。”我正看得入神，莫蓓蓓不知道什么时候走了过来，坐到我的身边，“做他的女朋友应该是一件很享受的事情。”

我有些为自己刚刚那有点儿花痴的样子难为情，就忙岔开话题：“这样出来玩挺好的。这里空气好，景色美，在这里露营的感觉也很好。”

“我看你穿得很薄，这里不比酒店的房间，晚上会有些凉。”莫蓓蓓提醒道，但旋即她就连忙笑着说，“不过，没关系，我想叶榛一定会给你准备齐全的，用不着我们担心。我们几个已经不是第一次这样出游了，有经验了，准备的东西也都很齐备，大到帐篷，小到防风照明灯，无所不包。但相比之下，我其实最喜欢刚才那样，在沙滩上奔驰的感觉。”

此时，叶榛已经将这顶帐篷搭好，再到旁边开始搭另外一顶帐篷。而那边，炭已经被两个男生点燃了，照得他们的脸通红通红的。

莫蓓蓓突然说：“夏朵，我很羡慕你。”

我糊里糊涂地看着她，说：“蓓蓓，你的意思是？”

“我喜欢叶榛，”她轻轻说，而就在我有些不知所措、张口结舌的时候，她连忙解释，“夏朵你不要误会，我现在告诉你，是因为我喜欢他的事情早已经时过境迁了。我现在，已经有男朋友了，而且，我男朋友对我很好，我很幸福，叶榛也是认识他的。”

她说：“我不知道你有没有从小就喜欢过一个人，为了喜欢他，你会做很多很多的傻事，其中最傻的就是不断地换男朋友。我想气他，我以为这样他就会生气，他就会突然发现我的好，然后喜欢我。”

当然不止是她，我相信所有女孩子都或多或少做过这样的傻事，为那个不解风情的他，为那个懵懂中喜欢却又不敢开口的人。

估计连莫蓓蓓自己都不知道，她在提到叶榛的时候，嘴角眉梢，或多或少都带了点儿淡淡的哀愁，她冲我笑笑，说：“可是我错了，我发现无论我换多少男朋友，他都没有在意过，甚至连眉头都没有皱一下。不过他待我真的是好啊，他知道我的一切爱好，知道我喜欢吃什么，喜欢听什么歌，喜欢看什么书，喜欢穿什么样的衣服，他什么都知道，他那么会照顾我的感受，我以为这就是他喜欢我了。可是今天看到你，我就清楚了，其实，我早就应该清楚，他对他身边的所有朋友都是那么好，他对我的好，也仅仅限于朋友。”她拉着我的手，叹了口气，继续说：“他对你，才叫真正的喜欢，我终于知道了，他会因为你高兴而笑，因为你生气而紧张，也没有刻意地讨好和照顾，所有的行为和动作，都好像来自于本能，也许这就是书上写的心之所向。”

我听到她如此说，不知道自己该跟她说些什么，就只好说：“对不起。”

莫蓓蓓笑了。“这有什么好对不起的。要怪就怪我自己，有本事喜欢上别人，却没本事让人家喜欢我。其实我只是希望你知道，叶榛是个好人，值得很多人喜欢，而他既然喜欢了你，我就希望看到你们好，看到你跟叶榛好好在一起。”说着，她还点点头，“当然，我也希望我跟你说的这些话，你千万不要告诉他，我觉得既然他不知道，那就让他永远都不知道吧，其实默默地喜欢一个人，也是一件很浪漫的事，你说是吗？”而没等我回答，莫蓓蓓就摊了摊手站起身，“我去那边散散步，回头见。”

（七）

帐篷搭好，篝火烧起来的时候，天已经完全黑了。我们一起围坐在沙滩上，吃烤肉，烤海鲜，喝啤酒，一群人嘻嘻哈哈地聊天，后来我们唱起了歌，并且我还在他们的强烈要求下，和叶榛对唱了一首经典情歌。而喝了点儿酒的叶榛竟然很大方地跟大家讲了我和他之间经历过的那些事，我看见浅浅的微笑一直挂在他的唇边。

我去酒店房间洗完澡，再回到沙滩，换叶榛去洗的时候，我就一个人躺在帐篷前的垫子上，双手枕在脑后静静看着星空。

海面上晴朗的夜，波浪温柔地亲吻的沙滩，轻风吹来带些淡淡腥味的清新空气，一粒粒繁星清晰地镶嵌在幽深暗蓝的天幕上，天边一弯新月如钩，就突然让人有了一种今夕何夕之感。

叶榛回来以后，看我出神就没有打扰我，他只是轻轻地走到我身边坐下，手轻轻地抚上我裸露的手臂，我觉得很痒，触电般瑟缩了一下，他就笑了。

他让我别动，我回头，这才看见他手里拿着个玻璃瓶子，正从里面倒出液体，然后涂在我的手臂和脖子上，他说："防蚊液，不涂的话，待会儿你会被蚊子咬惨的。"而我的脸已经在发烫了，只庆幸现在夜色深沉，他应该看不到。

他修长的手指温柔地为我继续涂抹着，略带有薄茧的手指轻轻划过我的脖颈，胳膊，然后是小腿。我只觉得自己心跳的频率快到几乎让我无力承受了，我口干舌燥，想要说点儿什么，却完全不知道应该从哪里说起。

此时，叶榛示意我翻身，我就听话地俯身趴在垫子上，他居然那么大胆，直接就把手伸进我的T恤里，将凉凉的防蚊液涂到我背部的裸露的皮肤上。于是，我就赶忙伸手抓住他的手臂，他却并没有退让的意思，还问我："怎么？你不会是在害羞吧？"

"我害羞什么？"我反问他，"男女本就授受不亲，我看羞愧的应该是你吧！"

"可是你自己擦不到后背啊，"他叹了口气，"想不到你还这么保守，那么好吧好吧，你就当我这是在占你便宜，你便宜便宜我，到时候换我让你帮我擦，我再便宜便宜你，我们就算是扯平了，你说好不好？”

“谁要跟你扯平？谁想要占你便宜？”我白了他一眼，但尽管这样，他也丝毫没有把手拿开的意思，我们俩就这样僵持了好几分钟，终于，还是我妥协了，他便笑了，夜色中，他的牙齿那么洁白。在他涂抹的过程中，不止我的脸，我觉得我浑身都开始发烫了，我什么都不能做，只能努力保持着均匀的呼吸，然后将脸埋在双手中，力图让自己镇定下来。不防叶榛居然一下子把我抱了起来，放到他的怀里，我倚在他胸前，迟疑地睁开眼，就正好对上他凝视我的双眸，那双漂亮的眼睛此时闪着炙热的情欲，乘我不备，他的唇就一下子落在我的唇上，辗转用力吸吮，一直吻到我喘不过气。

直到另外一边的帐篷前突然传来了轻轻的吉他声，叶榛才稍稍松开我，我们相对深深呼吸了好久，我才试图坐起身来，而他却依然抱着我，低声说：“别动。”我就只好静静地倚在他怀里，和他一起听着那边传来的细腻的女声，唱着忧伤的情歌。我听出这是莫蓓蓓的声音，我听着她指尖娓娓道来的吉他声轻轻萦绕，歌词一字一字钻入心底，突然生出一份深深的感动。叶榛的手便在此时更加用力地搂住我，我们两个人就这么挨在一起，静静听着。

我们相依着坐在帐篷前的沙滩上，叶榛的脸贴在我的头发上，他的鼻息使劲地嗅着我头发上残留的洗发水的清香，他的双唇轻轻吐出气，伴着歌声拂过我的耳际，躁动的心渐渐平静。我觉得自己有些沉醉了，类似酒意的略微上头，眼前的一切清晰如故，却都带上了那么一点儿恍惚如梦的不真实感，身心是全然放松的惬意，一颗心飘飘荡荡的，如在云端。

“以前我和几个朋友组过一个乐队，蓓蓓就是我们的主唱，凭着她的好嗓子，我们在参加的大大小小的比赛里，都拿到了非常好的名次。她人长得漂亮，个性又爽朗，那个时候追她的男生那叫一个多啊！”我听着叶榛在我的耳边轻轻感叹，便随口问道：“那你是不是也是追她的男生中的一员呢？”

他连忙否认：“那怎么可能，我只当她是妹妹。”

我就笑了：“我记得在上学的时候，有些女生和男生互相喜欢，最开始，就是认哥哥姐姐，弟弟妹妹的，结果呀，凡事认了的，最后通通都搞在一起了。”

他低声笑了笑，说：“你别告诉我，你这是在吃醋。”

我回过头看他，说：“你心虚了？别岔开话题，你就说是不是吧？”

“真的没有，”他保证道，“我眼光可高了去了，一般人怎么能入我的眼？必须要像你这么好的，我才看得上啊，”他笑着，眼睛斜斜地看着我，“再说，那个时候她换男友比换衣服还要快，我才没心思去找被抛弃的没趣呢，我还是喜欢用情很深的女孩，比如说你，总让我觉得心里暖暖的，很安定的感觉。”他的话让我莫名记起一首歌——《女孩的心思男孩你别猜》。我以前总觉得这首歌很嗲很腻味，但是现在突然发现，原来歌词说得没错，表达喜欢的方式有很多种，但是，却不是每一种他都能够明白。我就站在你面前，你却不知道我爱你，不是世界上最遥远的距离，而是一个心碎了却无法挽回的残酷事实。

“油嘴滑舌！”我暗叹一口气，然后用力瞪他一眼，心里多少有了一点儿异样的感觉，也不好去继续揣测或者八卦什么，反正莫蓓蓓也嘱咐过我不要告诉他，于是我转而问他，“以前在学校有女生追你吗？”

他低头不好意思地笑了，说：“你这算是盘问我的情史吗？那么这大概得让你失望了，我以前很沉闷，只会打个架子鼓，还总把头低得很低，导致别人在台下都看不到我。”

就这么瞎聊着，连我自己都不知道，自己是什么时候靠在叶榛的怀里睡着的。

不过，我毕竟不是什么睡美人，朦胧中觉察到叶榛把我抱起来，我一下子就惊醒了。可是入睡前那个吻的魔力还在，我并没有煞风景地挣扎起来，而是由着他抱我进了帐篷，放入睡袋。他半蹲在我身边，我屏住呼吸，心跳加快，不知道接下来会发生什么。我似乎在期待他的下一个拥抱和另外一个吻。同时，我又为自己有这个念头而脸红。然而，叶榛却只是伸腿坐在旁边，还把我的头放在他的大腿上，他轻轻地抚摸着我的头发，痒痒的，导致我半天都没能再次睡着。他没有再亲我，我好像也并没有失望，反而有了些隐隐的安心。

外面的篝火和户外照明灯映入帐篷，音乐声已经停止了，他见我还没有闭上眼睛，便问："怎么？是不是睡不着？"

"你这样，我怎么能睡？"我枕在他的腿上，朝他眨了眨眼。

他轻轻笑了，说："那睡不着的话，陪我去沙滩走走？"

我点点头，很快爬了起来，我们出门的时候，他拿了一小截绳子和一个小桶，我朝他露出一个疑惑的眼神，他向我解释："一会儿就知道了。"

叶榛带我走得很远，远离开灯火、篝火和人群。夜半的沙滩被退潮的海水吹得平平展展的，脚踩上去软绵绵的，慢慢往海水靠近的时候，我才发现沙滩上有些地方不一样，疙疙瘩瘩的，有些粗糙。走近用电筒一照，是一片极细小的小沙球和一些小洞，更细看时，有些像是有生命的东西刷地不见了。叶榛就让我蹲下来耐心等几十秒，居然有些可爱的小生命从小洞里钻出来了，原来是小沙蟹。

沙蟹们钻出来后，用两只钳子往嘴里喂被海水浸湿的沙，然后吐出一个个比米粒还小的小沙球，圆圆的，在它们的藏身洞旁边一直铺过去，铺过去。所以在远处看，这片沙滩就跟其他平整的地方不一样。

我看到叶榛把一根绳子放进一个小洞里，很快，就有一只小沙蟹被他轻易地捕捉到，拉出洞外。他告诉我，沙蟹很机灵，不易捕，况且海滩泥泞也不宜挖洞而取，且往往有“对头洞”，你挖了这里，它跑到那里。所以渔人根据沙蟹见物即牢牢钳住的特性，用把绳子塞入洞内，慢慢牵引它出来的办法诱捕，俗称“牵沙蟹”。我照他说的方法，也把绳子放进洞里，果然，很快，我就也抓到了一只。我觉得很好玩，就开始跟他一起抓，叶榛的动作很快，几乎几十秒就能搞定一个，他把我们抓的沙蟹统统放进了桶子里，不一会儿，就装了满满一桶。在他拉着我往回走的时候，我问他：“你要如何处理这些小东西啊？”

他头也不回地拉着我，说：“当然是吃掉。”

我停住脚步，说：“吃掉？你太残忍了吧？”

他也停了下来，笑着看着我，说：“怎么，难道你从来不吃螃蟹？”

“吃是会吃。”我点点头，有些不好意思地告诉他，“并且，我还很喜欢吃。不过，这些小沙蟹是我亲手抓的，如果再吃它们的话，我心里总觉得有些怪怪的。”

叶榛叹了口气，说：“那么好吧，你要是觉得别扭的话，我们就把它们放回去吧！不过，你可千万不要告诉其他的人哦，如果他们知道我放走到手的美味，肯定掐死我的心都有，特别是莫蓓蓓。”我点点头，他便把桶子横倒在了沙滩上，那些小家伙们便争先恐后地涌出来，它们的行动是那么敏捷和迅速，所以很快，就跑到我们看不到的地方去了。

叶榛捡起水桶，拉着我的手继续往回走，他边走边轻轻叹息，用他那磁性的声音对我说："你看这些沙蟹，它们之中，有的被吃了，有的病死了，有的漂向了远方，有的莫名地不见了；但这个群体依然生机勃勃，它们的地盘有时扩大了，有时缩小了，但年复一年，在自然的进化中生存了下来。说起来，它们比我们人类在这个地球上，出现得还要更早。"

我静静听着，他还告诉我，还有生命力更强的海蛎，它们把生命撒向大海，无论是礁石、沉船，它们都能附在上面生存，甚至还能在船底行走。生命的顽强如斯。它也每天像人类一样为生存而奋斗，一样传宗接代，一样争夺地盘。哗哗的涨潮声来了，沙蟹们很快就会不见了。等下一次退潮后，它们还保留下多少？

我点点头，说："沙蟹的世界，也就是人类的世界。其实对大自然来说都是那么的短暂。"

"所以，"他突然更加握紧了我的手，说，"我会更加珍惜生活的每一天。"

直到回到帐篷里，他的那句话，还暖在我的心里，时间早已经过了午夜，我却在睡袋里温暖得睡不着。而叶榛的呼吸已经慢慢沉稳，均匀绵长了。

我把双手枕在脑后，看着帐篷顶，突然意识到两个重大的问题：昨天的我还来不及挣扎，跟叶榛孤男寡女，当着他朋友的面住在一个帐篷里到底算不算合理，就已经自顾自地睡着了；我头一次睡在野外的帐篷里，还是跟一个男人，哪怕是在他已经成为我的男朋友的情况下，还能睡得如此肆无忌惮，睡得如此安然，这份神经大条，连我自己都实在有些佩服自己了。

我想，这也许是我已经开始信任叶榛了，而他真的非常能让我安下心来，我第一次这么幸福地想象，如果继续这样下去，跟他在一起真好，并且我还会有很多很多日子这样看着他。其实，我原来觉得，每个人都应该会害怕前景一览无余的生活，可是，我突然发觉，如果未来的每一天都有叶榛的陪伴，都是这样甜蜜、温馨的话，那也是值得期待的。

（八）

第二天，我是在海浪拍打沙滩的声音里醒来的，我第一时间侧头看了看身边，令我失望的是，另外一个睡袋是半开着的，叶榛居然不在，这个坏东西，难道他不知道，我是多么希望在睁开第一眼就看见他？

我钻出帐篷去找他，天才刚刚放亮，远处海天相接的地方波浪和云层，层层翻涌，太阳，还只是一个发红的火球。晨光中，我看到叶榛从酒店方向走回来，边走还边用电动剃须刀刮着胡子，还和莫蓓蓓交谈着。看见我站在帐篷外面，就连忙丢下她，很快走过来，朝我微微一笑，温柔地问："昨天晚上睡得好吗？我没有打呼噜吧？"

我觉得他的这个笑多少有一点儿戏谑的意味在里面，腾地一下脸就红了，我赶忙挠挠头说："嗯，还不错，我去酒店洗脸了。"

他连忙叫住我，说："别去了，我过来的时候，顺便给你带了一壶开水，虽然只有这么一小壶，但也应该够了，你就先凑合着洗脸漱口用吧，脸也不洗就往酒店、往街上跑，我想，你应该不是特别习惯。"

我咬了咬唇，点点头，差点儿就想上去抱着他亲一口，我觉得他的细心比这水更能温暖我的心。而我在一边洗漱的时候，他就和其他男生一起把帐篷拆完，卷好睡袋，一齐都收进各自的登山包里。他卷起袖子，忙碌的动作显得既从容又干练，效率十分高，我完全插不上手，也帮不上忙，就只能和莫蓓蓓还有另外一个女生一块儿清理了遗留的垃圾，把所有的东西都归还原位。

我们接下来的安排是一系列的水上活动，游泳、潜水、滑水、独木舟、风浪板、香蕉船……丰富多彩的水上、水下运动项目让我们乐不可支、无暇休息。宽阔美丽的海滩、洁白无瑕的沙粒、碧绿翡翠的海水，作为印度洋安达曼海上的一颗“明珠”，我真心觉得普吉岛作为旅游胜地，几乎无可挑剔。

我们乘坐夜班机回国，从机场出来的时候，天就开始下雨了。我真不知道我们是幸运呢，还是不幸，因为尽管我们装备齐备，但是我们谁都没有带伞。

雨下得很大，从机场到停车场的短短距离，就已经让我们浑身湿透了。我原本以为只在外面住一晚上，所以只带了一套衣服，在玩完水上活动的时候，穿去的那套件衣服就已经湿透了，我就换上了替换的，可是谁能料到回国了还会再湿身一次。

坐到他车子上的时候，我翻出放在背包里的衣服皱了皱眉毛，放在背包里的衣服当然不可能神奇般的立刻就干，我正踌躇呢，叶榛已经递过来一件男士圆领 T 恤和一条运动裤。

“穿这套吧！”他说。

“那你呢？”我问。

他笑笑，说:“你别管我，赶紧穿上吧，我还有衣服呢。”说完，他就下了车，背抵着车窗站在大雨之中。我好生感动，像女蜘蛛侠一样快速地换上了他的衣服，然后赶紧放下车窗叫他上来。他上了后座，拿毛巾擦着脸上的水，他还说："雨太大了，你就别下车了，闭上眼睛就可以了，不过，你不闭上眼睛也没有关系，我不介意的。"

"谁想要看你。"我白他一眼，就赶紧闭上眼睛，过了好一会儿，他还没有换好，我急了，问他，"好了没有？"他先还答应着："好了，就好了，马上了。"到后来，就干脆不吱声了，我到底还是忍不住回了头，偷偷睁开一条缝瞟向后座，其实他早就换好了衣服，正凑近我的脸等着，我一睁眼，他就亲了我一口："偷窥，相当的不乖！"

我的脸一下子涨得通红，叶榛就哈哈大笑起来。

他从后面爬回到前面的驾驶座上，我这才发现，他穿的居然是玩水上活动时穿的衣服。比较起来，也并不比刚刚被雨淋的这套干多少。我皱了皱眉说："哎，你穿这个会感冒的。"

他就伸出手来刮了刮我的鼻子，说："没事，待会儿开暖风吹一下就好了，你这是在心疼我是不是？"

我白了他一眼，说："谁心疼你了，感冒了活该。"

叶榛搂了一下我的肩膀，笑了，说："那好，我感冒了就传染你。"

此时，另外几个朋友已经打电话跟我们说，他们先走了，有一个男生还嘲笑我们说："我看你们还在停车场没有动吧？你们俩换衣服是要换多久？或者说，你们俩腻歪够了没有？"

叶榛就赶紧冲他吼："臭小子，你个资深流氓。"

挂了手机，启动车子，从机场出来就上了高速，一路上大雨如注，雨天道路难行，所以堵得那叫一个叹为观止，我看着远远望不到头的汽车尾灯，闪闪烁烁的，居然就睡着了。等我醒来的时候，车子已经进了城，透过挡风玻璃，我朝外张望了一下，天还下着雨，只是比刚才小了很多，我再看叶榛，他却是一脸好笑的表情。

“我从小就特能睡。”我拉起滑到一边的宽大的T恤领口，想到刚才的睡态肯定说不上得体，不禁红了脸，强自镇定地解释着。

他笑了笑，说：“能睡是好，能吃也是福，那你现在是不是饿了？”

“有点儿。”我点点头。

他也点点头，说：“那我们找个地方吃饭吧，吃完饭我送你回家。”

我低头看了看自己身上穿着的他的男士T恤，说：“我这个样子，怎么去餐厅吃饭啊？而且，你身上的衣服还湿着呢，赶紧回去换了。”

他沉吟了一下，说：“那干脆你去我家吧，我家洗衣机带烘干功能，我有衣服换，你就也有衣服换了，而且，你好像还没有去过我家吧？所以我郑重邀请你去参观参观。”

我点头答应了，他却突然伸出一只手来握住我的手，说：“那，你今天干脆就别回去了，你说好不好？”

“想什么呢？”我白了他一眼，嘟着嘴说道，“赶紧开车去你家，换了衣服就出来吃饭，然后乖乖地送我回家，听到没有？”

“好的好的，一切都听你的。”他撇了撇嘴，“其实，并不像你想的那样，我只是想和你一起睡觉，但也仅仅是睡觉而已。谁让我想在早上睁眼的时候，第一个看见的就是你。”

他的话让我感到很温暖，我低头捏着自己的手指很认真地想，原来有时候两个人在某些想法的契合，会让人觉得如此美满。

（九）

我们到了叶榛住的公寓以后，雨又开始变大了。他让我赶快把衣服取出来交给他烘干，不过，我可远远没有豪放到把自己的内衣交到他手上的地步，我赶紧说："我自己去吧。"

他也并没有坚持，把我带到卫生间，那里果然放着一台带烘干功能的洗衣机，他替我带上门就出去了。我放好衣服，定时以后走出来，左手边就是叶榛的卧室，门半开着，他赤裸着上身，只穿了一条大裤衩站在衣橱前，正在打电话。

不知道电话那边到底是谁，在说什么那么啰唆，但叶榛却很耐心地一直静静听着。他身材修长，看似瘦削，背影却是一个标准的倒三角形，宽宽的肩膀衬得腰部近乎纤细，我居然会不期然想起以前跟女同学私下里聊的话题，想起她们大胆露骨地讨论男色时讲的那些话，我的心跳一下子就加快了。

叶榛突然开口："这样吧，这个事我知道了，这个项目我向你保证，不管怎么样我都会拿下，其他的事在电话里也说不清楚，明天回公司再说吧。"

他一边说话一边回过身来，我来不及避开，只能做出若无其事的样子，赶紧移开自己的视线。我仔细打量着他的房间，这里的风格和客厅里的风格一致，陈设简洁，线条粗犷，没有任何的装饰品，窗边只摆着一张近似办公室风格的椅子，窗台上放着一摞书，显然，这里是他平时晚上看书的地方。除了这一处，卧室内只放了一张超大尺寸的床和两个床头柜，床上铺着米色和咖啡色的床单床罩，床头搭了件浅蓝色的睡衣。

叶榛放下电话，打开衣橱随便找了条棉质的运动裤穿上，然后又拿了件T恤套上，才笑道：“好啦，终于被你偷看到了，被你看光光了。”

我忍着笑走进来，站在床边，说：“你很怕我看吗？你的身材虽说不是特别好，也就将就了。”

“好的，我一定好好努力，去健身，达到你想要的效果。”他点点头，声音有些微微低沉下来，说，“我还必须向你招认一件事，其实，你在车上睡着的时候，我不小心居高临下地从你宽大的T恤领口那里看进去了，也算看了你一个囫囵吧。”

我的脸一下子就发烫了，而他却靠近我，抬手抚着我的头发，说：“我有没有告诉过你，你脸红的样子，看起来很可爱？”他的手，顺着我齐腰的长发下去，停留在我的腰肢上，手掌散发着灼灼的热力。我忐忑不安地抬起头，却一下子就被他眼中闪动的情愫摄住了。

我张了张嘴，竟然不知道说些什么，在这个时刻突然有了种奇特的魔力，我们的眼神凝结在一起，他的手已经在我身上缓慢而有力地收拢，居然一用力就把我抱进了他的怀里，他低头，用他的唇吻上了我的唇。

叶榛的吻开始在我身上不断加深，慢慢地移向他以前从没有涉及的，我的肩胛和锁骨上，灼热绵密地向下，越来越热烈，带着前所未有的缠绵，时而吮吸，时而啃啮，轻轻重重，急急徐徐。而我却只能用力攀着他的肩膀，意识模糊地回应着，此时，我再也想不起其他人，全身心只有叶榛，只有眼前这个突然用无限热情爱抚着我的男人。

他将我身上的那件宽大的T恤撩起，修长的手指顺着我的身体曲线温柔地抚摸着，指腹上的薄茧摩擦过我细致的旁人从来不曾触碰过的女儿家最隐秘的肌肤，我因为紧张和羞涩而全身不由自主地紧绷，却又油然而生出些隐秘的兴奋之情，仿佛有小小的火焰在心底燃烧，释放升腾着我陌生的热力。

此时，叶榛却突然停住不再吻我了，我不明所以地睁开眼，他看到我睁眼，便把灼热的嘴唇轻轻落在我的眼睛上，轻而细微地吻着，他突然哑声问："可以吗，夏朵？我可以吗？"

我当然知道这个问题意味着什么，我没有回答，只是慢慢合上眼睛，将身体更紧地靠在他坚实的胸肌上，任由他对我上下其手，最后，一只手绕过我的胸前，一只手抱住我的腰肢，将我贴得他那么紧。我有些害怕，其实，我并没有计划这么快就付出自己的第一次，我本来打定了主意，要享受一个从容的恋爱，等我们两个感情水到渠成，更加深厚的时候，再去体验不带任何勉强的激情。然而我却忘记了，世界上有很多计划之外的事情，欲望与感情恰好都是最不受控制的那一个环节。

就当我即将要付出，自己作为女孩子的所有一切的时候，我的手机却在这个时候响了起来。屏幕上显示是我妈打过来的，我就连忙推开他接了起来。叶榛退后几步，样子有些尴尬。而我却只知道把自己的手指放在嘴边，还朝他呶呶嘴巴，他立马就明白了我的意思，淡淡一笑，安静地坐回他卧室的床上。

我便立刻开始敷衍起了母亲的问候："嗯，我们这里是下大雨了，不过我已经到家了，门窗都已经关好了。"我妈却在那边说："打雷了吗？你不害怕吧？你小时候最怕打雷了。"

也不知道旁边的叶榛听到了没有，我就连忙回答她："没事，我这么大了，哪里还怕打雷？"

我妈居然在电话里跟我说，我爸的一个老朋友的儿子，出差到了我读书的这个城市，她想干脆我去认识一下，就算是相亲好了。

在读大学以前，他们可是防火防盗防我早恋防得那么厉害，而在我上了大学以后，他们居然开始担心起了我的终身大事。不断有他们老朋友的孩子，出差到我读书的这个城市，需要我去见一见，在他们的口中，也就算是相相亲罢了。

“相亲？”听到她这么说的时候，我偷偷地瞥了一眼旁边的叶榛，他坐在床边，随意拿了本书看着。而老妈在电话里又唠叨了很久，说什么表姐过年的时候都把男朋友带回家了，什么邻居家的姐姐大学毕业就结婚了，现在孩子都会打酱油了，什么，读完书我都二十二了，现在开始恋爱，谈个两三年，大家知根知底了就正好结婚，然后二十四五生孩子，是最最最黄金的年龄。

“其实，”我索性开了口，“妈，我最近认识了一个人，是做 IT 的，公司是大公司，待遇也还不错，人也很好。”

老妈在电话里的语气都变得欣喜了，说：“IT？ IT 人士不错啊，反正你是个电脑白痴，家里的电视机，电脑，手机什么的，他应该都会鼓捣的。”

IT 人士又不是修理工，我心里这样想但也连忙附和着：“没错，没错，如果家里有什么东西坏了，或者说，什么电脑软件你们不会用，你就告诉我，我让他远程遥控，教你们怎么用。”

我这话算是说错了，远程两个字一下子就让我妈惊觉了起来，她说:“夏朵，你找个外地的可不行，我们就你这么个女儿，你离我们那么远，要我们老两口怎么办？”她还说：“当然我们做父母的也不是那么封建，如果你真要和那个人在一起，那么，就让他来我们家这个城市工作，咱们这个城市也是不错的，也是个省会城市，也是一线城市，什么都有，不比你们现在在的城市差多少的。”她又开始没完没了地唠叨起来，我实在受不了了，说：“好好好，以后的事情以后再说好不好？我忘记了我阳台上还晒着衣服，下雨了，我赶紧去收了啊，就这样了，不说了啊。”

挂了电话，叶榛已经合上了书，穿上了件薄外套，他淡淡地说道：“我们出去吃饭吧。”

我摸了摸自己的肚子，又看了看窗外的大雨，说：“算了，你们家有挂面吗？我给你下碗面吃吧，这么大的雨，我们就别出去了。”

他皱了皱眉，说：“可是吃了面，也还是要送你回家的啊，这么大的雨，我看一时半会儿是停不了的。”

我红着脸说：“那我就不走了呗。”

我话还没说完，他便笑了，我就连忙解释：“不是你想的那样，你刚才也听到了，我从小就怕打雷，回家的话，我一个人也是害怕，所以，干脆，在这里借宿一晚，只是借宿，不准你像刚才那样对我了。”

他笑得更加厉害了，说：“我想的应该是哪样？还有，我刚才怎么对你了？”

我急了，连忙赌气说道：“那好吧，我现在就走。”

他就赶紧拉住我，说：“我还没吃过你下的面呢。”

我狠狠瞪他一眼，然后就去厨房给他下面了。他家的材料有限，不过也难不倒我，但是没有新鲜的香葱确实让我纠结了半天，最后，我也就只好在调好味的面里多点了几点香油，顺便卧一个鸡蛋，就算是大功告成了。

我们在餐厅里面对面一起吃面，吃完面以后，我们就一起窝在沙发里看电视。窗外的雨还继续下着，每到下雨的时候我都会有些手脚冰凉，身旁的他明显感觉到了，把我轻轻拥进了他的怀里，在他的怀里我在不知觉中脸红，导致身体上好像又重新有了些温度，他便笑着说我居然是个冷血动物，而我就白他一眼，顺便谢过了他这个人体取暖器。

我们在看完电视以后，回到他的床上并肩躺下，分开两个被子，但是手却伸在被子外面紧紧握着。有他在旁边，今晚就算打多少雷，我都会睡得很安稳了，我知道。

CHAPTER 03

不是谁什么都有，也不是谁什么都没有

每个人的电话簿里，应该都会有那么一个你永远不会打，也永远不会删的号码；每个人的心里，都会有那么一个你永远不会提，也永远不会忘的人。然后总有那么一个人，一直住在你心底，却逐渐消失在你的生活里。

（一）

我恋爱了，人生中第一次的两厢情愿，岁月静好。我以为会这样一辈子。并且，现在回想，如果就那样一辈子了，还真是一种人生的造化。

我开始习惯和叶榛一起，习惯有他在的每一分钟，习惯他就在我身边。我就是很喜欢和他腻在一起，天天在一起，一刻也不分开，不见他我就会想念。除了看电影和吃饭，周末我们就待在我家或者他家，绝少外出，闲时翻翻书，看看碟，偶尔说些痴话呆话，连自己都会觉得肉麻，彼此取笑一阵。即便是相对傻坐着，居然也会有幸福的感觉。遇到下雨天，他会待在窗前伤感，神情一如青葱少年，此时我的心底便有了柔情满溢。

在今年放假的时候，我并没有像其他同学那样，马上就回家。我自告奋勇去叶榛公司对面的一家咖啡厅打工，而我勤工俭学的意愿居然很容易就达成了，因为我跟咖啡厅老板说："没有工钱没有关系，就算要我倒给一点儿，我也是可以考虑一下的。"

咖啡厅老板是个漂亮温柔的女孩，她待人很和善，对我也很照顾，她从不让我做粗重的活并且还大方地给我结算了工钱，只要我上班还免费包我这天的饭食。于是为了回报她，我做事很勤快，对待客人也很热情，特别是在叶榛来的时候，我恨不得把他脚下的地拖八遍，把他旁边的玻璃窗擦五遍，帮他把桌子整理很多次，给他的茶壶里蓄无数次水。

叶榛是经常来的，每次来都是点一壶水果茶，我想也许正是因为不喝咖啡的缘故，他的牙齿才那么整齐洁白。有时候，他连到这里也是抱着电脑的，我知道，他最近拿下了一个很大的项目，忙得要死，但是不管多忙，他都会来，并且风雨无阻，日日签到。

我知道，他应该是了解我来这里打工的目的的，我就是想多制造一些和他见面的机会，所以他也很配合，有事没事都来转转，让我可以多看他几眼。

我觉得这样的相处方式也很惬意，见或不见，都是一种淡淡的幸福和快乐。

时间过得好快，在勤工俭学并且状态是恋爱中的我完全没有发觉，这个城市已经进入了隆冬，昨天半夜还下了场很大的雪，天气很冷。

我在今天早上出门前把自己武装齐备的时候，很意外地收到高新晨发来的微信，他问我今年到底什么时候回家。于是，为了方便跟他发微信，我就把手套脱了在手机上查了一下万年历，然后回复他说，还得再等几天，你不是快过生日了吗？等着我回去送给你一份大礼。

他很快发给我一个受宠若惊的表情，他说："你是说真的吗？"

我愉快地回答他："那是当然的，谁让我们是青梅竹马。"

在此之前，我每年回去的时候高新晨都会来接我，我也只是在他接我的时候，才跟他见一面，那么短暂的时间，还不聊天只是礼貌性地打打招呼，说句好久不见和再见。我甚至都不太清楚他现在过得怎么样，工作得顺不顺利，生活得快不快乐，以及他在他老爸的公司里到底干得开不开心。

我握着手机出了门，我的手在寒风中被冻得有些红，在艰难地挤上了人多为患的公交车以后，才好一点儿。在车上，我用语音继续跟高新晨说话，我说:“我现在在路上，不太方便打字。”所以，他回我的信息也变成了语音，他首先回了一条“好的”，然后他又说：“我听说你们学校都考完试好久了，你怎么还没有回来？是不是买不到票？那没关系，你买头等舱，回来我给你报销。”

也许是因为他的声音我太久都没有听到过了，再配合着车厢里的嘈杂，他从远方而至的问候和关怀，突然间变得那么真实和富有感染力。我鼻子微微一酸，我发现，我冷落了这个从小一起长大的好朋友，已经好久好久。

紧接着，他又问我：“你最近过得怎么样？”而为了活跃一下气氛，我就故意开玩笑说：“你问我什么方面怎么样，有没有新男朋友是吗？你猜！”

我以为他下一句肯定会回我说，你猜我猜不猜，或者是你都会有人要吗？我才不相信！

但我没料到的是，这条我以为会缓和关系的微信发过去以后，居然石沉大海，他没有再回。我此时刚好到站，雪天路滑，尽管我非常小心地缓慢挪动，但还是脚下一滑。

公交车站附近的路因为走的人太多，已经脏得够可以的了，而我就这么倒霉地选中在这块风水宝地跌倒，整个人都扑在了泥水里。也许是因为天气实在是太冷了，我抬手，用还算干净的手背揉了揉自己早已经冻红的鼻尖。委屈的眼泪就那么猝不及防地落了几滴，我赶忙忍住，因为我知道，这里没有人认识我，也没有谁可以帮我。更没有谁会知道，我的兼职是不是会被咖啡厅老板炒掉，是不是就要带着这一身泥浆水狼狈地回家。

我不想打电话给叶榛，免得他又笑我笨，让我干脆不要打这份工了，而好朋友陈静就算原本是这个城市的人也不可能突然出现在我面前。所以，我只能靠自己。

我突然又想起了高新晨。

想到他，我就坚强地掏出手机，似乎用尽平生最后一丝力气，发去一条语音信息：“高新晨你知道我有多倒霉吗？你一联系我，我就莫名其妙地摔了一身的泥，天气这么冷我已经决定回家不去上班了，你应该对我做出赔偿，还要给我洗衣服，负责我今天一天免费的汉堡和工资。”

消息发送成功，发泄完以后，我才觉得舒服了一点儿，自力更生地从包包里翻出纸巾，擦了擦手，又擦了擦羽绒服上那些根本就擦不掉且已经有些干了的污垢。

此时手机屏幕上，突然显示高新晨的来电号码。

我没好气地接起来，说：“你现在打电话来是什么意思？想幸灾乐祸还是袖手旁观？”

我没想到他居然说：“夏朵，你在哪里？其实，我刚刚飞到了你在的这个城市。”

我惊讶地问：“你怎么会来？马上就要过年了。”

他叹了口气道：“是啊，马上就要过年了，可是，你却还不肯回来。”

高新晨打了个车，用了不到十分钟的时间就准确无误地出现在我的眼皮子底下。而我自从接了他那通电话以后，就肆无忌惮继续一身脏兮兮地在事发处等他。

他一来，二话不说就把我拎起来往出租车里塞，我急忙往后面躲。我还是有自知之明的，我冲他嚷着：“不行啊！我一身都是脏的，司机会把我赶出来的，你快放开我好吗？”

他无奈地打量了一下我，问：“那你说怎么办？”

我想了想，只能说：“我们走回去吧。”

他有些生气，但又确实没有别的办法，于是他用力呼出一口气，很凶地对我说：“你不怕冻死的话，那就走吧。”说完，高新晨居然根本不等我就朝与我家相反的方向走去。我连忙叫住他：“喂！你到底要去哪里？我家在这边好不好？”

还好，出事的地方离我家只有三站地，不算远，我这样想着，就后悔起来只有这三站地我干吗要坐公交车，说不定走路去店里还没有这么倒霉。

我看着高新晨大摇大摆地走在我的前面，我发现他原来一点儿都没有变，背影居然和念书的时候一模一样，连发型也是那样的，短短的，漆黑的。

我们就这样一前一后地走着，好像时光又回到了最初。

我记得以前我总能在校门口的小卖部看到高新晨，而且肯定不止他一个人，他旁边一定还会有一个女生，他总是会背对着我，埋着头在巨大的冰柜里翻拣着。他会给那些女生买可爱多，买八喜，买梦龙，而那些女生真是个个都很漂亮啊。可是我从来都不嫉妒她们。虽然他从来都不会给我买冰激凌，他会说：“吃那么多甜的小心长胖，长胖了就没人要了。”

他不给我买，我自己难道不会买？所以我才不稀罕呢！

不过，我确实有点儿害怕，他说的话我居然真的相信了，我怕自己真的长胖了，我喜欢的男生会真的不喜欢我，于是，我就真的很少主动吃冰激凌，从小到大，直到现在。

我记得我唯一一次求他，是找他要一条项链。我跑过去踮着脚跟他说："高新晨，你脖子上的星星项链真好看，你送给我好不好？"他从小到大一直就比我高很多，他上初中的时候居然有一米七多了。他看了我一眼，我继续说道："反正它也不是特别适合你，这条项链太女性化了。"

他沉默了好久，我知道他不是小气的人，所以就一直等着，最后，他终于把那条项链摘下来递给我。我捏着闪着细碎光芒的项链，踮起脚来用手勾住他的脖子，在他的脸上友情式地亲了一口，并对他说："谢谢，你真好！"

结果，他竟然不领情地推开我，并且很认真地嘱咐道："你不要把我的项链弄丢了，那是我的宝贝，你要是弄丢的话，我就会生气。"

我连忙答应："我知道，知道，你不爱搭理我，你不说话的时候，就是生气了。"当然，他不说话的时候，有时候也并不是因为生气了，而是因为太冷了。

在初三毕业的那个暑假，因为周健成的消失，我很失落。而为了能哄我开心，高新晨居然答应带我去墨尔本滑雪。我喜欢雪，他是知道的，而他最怕冷，我也是知道的。但我们还是兴高采烈地出发了，还没到机场我就欢呼："噢，我要去墨尔本滑雪喽！"

他就在一旁拉长了嗓音提醒我："是我们！"

他拉着我的箱子，背了一个我的大包，另外一只手还提着他自己的小箱子，我身上空空的，可是走着走着他还是问我："夏朵，你累吗？"

我当然不累，我还有时间拿着相机自拍和给他拍照。

我们坐了十个半小时的飞机才飞到墨尔本，在飞机上，我靠着高新晨的肩膀睡着了。睡醒的时候，飞机已经安全落地，从机场出来，我们转坐了大巴，我们的目的地是城市东部的斯特灵山，而这里，是最负盛名的滑雪胜地。

墨尔本的雪有些凌冽，我把高新晨的衣领竖起来给他挡风，他就干脆用棉大衣把我裹到他的怀里。墨尔本真冷啊，我觉得自己都快结冰了，呼出的气息都是雪白的。地上的雪踩上去发出吱吱声，我大叫："高新晨，你冷吗？"

他笑一笑，牙齿也是雪白的，摇头说："我不冷。"

我用力粘在他身上，问："可是你怎么在发抖呢？"这个从小在祖国南边连落雪都没有见过的男孩，现在要和我一起来看这盛大的雪景。这个男孩的手套是大红色的。他戴着绒线的帽子围着厚厚的围巾，但是看起来还是那么帅。

我们到斯特灵山的时候是下午，微弱的日光照耀在我们身上，我兴致盎然地换上衣服要去滑雪。高新晨则赶紧拉住我，说："天都这么晚了，我们明天再去吧！"

我很用力地推他，说："胆小鬼，我们不要走得太远啊。"

"谁是胆小鬼？我才不是！"他扬了扬眉对我说，"去就去，马上去，现在去，谁怕谁啊？"然后我们踩上滑雪板就走了。雪地真是滑啊，这里没有缆车和巴士，连人都少得可怜，我们沿着覆盖着积雪的小径在树林里穿梭。天在这个时候居然下起雪来，我们生活在南方的城市，平时是很难见到下雪的，所以，此时我就更加兴奋了，我们一起跑着笑着闹着，不知不觉中天就黑了。

等我们想要回去的时候，却发现已经找不到来时的脚印了，我急得快要哭了，高新晨就从背后抱住我，他说："夏朵你不要害怕，有我在呢。"

我轻轻抬头看他，发现他的眉毛在雪地里是那么黑，他的脸白白的，我甚至可以看到白雪折射下他薄薄的皮肤下的血脉。他用他的额头用力触了触我的额头，说："夏朵你不要害怕，他们巡山的时候就会找到我们的，我们现在只需要往一个方向走。"

天真安静啊，这里好像只有我和高新晨，我可以听到雪落下来的簌簌声，尽管在夜里，我也能够分辨出四周是白茫茫的一片，覆盖了所有我们来时的路。走了不知道多久，我开始发抖，这么冷，我的骨头仿佛都要冻僵了，我看到高新晨的脸更白了，他的绒线帽子上落满了雪花，他抱着我说："夏朵，我们找个背风的地方先躲起来吧。"

我还能说什么？因为太冷我什么话也不想说，我只是一个劲儿地点头。

我们找到一个背风的山崖，我就像受惊的小鹿一样紧紧依偎在高新晨的怀里，我呵着气不断问他："你冷吗？"

"我想我们会被冷死的。"我的声音都带上了哭腔，"都是我害你的，高新晨，都是我害你的，你连北方都没有去过呢。"

他不说话，却使劲地摇头，而此时我才发现我的眼泪已经流不出来了，因为凡是流出的眼泪都冰冻在了脸上。最后，我就只听到周围有很大的风声，高新晨死死地抱住我，我觉得他勒得我都快要断气了，可是我实在说不出话来，只听到他一直在叫我："夏朵，夏朵，你千万不能睡啊，不能睡啊，夏朵你听到了没有？”

我很想听他的话，我想不睡，我想陪着他，我知道，此时如果只留他一个人的话，他会很寂寞很害怕的，我真的不想。可是疲劳和困倦却像巨浪一样一股股不断向我袭来，不容我反抗地把我狠狠拖入沉睡的深渊，而等我再次睁开眼的时候，已经是第二天的上午了。

我醒来时躺在医院，周围是医生和护士，四周都是白色的，我腾地从床上坐起来问医生："我的朋友呢？"

我说的话医生们听不懂，他们说的英语我也听不懂，他们只是坚持不让我下床，让我躺在床上好好休息。最后还是一个在医院实习的中国留学生给我做了翻译，他告诉我，我是被一个业余滑雪队发现并且带来这里的，他们并没有看到我的朋友，当时只有我一个人在雪地里。他安慰我说："你也不要担心，或许，你的朋友被其他人发现，送到其他医院了。"他还说："你的手和脚都冻伤了，再晚都有生命危险了，你们怎么能跑到那么远的地方呢？"

我想起高新晨的脸，突然觉得头一下子很沉重，我安静地在病床上躺下来，高新晨你说过要保护我的，可是你怎么就丢下我不管我了呢？

我用手摸了摸自己的脖子，那条星星项链不见了。我的眼泪就突然涌了出来。

我在医院整整休养了半个月才回国，后来听父母说高新晨在我回来半个月以后才回国，我还听说他受的伤比我严重，好像还差点儿死掉。可是，我却不想再原谅他，他怎么可以在最关键的时刻丢下我？

我一个人走过九月的林荫路回到学校，然后看到高新晨，我以为我已经足够的坚强，可是他一走过来我就想哭。他看起来还是很帅，他的头发还是那么短短的，漆黑的。他轻轻地叫我：“夏朵。”

我忍住眼泪，手依旧放在上衣口袋里，我没理他转身就走。

他大步跑上来挡住我，说：“夏朵，夏朵，你回来了。”

他走近了，我才发现他瘦了，脸色有些不好。我说：“我很好，我回来了。”

他的眼睛亮亮的，他把手机递给我，说：“夏朵，我给你看点儿东西。”

于是，我就马上看见自己出现在他最新款的手机屏幕上，在视频里，在雪地里，在墨尔本。高新晨脱下他的手套给我的手套上，他把他身上的棉衣脱下来盖在我的身上，然后他爬上树把他的围巾挂在了树梢。他从树上直接跌落下来，树干上结了冰很滑，他的两只手都磨破了，流了血，他仅仅穿了很单薄的衣服就转身去找救援队了。

他对我说：“我只是把这条星星项链拿走了，因为这上面留有你的温度，当时我想，或者我再也不能陪在你身边了，所以我就把它当作一份你陪着我的纪念。现在，你看我们都安然无恙地回来了，我把这条星星项链重新送给你，不知道你还要不要？”

我咬了咬唇，我知道，我当然会要的，我突然想起在墨尔本的医院，那个中国留学生对我说的话，他说：“是树上的那条红色围巾救了你，幸好有那条围巾，滑雪队队员才及时发现你。那你又是怎么把那条围巾抛到树上的呢？”

我又一次忍不住哭了，我对他点点头，接过高新晨的项链，我向他郑重地承诺：“我会好好保存的！”我还没忘记用力地拍了拍他的肩膀，我说：“好吧，我误会你了，我原谅你了，我们永远是最好的朋友。”

他用力握住我的手说：“好。”

我就笑了，赶忙把星星项链戴到自己的脖子上，所以，没有发现他在说这句话的时候，眼神一黯。而仅仅两个多月以后，他居然就跟周健成的好朋友李梦琪在一起了。

（二）

高新晨在前面走着，我没想到他会突然停下来，所以，我边回忆着边就撞到了他的背脊上。到此时，我才发现，原来，他并不是一点儿都没有变，他比以前好像更高了，也更壮实了，我撞到他，觉得很疼。我以为他会回过头来骂我笨，结果，他开口居然说："我就是不明白，他到底有什么好，让你这么痴迷，这么忘不掉？"

我知道，他说的是周健成，我就告诉他："我喜欢他，是因为他组的篮球队，在参加那年市里举办的三人篮球比赛中，得了非常不容易的第二名，与第一名的队伍只不过相差两分，只差了一球而已。"

高新晨白了我一眼，说："你怎么这么没眼光，放着第一不要，偏偏要对拿第二的情有独钟。"

"第一不是你们队吗？我怎么可能对你产生非分之想啊？"我义正辞严地阻止了他的玩笑。在我心中，高新晨始终是那个从小和我一起长大的竹马。如果没有我陪他，他肯定会很无聊；如果没有我和他一起上学下学，估计会有很多女生缠着他，让他不厌其烦；如果没有我陪他去电影院和 KTV，他肯定懒得连看电影和唱 K 都不去。所以这种玩笑不能随便开，我警告他："你知道吗？好朋友是可以一辈子的，但是要是我不小心非礼了你，你可就只能恨我一辈子了。"

他笑着说：“放心吧，我才没你眼光那么差。”

于是我问他：“那你说，什么叫眼光好？”

他摇头晃脑地说：“像我这样的啊，你能找到像我这样的，就算你家祖坟烧高香了。”

我笑了，说：“要是比你还好呢？”

“这不可能。”他斜眼看了我一眼，呼出一口气，“好吧，难道你真的如传闻中那样，有了新的男朋友了？”

我低了低头，说：“哦，原来你就是为这个来的。”

他看了看我，扬了扬眉，说：“我到底为了什么来的？你猜！”

我偏了偏头，学着他惯常的口吻，说：“你猜我猜不猜？”而他没有说话，所以我估计，也许是这个游戏高新晨早就玩腻了，现在的他，才懒得接下这个无聊的问题。

到我家以后，我让高新晨先简单参观了下我的闺房，当然，最私密的卧室他是只能站在门外边观望的。他看到我厕所里只有一把牙刷的时候居然格外开心，他摸着我的头发，表扬我是个好姑娘。是的，我不得不承认，自从那一次后，我跟叶榛还是没有进行到男女之间的最后一步，最多是抱着一起睡一觉而已，当然，这也是很极少的情况，他几乎没有在我这里过过夜，我也没在他家过夜，除了拥吻，我们似乎还保持着最诚挚的礼貌。

我把高新晨安排在客厅的沙发上坐好，还给他泡了一壶叶榛最喜欢的水果茶，然后把电视机打开，让他边看电视边等我，我觉得自己不仅要换衣服还需要痛痛快快地洗一个澡。而就在我准备换夹角拖鞋、拿浴巾的时候，高新晨突然说：“你穿这么厚，就算脏也只会脏到外套，不会脏到里面的。”他怎么会知道我里面没有脏，想到这里，我不由得脸一红，更加裹紧了身上的衣服冲他使劲嚷嚷："你真不要脸！"

他用手指了指自己，皱着眉不解地问："我怎么不要脸了？我的意思是你只需要洗洗手，洗洗脸，换掉脏了的衣服裤子就好了吧。"

我白了他一眼，说："不要你管。"他不知道女生们都是有轻微洁癖的，谁像他们男生只图简单和方便，脏兮兮的，再说，我是多么爱洗澡啊，好多泡泡。况且天又这么冷，我又跌倒在泥水里，谁也阻挡不了我要洗澡的决心，并且我还要洗一个小时。可是，我唯一没想到的是，霉运是会延续的，就在我刚洗完澡时突然脚下一滑摔倒在地。我也只是很理所当然地尖叫了一声，而那高新晨居然那么快就冲进了厕所，在我还一丝不挂的时候。

我平时在家洗澡都不关门的，今天就因为高新晨在，才关了门，却并没有锁死。我想我们之间是什么样的革命友谊，是用不着锁门的。所以这个意外让我始料未及，被他看光光的我一时之间只知道骂他不要脸，是个禽兽。

他居然也不辩驳，慢吞吞走出厕所，还在门口叹口气说："大不了我负责，娶你好了。"

"谁敢要你娶啊，我可配不上你。"我稍微平复了心情，穿上衣服，出来甩甩头发对他说，"算了算了，刚才的事就当没有发生过，忘记就好了。"

他很惊讶地张大嘴巴，说："怎么能忘记啊，你身材那么差？"

"我身材怎么差了？我这还不是标准身材，该大的地方大该小的地方小？我身材很好！"我冲上去，叉着腰与他据理力争。

他看着我如此认真的表情便笑了，很快认输，敷衍似地点点头，说："好好好，你说什么就是什么，谁让你吃亏了呢？"

“这亏也不能白吃，干脆，你请我吃饭吧，饭后我可还是要吃哈根达斯的。”我抱着肩膀想起了那家死贵死贵的且位置偏远的私房菜，叶榛带我去过一次，味道还算是不错吧，重要的是价格高得很清丽别致，惊天动地。高新晨他来得正好，那么就让他请我去大搓一顿吧，让他的钱包出出血。不过，估计今天真的是不宜出门，我们后来不仅吃完这顿饭，还吃来了一场飞来横祸。

我们吃饱喝足从餐厅走出来的时候，已经是晚上十点多了。我们走在通往大道的小路上，路边种满了白杨树，白杨树的两旁有一盏盏柱形的黑色路灯，有种旧上海的味道。估计因为是郊区，还有时间太晚的关系，所以这条路虽然雅致，却路人稀松。

我和高新晨在路上走着，就在我考虑着要说个什么话题时，后面突然冒出一辆面包车停在我们面前，紧接着便有一群人从车子里鱼贯而出。

在我目瞪口呆时，眼前便像港剧里演的一样，一群黄发少年龇牙咧嘴地站到了我们面前，高新晨就很谨慎地把我护在了身后。但是，我却并没有如他所愿地躲在他身后不出来，因为我们明明把钱包给了他们，他们居然还贪得无厌地想要我脖子上戴着的，高新晨给我的那条星星项链。而最后高新晨满脸是血的模样，更让我受到了巨大的惊吓，我尖叫着冲到旁边树下，举起不知道谁施工用的砖块，失控地朝人群奔去。

这一奔的结果就是，我也见了血，被送到了医院。那伙人全都跑掉了，但是高新晨却没有因此而受到任何皮外伤，当然，要除了后来叶榛打在他左脸上的瘀伤。并且高新晨还告诉我，他在我们被抢劫的时候，只是一激动突然流了鼻血。而就在我冲过去的时候，一瞬间用砖头伤了那些人中的好几个，最后终于有个胆子大的手持棍棒过来，对着我的后脑勺猛击一下，我便倒在了地上。

我记得我在闭上眼前，还在琢磨，这一天不跟叶榛见面，连电话都没有打一个，微信短信也没有发一条，他也该着急，也该来找我了。可是现在倒好，最起码，我出事后醒来时，应该可以同时看到他和高新晨的两张英俊的脸。

是的，当我在医院醒来的时候，真的看到了高新晨，也看到随后赶来的叶榛。他跟我说他打高新晨是因为，作为男人，他没有保护好我这个女人。他还说，高新晨居然让打我的那个混蛋逃掉，至今还逍遥法外，实在该打。而高新晨在看到我醒来时，只是扑上来问："夏朵，你没事了吧？你看看我，你知道我是谁吗？"

我白他一眼，说："我又没有失忆。"

他就好像舒了口气一样，安心地笑了笑说："那就好，那就好。"

现在已经是凌晨了，所以叶榛温柔地拍了拍我的肩膀说："你先休息下，我送高新晨去找家酒店住下，明天再来看你。"

当他们的身影消失在门口时，整个病房都空荡冷清了下来，我就在心里暗暗地咒骂他们两个粗心的男人，难道他们都不知道病人醒来的第一件事是要喝水吗？

我艰难地坐起身，拿起手边桌子上的矿泉水瓶。

窗外黑色的夜空寂静无声，我忽然想起我在晕倒前，高新晨抱着我说："你怎么这么傻？"

其实我也不知道，我只是在看到他满脸是血的时候，内心突然燃烧起一股对黄毛少年的愤怒，甚至是杀心，所以就无惧无畏地奔了过去。我想，大概这就是书里说的，义无反顾和心甘情愿吧。

高新晨居然在我靠在枕头上，快要睡着的时候又回来了。他是独自一个人回来的，身边没有了叶榛。他说叶榛送他到酒店，帮他开了房以后就走了，而他却连酒店的房门都没有进就转身又回到了医院。他递给我一个袋子，说："喏，吃点儿热的东西吧。"

我就问他："我要在这里待多久？"

高新晨扬扬眉说："不要怕，我今天晚上会在这里陪你的。"

我惊愕地看着他坐在除了床和柜子以外，这房间里还剩下的唯一一件家具，白色的木头椅子上，问："那你坐着睡觉？"

他坏笑道："不然呢？这里就只有一张床。"

我立刻低下头继续吃东西，假装没有听到。也幸亏后来护士给高新晨拿了一条毯子，让他可以盖在身上，然后趴在我的床边，我才可以放心地闭眼安睡。

洁白的病房，窗外的月光，以及和我从小一起长大的青梅竹马，我想这会成为我一辈子都不会忘记的一段真实的时光。

（三）

其实我的头部只缝了三针，只是叶榛怕我感染，才非要让我在医院住一晚，而他并不知道的是，这一整晚高新晨都陪着我。

我彻底辞掉了兼职的工作，原因有两个：一是受伤了；二是高新晨来了我觉得我应该尽一尽地主之谊，需要陪他好好玩两天。而叶榛却好像有些不乐意了，原本，他也是坚决反对我出去兼职工作的，但是他现在却说："你看吧，我说你坚持不了两个月吧，你就不想再坚持一下？还有一个星期就要满两个月了。"

我没好意思说话，而高新晨就忍不住在旁边搭话道："是啊，还有一个星期零三天就是大年三十了。反正再过几天，我们也是要一起回去的。"

然后更加出乎我意料的是，叶榛嘴上好像不怎么欢迎高新晨来，但是他还是请了几天假陪着我们，开车带我们去了很多景点。但其实这几天玩得并不开心，我们三个在一起，只有我在说到一个话题的时候，两个男人才会相互附和几句，除此之外，他们两个也只是分别跟我才有说有笑，而他们俩却很少有交集。

我纳闷，觉得他们之间好像有了些龃龉似的，但是偏偏他们对对方又客气得很，使得我就算想调停一下，也不知道该如何下手。

在出发回家的前一天下午，我收拾好东西，待在家里昏昏欲睡，而高新晨就在沙发的另外一头翻来覆去，逐渐的，他的动静慢慢小了，我以为他睡着了，所以也就没动，继续以一种半迷糊的状态躺在沙发上。可是过了一会儿，我突然觉得跟前有轻轻的呼吸声，惊讶得猛然睁开眼睛，就看到高新晨的放大的脸出现在我眼前，近在咫尺。

他看我睁开眼，便眯着眼睛笑着说："你睡着的样子比你睁着眼要好看很多。"

我白了他一眼，说："我不应该是什么时候都是最美的吗？"

他破天荒没有反驳我，还附和道："是的，你什么时候都是最美的。"

说这话的时候，他的桃花眼就像一汪碧波，我被他这突如其来的温柔给弄得有些恍惚了，不过，瞬间我便清醒过来，我伸手把他推远一点点的距离，冷静地说："好久不见，想不到你也变得这么油嘴滑舌，你是不是对不少女生都说过这样的话？"

这样想着，我突然有种不舒服的感觉，便捡起遥控板，摁开了客厅里的电视，我随手换着频道不再说话。他坐回刚才的位置，然后低低地对我说了一句话，就像是执拗的小孩子在为自己辩解一样，他说："我可从没对别人说过这样的话。"

他的这句解释，像一句轻轻的誓言，压在了我的心尖。我盯着屏幕上闪动的画面，目光有些模糊，我发现自己突然惆怅了起来。

我在想，高新晨，他喜欢我？怎么办？不不不，应该说，我害怕如果恋爱中出了什么差池，我们就不再是朋友，我怕失去这个朋友，况且，我现在已经有了叶榛。

此时，叶榛突然打电话给我，问我："有没有时间出来坐坐？"

我在沙发上坐直身体，理了理躺得有些凌乱的发丝，说："我在家，你来吧。"

而他却语焉不详地说："我就是想和你单独见见，你家现在有别人。"

我估计叶榛是误会了，他这是在吃高新晨的醋，所以我赶紧答应了他。我想出去跟他好好解释解释，我想跟他说高新晨只是和我从小一起长大的好朋友，我们真的是很好的朋友而已。而在我起身，为了出门略微收拾自己的时候，高新晨就一直在旁边，他看着我洗了把脸，然后蹭过来帮我把毛巾拿过来。我刚擦完脸，他就又为我递上了沾满爽肤水的化妆棉。在我拍脸的时候，他就已经拧开了保湿霜的盖子。在我往脸和脖子上涂乳液的时候，他又把防晒霜送到我眼前。

我轻笑道："你什么时候开始这么清楚女生的洗脸步骤的？又是什么时候，开始对我这么好，这么殷勤的？"

高新晨并没有直接回答我的问题，而是反问我："我到底为了什么来这里的？你猜！"

我翻了翻眼皮，说："你猜我猜不猜？"

于是他便扬眉点头道："我猜你不会猜，所以，干脆直接告诉你好了。我父亲在上个月过世了，心肌梗塞，那么突然，生命好脆弱，一个人可以说没有就没有了。"然后他叹了口气又继续道:"而我来找你，是因为我觉得，我不应该再失去生命中那些对我来说很重要的人，比如你。"

我咬了咬唇，抬头望着他漆黑的眼，说："你怎么会失去我，我不是说过吗，我们是一辈子的朋友。"

他摇了摇头，伸出手来捧住我的脸，说："我要的，从来就不是仅仅跟你做朋友而已。"

"高新晨……"我看着他愣了愣，我不知道，此刻我应该说什么才好。他却突然轻轻用一根指头堵住我的嘴，淡淡笑着说："我会一辈子都对你好的。"他又说："也只有你陪着我，我才会安心，你不知道，这些日子以来我的压力有多大。你也是知道的，这几年，我父亲是生意场上的常胜将军，接连并购了好几家公司，所以结下了不少仇家，甚至，连你父亲不是也对他恨之入骨吗？"

"我……"我想张口解释些什么，却又发现不管我现在说什么都是无力的，我只能握住高新晨的手，安慰似的点了点头。我还能说什么呢？此时，我什么都不会说，我只会听他说，陪着他，安慰他。

他告诉我，他的父亲是死于心肌梗塞，而他父亲是知道自己有这个病的，所以衣服的口袋里一直都装着速效救心丸。可是，在他父亲出事的那天，那瓶药丸却不见了，高新晨找遍了他父亲的整个办公室也都没有找到，他问我，这样的情况，他怎么能不惊心呢？

我应该怎么回答他呢？

我真的不知道，我只能去给他倒了一杯温热的水，和他并肩坐到客厅的沙发上。然后就这样，一整个下午，我都关了手机陪着他，听他讲这些日子以来发生的，他家庭变故的始末。我静静地听着，完全忘掉了叶榛的邀约。

（四）

我和高新晨在第二天，依照原计划一起回到了家乡。到家后，我不顾父母反对，提着大包礼物去他家拜年，我还老成地对父亲说："人都死了，还有什么恩怨不了的？"

而高新晨母亲的态度却出乎我意料的热情，甚至还有些献媚，她握着我的手说："晨晨还年轻，在生意上他还有很多不懂的事情，夏朵你一定要让你爸爸多照顾照顾他。他是老前辈了，连他父亲都是你父亲一手调教出来的，我知道以前很多事情是我们家老高的错，所以请你父亲，高抬贵手。"

我一一都答应了，然后，回家请求了父亲，父亲在听到我的转述以后，抚掌而笑："真是风水轮流转啊，他高家也会有重新求到我的时候。"

于是我便说："那您这就算是答应了。"

父亲宠爱地看着我问："你真的喜欢他家的那个小子吗？"

在他说到喜欢这个词的时候，我第一时间想到的是叶榛，然后，针刺般的疼痛在我心头涌起，我用力捏住自己的手指，保持着微笑朝他点点头。我知道，我只能这样对父亲撒谎了，要不，我实在想不出其他理由，可以让他放高新晨的公司一马。而他又问："那那个小子是不是也真心喜欢你呢？"

我撇了撇嘴，故意撒娇道："别小子小子的，人家是有名字的，人家叫高新晨。"

父亲便叹道："好吧，女大不中留，如果那个小子，哦，就是高新晨真的和你在一起，和你结了婚，对你好的话，那他也算是我的大半个儿子了，我又怎么会不照顾他呢？"

听到他这样说，我终于放心了。我想高新晨虽然年轻，但是却很聪明，加上有我父亲的照拂，相信就算他父亲以前的仇家再厉害，也会有所顾忌，而不敢轻易下手吧。

而回到房间，关上门我就哭了。我不敢哭出声音，只敢咬住被角，使劲使劲地流泪。我知道，对于高新晨，我可以做这些做那些来帮助他，但是对于叶榛，我却真的不知道可以做些什么才能让他开心，让他不伤心。而现在的我，心痛得无以复加，别无选择，无可奈何。

寒假本就是短暂的，我在回校的当天就赶紧给叶榛打了个电话。我知道，我欠他一个解释，我知道，任何事情都不能躲避，特别是感情的事。

电话拨通以后，我还没来得及说话，他就抢在我之前开了口，他说："夏朵，你打这个电话，该不会是要告诉我，你要跟我分手吧？”

我说：“叶榛，对不起，你不要这样。”

他叹了口气，说：“我担心的事终于还是发生了。”

我轻轻道：“真的不是你想的那样的。”

我真的不知道该如何向他解释，但是我知道就算不知道该怎么解释，也得解释，我不能再逃避了，所以我约了他见面，在学校附近的街心花园。我站在他前面，却始终不敢抬头去看他，我只是冷淡地把事先想好的词一股脑地背出来，我说：“叶榛，其实我发觉我们俩并不是那么合适，你比我整整大三岁，我不喜欢比我大的男生，而且我还在读书，年纪还小，我觉得我应该好好学习，而不能沉迷于恋爱。还有，我跟你分手，真的不是因为高新晨。”

天知道我的这些理由有多么烂，我说的这些话有多么假。可是我没有别的办法，我知道，高新晨在这个时候很需要我，所以即便是现在的我显得有些假模假样，我也要这样做。我也知道我这么做十分对不起叶榛，我有些惶惶不安。

我的耳边忽然响起了一声轻微的叹息，叶榛上前一步把我拥入怀里，他说：“你不要动，让我抱一下。”

我就真的站在原地不敢动了，心代替了动作，快速地跳动。我甚至希望时间停在这一瞬间，他这样拥抱着我，我就可以忘掉生活中种种的无奈。但是时间怎么会停止不前？他抱了我不知道多久以后，就突然转身走了，不，是飞快地跑了。在他奔跑的身影还未消失在我的视线里时，我冲他大声喊道：“叶榛，我从来就没有喜欢过你，你也不要再喜欢我了。”

他没有回头，我不知道他听到了没有。

只是我慢慢地蹲下身，哭了起来。

叶榛，当我听到高新晨告诉我，他家里发生的那些事的时候，我就知道，我们不能在一起了，因为，我是这样的害怕，害怕我们是在伤害别人的过程里幸福完满。而那天，我就一直站在原地等待，我知道他不会回来，却依然坚持等待，他果然如我所愿地没有再回来。

即便我对他那么英勇地说不喜欢，可是我等到天色昏沉，他真没有回来的时候，我的心还是荒凉成了一片。

直到脚酸了，站累了，我才想起，应该回家了。我走着走着，便有了潮湿在眼里涌动，我不停地抬头看天上的星星，即使，那天云层很厚，星星根本一颗都看不见。但是这个动作看不见星星，也至少可以让眼里的钻石不掉下来。

我回到家一个人躺在床上，时间在不知不觉中已经流到了凌晨两点。

这时，我家的门被拍得咚咚地响，我冲过去打开门，是叶榛，他一身的酒气，身上还泥乎乎的。我扶他躺到床上，然后倒了杯白开水给他，我坐在床边，看着窗外三环路上昏黄的路灯和高高的电线杆，心里一度是空白。

叶榛突然又一次抱住我。

我就让自己靠在他的胸前，他说："你为什么要为了高新晨跟我分手？你为什么要说你从来没有喜欢过我？"

我闭着眼睛没有说话，我感受到，他的呼吸那么温柔，他的拥抱那么温暖。

我一直都没有睡着，我怎么都没办法睡着，眼泪只是顺着眼角不停不停地流，打湿了干净的被角。

早上七点的时候，他握住我的手，我知道他醒了。

可是我没有动，我知道他的挣扎和内心的小心翼翼，他低头，轻轻吻到我的额头，他的吻，那么干净。他很温柔地对我说:“我要回家了。”说完，他爬起来就走了。

七点的天，已经是大亮了，我光着脚站在窗户后面一直看他，他居然不怕冷地光着膀子走出我家小区，他的大白T恤和厚实的棉服都丢在我家里了。

有人说，清晨想到的第一个人和夜晚想到的最后一个人，不是让你幸福的人，就是让你痛苦的人。而我知道我的那个人现在一定是叶榛，我好想尽快忘掉他，可是，忘掉他真的很不容易，从那天清晨他离开以后，到现在，这么久，我都还没有做到。

大四下半学期开始，高新晨把我安排到他的公司实习。

这天，我买了第二天回家的机票。我知道，除了毕业礼，我也许再也不会回来了。在回家前，我并没有好好收拾我的这套房子，所有的东西都原封不动，我不想卖掉这套房子，也不想把它租出去，我也不知道为什么我明明不会再回来了，却还想留着它。或许这里除了承载了我这几年的生活点滴以外，也是留下我和叶榛记忆的地方吧。我把沙发、床、柜子都用布遮起来，收拾完这些以后我站在窗口眺望，居然一下子看到了在我家楼下徘徊的叶榛。

我在窗口站了很久，他也在我家楼下徘徊了很久，直到风吹干了我脸庞流淌的泪水，直到夜都深了，整个城市都燃起了昏黄的星星点点的万家灯火。

我把他的棉服和 T 恤叠好，走下楼去。

我对他说："我要走了，叶榛。"

"我知道，我是来送你的。"他点点头，他的嘴向下撇，"我知道你一定会走。"他在说这句话的时候，眼睛是红肿的。

"等我们都老了的时候，我再来看你。"我只把他的棉服还给了他，我留下了他的白 T 恤作为念想。

他红着眼睛看着我，说："电影里如果出现一块很大的玻璃的话，那玻璃就一定会碎，警察总是在最后结束的时刻才迟迟赶到，男女主角总是要历经千难万苦才能在一起，而你说你会回来看我，就一定不会回来。"

我笑，我尽力让自己笑得很坦然，说："叶榛，对不起，我从来就没有喜欢过你。"

其实只有我自己心里知道，我真的不喜欢他了，因为，我已经爱上他了。我爱他，可是我却不能和他在一起，因为我还知道，相爱是一回事，但在一起却是另外一回事。

（五）

我知道，陌生，是为了躲避一种熟悉，而那些没说出口的思念，都变成了黑眼圈。我开始很努力地工作，开始为了工作而奔波在这个我从小长大的城市里。然后，在我觉得我好像可以稍微忘掉一点儿叶榛的时候，在我觉得半年的时间终于能够减轻一点儿难过的时候，我居然遇到了周健成。

你知道吗？那些曾经暗恋过他的日子，对我来说一直都是天蓝色的，一厢情愿的纯净，内心懵懂萌动的浅淡，以及，得不到任何回应的清冷落寞。但是这次的相见，在物是人非，在时过境迁，在因为我爱上叶榛的过程之后，我没想到，自己那段记忆的色彩却突然不知为何明快鲜艳了起来，我才发现，原来，爱过，也是一种美好，是一种难得的灿烂。

我想起，自己第一次遇上他的时候，仿佛是十五岁，也仿佛才十四岁，反正，总之，许多年过去了，岁月就像是哗啦啦流过的水，能冲淡雕刻在石头上的东西，更何况人世间有许多东西是到不了那个程度的，哪怕，曾经认为的刻骨铭心。

正是初夏的天气，我没想到，居然会再一次遇到了他。

此时，天降小雨，带着尘土刷刷而来，让整个天地都朦朦胧胧的。他发动了车子，顺便瞧见我手上对于他来说再熟悉不过的纸袋，是他服务的公司。

这些年，他自己的公司逐渐做得有声有色，他开始以自己的公司为傲，于是，他便自然而然的，顺着眼看了眼拎着袋子的人，然后就看见了，当时在他眼中好像有些慌里慌张的我。

他忍不住轻笑我的慌里慌张，就像是多年前在羽毛球馆前，他第一次注意到我的时候一样，我慌里慌张跑去找他，大着胆子，鼓足所有勇气跟他说，如果他也肯喜欢我，那么我会给他这个，给他那个，给他我的所有。

“夏朵。”他主动叫了我，因为现在的周健成可不像当年那样，连我的名字都不知道。

我半仰着头，嘴巴略略张开：“你？”

我四处看看，觉得他好像是突然从地底下钻出来似的，钻出来也就罢了，他周健成居然会主动跟我打招呼，我觉得这十分不科学，十分不真实。

我下意识走向冲我招手的他，站在他的车旁，很犹豫：“你？”

“好久不见。”他笑了一笑。

“啊。”我孩子气地搔了搔头，我知道，哪怕时光让我从小女孩变成了女人，但有些小动作却始终改不掉，反正，我也不想改掉。

我问他：“你从哪里来？”我转了转眼睛，看着他开的这辆车，还是觉得不真实，于是就又加了句：“到哪里去？”

“来这里办完事，准备回去，”周健成说着就探过身来把已经拉开的车门又推开了些，“你去哪里？下雨了，我送送你吧。”

“哦。”我探头往他的车里看了看，又扭头看了看左边笔直的马路，一时之间竟没有什么主意。

他就笑着摇了摇头说：“怎么还是这副迷迷糊糊的样子，一点儿主意、一点儿决断都没有，真是一点儿都没有变啊。”

“哦？”我白了他一眼，顺势就坐在了他副驾驶的位置，我说，“那么好吧，那就果断一次，谢谢你喽。”其实，以前的我也并不是那么没有主意，只是我曾经那么喜欢他，总是想要讨好他，所以，什么事都顺着他，让他先做决定而已。但是现在的我却不想说破，他要这么以为，就这么以为吧。

雨越下越大了，他就赶紧发动车子，车子在开出好久以后我们都没有说话。或者是因为车里安静得有些诡异了，周健成才手扶着方向盘没话找话。

他问：“你到这里来干什么？”

我回答道：“来送份材料。”

“你……”他再次打量了下我手里的袋子，“你在哪里做事？”

“我？一个小公司。”我笑了笑。

“是这里吗？”他对着我手中的纸袋扬了扬下巴。

我低头看了看自己手中的袋子，说：“哦，不是。”我只是来这里办事，并不在这里工作。

周健成点点头，问：“事情办完了吗？”

我笑：“没有找到人，明天再来。”

他说：“找哪个部门的？”一副熟稔的口气。

“啊？哦。”我胡乱答应着他。所以就此事他也不好再说些什么，就转问我：“你要去哪里？”

“我？”我用手指着自己的鼻尖，朝他调皮地笑了笑，我说，“我和你顺路。”我也不知道自己为什么会这样说，反正就这么脱口而出了。

他也笑了起来，说：“你知道我去哪里啊，就和我顺路？”

我笑嘻嘻地，打定了主意：“反正我和你顺路。”我随手翻了翻他放在车上的CD，居然全是世界名曲，我说，“你什么时候变得如此高雅了？”

“嗯，”他答应道，“这些梦琪喜欢。”

“哦，”我了然地点了点头，把手机从包包里掏出来，“我喜欢梁静茹，你不反对我对外放一下吧？”我想，既然提到了李梦琪，那么反正，我们就不会再有什么好话题了。

“你的爱好真是多年未改。”他的口气说不出是感叹，还是有些讽刺。

我偏偏头，问：“我有什么爱好，你确定你真的都知道吗？”

我不等他再说什么便打开了手机，很快，车厢里就充满着梁静茹的声音。他没有说话，静静地开着车。雨，一滴滴地落在挡风玻璃上，溅开，像一朵小小的花。初夏的世界，从朦胧的玻璃朝外面看，是一团团暖暖的温柔的绿意。

车走得很慢，路上有些堵。“……爱一个人希望他过更好，打从心里暖暖的，你比自己更重要。”我按了循环播放，于是，车厢里一直都是这首歌。

周健成便评论道：“这歌真是甜得有些腻人。”

我没有说话，心里却在想，是啊，估计就像我曾经那样黏着你，说喜欢你，只懂对你好的那个样子，腻得让你讨厌吧。

在我心目中，他只有一次是对我温柔的。那时也是初夏的天气，因为贪凉，我吹了一夜的风扇，还好肚子上盖了被子，而腿却不小心受了凉，在医院又是拔罐又是按摩，等一切工序完毕之后，我的腿上竟然出现了一团团青紫色的瘀斑。我在走到镜子前的时候，刚刚被医生允许进门的周健成就开始在我身后尖叫。

“你叫什么叫？”我头也没回地在镜子里白了他一眼。

他就站在我身后挠了挠头，回答：“你的腿看起来好恐怖。”

“可是我都没有叫，你叫什么？”我看着他一副憋住笑的表情，连忙把自己的双腿藏在窗帘后面。而他就干脆笑出了声，正色答道：“正是因为你没有叫所以我才替你叫的。”

我轻轻瞥了他一眼，不好意思地说：“我看我不要出门了，你有事就先走吧。”

我没想到周健成居然会说：“好吧，我们可以等到夜深了，没多少人了再出去。”

于是，我们就从黄昏一直在医院大厅里静坐，边听歌边看天色一点点变幻，我们分享一个耳机听着梁静茹的《勇气》。他嫌甜腻腻的，可是我却坚持一定要他听，我说这是在温暖他的世界观。他说，他的世界观不需要温暖，反倒是他的钱包要温暖。我嘟囔着说，他的钱包倒是被我温暖了，我的钱包却已经冰凉了。

他那时候是多么傲啊，就是装作听不懂。

而那天晚霞中的天空不知为何美得几乎失去了真实，深蓝，浅蓝，橘红，浅黄，层层浸染。而我看着看着，就不知不觉在周健成的腿上睡着了。

醒来的时候我已经躺在了自己的床上，值得一提的是我的父母，因为我被陌生男生背回来而关了我整整一个周末的禁闭。

这是我在他离开以后，常常回想起的最难忘的一次家庭事故，但也是他周健成给我的最温暖的一个片段。当然我并不知道，他后来也打听过我，他听说我过得不错，每天还是嘻嘻哈哈的很快乐。他觉得，像我这样的富家女就应该是这样，喜欢一个人也只不过是喜欢而已，时间长了，也就淡忘了。

他当然不会告诉我，我偶尔也会从他的心底冒出来，他继续打听我的消息，知道我在另外一个城市读书，知道我几乎忘记了他。而后来他身边除了李梦琪以外，也断断续续有过其他的女人。就像燕子，来来去去的，有时长，有时短，有时以为就这样了，忽然又分了。

“都可以随便的，你说的我都愿意去，小火车摆动的旋律……”歌又从头开始放。

“怎么还是这一首啊？”开着车的周健成有些不耐烦了，前面堵得也越来越厉害了，他问，“你现在住在哪里啊？”

我忽然笑了，说：“我说过，我和你顺路。”

他皱了皱眉，问：“你知道我住在哪里？”

我摇头。

“那你……夏朵你什么意思？”我发现他的目光在我的胸上游移了一下。我白了他一眼，“顺路就是在哪里都可以下，无非是离我要去的地方远一点儿或者近一点儿，需要我多走一点儿路或者少走一点儿路。”我很安然，口气很随和，“对于你，我从来都是这样的，不是吗？”

周健成没有说话，想了一会儿才说：“你现在做什么？你应该还在上大学吧？你现在过得怎么样？”他也许早就注意到我的手指光滑，并没有戒指，他居然会问我：“现在你还是单身吗？晚上你想吃些什么？”

“这些年我过得挺好的。”我自说自话，“今年大四了，马上就毕业了。我应该是要回到这个城市来工作的，我现在在实习，不过不是这家公司。”说着，我拍了拍手上的纸袋子，“我们公司是这家公司的客户，小公司而已。”我轻松地说。

他虚握着拳，抵住嘴，说：“你难道这是在向我示威？”

我摇了摇头，说：“曾经没有过，现在当然也不会，况且，高中以后，我再也没有去打探过你的情况。不过按道理，你跟我同级，如果上大学的话，你们现在也应该是大四，还没有毕业。”我说的你们，是指他和李梦琪，她当时可是我们中学保送上的大学，我怎么会忘记？

“我没有上大学，上的是技校，然后自己创业，然后……”他抬头望了望我，才说，“然后，我和梦琪分手了。”

（六）

周健成和李梦琪分手了？

这应该是今天，继他的出现而给我的另一个意外。而这个意外让我有些恍惚，恍惚当初那爱得要死要活，永远要在一起，不能没有彼此的他们根本就不是他们一样。仿佛，那些年少时，所谓的勾心斗角和机关算尽都没有发生过似的。好像那些谎言和斩钉截铁地说过的话，从来没有被他们说出口一样。

我发现，人生的选择题真的很微妙，就好像你以为一定不会考砸的理科综合，会突然冒出一道根据古代诗词来解读化学现象的诡异题目，让你怎么都摸不着头脑。

我轻笑着问周健成："将来到底是怎么样的？"

他愣了愣，没有立时回答，于是我就自己说出了自己想到的答案。"将来是由自己创造的，你现在所做的一切，所做的决定，都会在将来出现。"我扬了扬眉，斜眼看着他轮廓有致的侧脸，"而你们现在的状态，只是缘于你们曾经做过的决定。"

他点点头，旋即说："你怎么不问我，我们为什么会分手？"

我叹了口气，说："爱或不爱，喜欢或不喜欢，又怎么能说得清楚？"

他轻轻叹息道："是啊，时间长了，就自然发生很多事。发生了很多事，我们就再也不单纯，再也不简单了，就再也回不到从前了。"

我发现周健成在说这句话的时候，他的手，突然握紧了方向盘，然后我听到他又说："物是人非，原来是这么狠毒的字眼！"

车子在雨水中慢慢滑行，我能够清楚地看见，前面的辅道上有一个已经积下了不少水的水坑，而那水坑不远的街沿上，站着一对同撑着一把伞依偎在一起的情侣。突然的，我的促狭心起，连忙催促周健成道：“我突然发现我有点儿赶时间，如果主干道上这么堵的话，你看，你能不能从旁边的辅道上超超车？”

他还是很遵守交通规则的，他说：“这样不太好吧？你怎么突然又着急了？”

“我就是着急了，你要不快点儿，我现在就下车。”第一次，我冲他发了点儿小脾气，从来没有这样过，以前，我连跟他大声说话都没有过。而没想到的是，这招居然还真的管用了，周健成无奈地打了下方向盘，车子就飞快地驶进了辅道，驶过了我看见的那个水坑。

轮胎，如我所愿地溅起了差不多半人多高的水花，纵使车子速度很快，我们很快就开远了，我也觉得自己仿佛听到了那对情侣，在被水淋到时发出的尖叫和咒骂。

车子在又开出了一公里左右以后，前面是一个十字路口。

我终于对他说：“我就在这里下了。”

他没有动，而在我要去推车门的时候，他却突然说：“人有的时候真的只是顺路而已，哪怕一起走得再远，再久。”

我停下来，回头望着那个直在座椅上的他，对他笑笑，说：“我知道你从来就没有喜欢过我，那些，通通都只是我单纯的一厢情愿，但是在这次见到你之前，我却老觉得你还在，一直都在，如今，这个梦再也不会有了。”

他正过身来看着我，说：“或许我错过了什么，或许我们从来都是这样的遥远。”

我们就这样互相凝视了片刻，我下了车，他眼看着我撑起伞，眼看着我带着这朵伞花融入到烟雨迷蒙之中。

我刚刚说他从来没有喜欢过我。

他没有承认也没有否认，因为就连他自己也不知道，是不是真的是这样。他从来没有告诉过我，在他创立公司最初，最艰难的时候，在李梦琪跟他提出分手的时候，他居然会那么想念我，居然会以我为念，他也辗转从林鑫那里要到过我的电话号码，但只是始终保存在换了一代又一代的手机通讯录里，却从未拨打过。

直到我回到家，雨还在继续下着，我听着雨水打在窗棱上滴滴答答的声响，闭上眼，安稳地躺在床上。我不知道，这雨居然下了整整一夜，但是这个晚上我却睡得格外安稳，我是被陈静的电话吵醒的，我睡眼朦胧地听她在电话那边冲我大声嚷嚷："我谈恋爱了。"

我一下子就清醒了，连忙问："跟谁？"

她笑笑说："反正不是林鑫，反正我觉得我不应该那样执著了，然后这个人就出现了。"

我跟她说"恭喜你"的时候心里很酸，放弃一段感情是多么地无可奈何，我真的很明白。

她回答道："谢谢。"接着又说："不过除了恭喜，你还需要陪我去做一件事。"

我挠了挠脑袋问她："是什么事？"

她却故意卖了个关子，说："我已经到你家乡的这个城市了，你看我们找个什么地方汇合，然后我们当面说可好？"

事前一点儿预兆都没有，她的说来就来的确让我措手不及，不过既然来都来了，那么就算她摆的是鸿门宴、天门阵，我也得去啊。所以在问清楚陈静的落脚酒店以后，我赶紧洗漱了一下就出了门。

路上行人如织，我突然想起，陈静跟我说过，她常常会一个人跑到街上，她说她会觉得，每一个地方都有林鑫的影子，城市那么大，城市那么吵，可是却怎么也赶不走她心头的孤独和寂寞。然而她今天却突然说，她终于知道如何去争取幸福，她说："我该对他好一点儿，可是现在我要去爱别人了，像吃饭一样爱，像吃饭一样感觉温暖。等到六十岁的时候，我们都老了，我再来看他，但是现在，我必须去找另外一个能给我温暖的人了。我们都喜欢美丽的东西，可是如果注定是不可能得到的，又何必在此徘徊和难过。我们必须为自己争取一些幸福，趁我们还年轻，还有力气的时候！"

我在想，那么，我到六十岁的时候，还可不可以去找你呢，叶榛？

我想我宁愿你恨我怨我，因为那样的话，你就会记得我，以至于在六十岁的时候，我再次找到你的时候，你不会忘记我，我是不是应该开始对自己的六十岁有所期待呢？因为它已经不仅仅是一种古来稀的苍老，而是跟叶榛的再一次相会。

（七）

长途汽车一路颠簸，我在这样胡思乱想的辗转中难眠。思考太久了以后，疲倦席卷而来，连眼皮都睁不开了，可是陈静趴在我的腿上已然睡熟。

不争气的我却怎么都睡不着，无奈，就只能不管不顾地靠到旁边一个男人的肩膀上。然后居然就那么轻易，那么迅速地入睡了，连他的惊呼甚至拒绝，或者，也许，还有反抗等等，都没有感觉到。

我在抵达终点站的时候才睡饱了，睁开眼映入眼帘的，是他的熊猫眼和有些尴尬的朴实的脸。我谄媚地笑着对他说："不好意思，我实在太困，所以借了你的身体，靠了你的肩膀。不过我们要钱没有要命两条，且都名花有主，除了以身相许，其余你都可以看着随便。"

他只是用力闭了闭眼，然后认真地看着我，说："我不会也不能把你怎样，只是以后你千万不要这样，一个女孩子家，遇到坏人了怎么办？"

"你可不可以不要变相夸自己是好人？"我抱着肩膀不以为然，然后就看着他很快红了脸。我真心觉得现在会脸红的男生很稀有，所以遇到一个就一定要珍惜。不过很可惜的是，需要珍惜的人我已经碰到过了，但是我却没有珍惜，况且我来这里还是因为陈静的邀请。她非要拉着我来，她说我作为她曾经的情敌，也是最好的姐妹，我必须陪着她，为她喜欢林鑫那么久做一个简单的了结。

此时，车里的人已经陆续下了车，陈静也已经提着我们的包包下了车。我赶紧行动起来，在我刚要跳出车门的时候，正好听到他跟司机解释："师傅，不好意思，坐太久一动不动，腿都麻了，等我两分钟，马上就好。"

我发现，他真的是个挺好的人。

陈静告诉我，5 月末，此处正山花烂漫，蝴蝶纷飞。

我们背着行囊一路向北，然后在天黑之前在半山上安营扎寨。陈静在我点了篝火，并且帮我一起搭好帐篷以后，穿着白色的裙子围着火堆不停地转着圈。火光映红了我们的脸，我觉得陈静真的很勇敢，我看着她冲我笑着说："林鑫能够做到的，我也可以做到。"

我知道，林鑫也曾徒步进入过很多大山，去年的这个时候，他从山里带回了九十九只蝴蝶标本。他说他要把那些标本送给他心仪的女孩，不过这个女孩不是我，也不是陈静。所以，陈静便下决心也要来山里采集九十九只蝴蝶，她说，她是一定会送给林鑫的，因为，他是她心仪了这么多年的人。

我们正盘算着蝴蝶斑斓的翅膀时，刚才车上的那个男人，却又一次出现在我们的眼前。还没等我们来得及说话，他已经跑过来用脚踩灭了我们的篝火。他焦急地说："山上不可以点火，引起火灾那可不得了。"

"那没有火，我们该怎么办？"陈静已经抓紧了我的手，她的手有些冰凉，当四周没有火光而漆黑一片的时候，我发现她刚刚的勇敢早已消失得无踪无影。

"就算有火，你们两个小姑娘住在山里也不安全。"他点了点头，"要不你们就住我家里吧，我叫陈刚，我家就在山脚下，我母亲刚刚烧好了饭。"

"哟，我们还是同姓，是本家。"陈静轻轻笑笑。

我就赶紧挑了挑眉，说："要是你是坏人怎么办？"

他连忙着急地解释："山脚下不止我们一户人家，你们可以随便打听，我们家可是从来没有出过坏人的。"

"好吧，好吧。"我摆摆手，赶紧见好就收。因为确实，没有篝火的我可真心不敢和陈静在山里过夜。于是，我和陈静就跟着他下了山。他帮我们背了包，还走在前面引导，陈静拉着我的手，一刻也不松开，我就拉着他的衣角紧紧跟在后面。在手电筒微弱的灯光下，我发现他的鼻子很挺拔，眼睛像星星般明亮。

我们就这么住进了陈刚的家，并且霸占了他的房间他的床。他父母都是老实的山里人，比陈刚还要老实，他们什么话也没有说，只是尽量招待好我们。

我和陈静每天都分食着他们家唯一的一只老母鸡生的鸡蛋，吃着他们珍藏着只有在过年过节才拿出来吃的风干的腊肉，吃着陈刚从山里面采摘回来的山菌。我边嚼边跟陈刚说："这就是山珍海味里的山珍，在城里要卖很多很多钱。"

他便笑着对我说："这个在我们山里有很多，你喜欢吃的话我每天都去给你采。"

"好啊，你真好！"我答应得那么爽快和高兴，因为当时的我并不知道，为了这小小一盘的所谓山珍，陈刚需要走几十里的山路才可以找到。

我们抓蝴蝶的进度很慢，所以我们在陈刚家一连住了很多天。在这些天里，他带我们去河里捞鱼，爬到树上帮我们摘野果。最后，终于在陈静开始着急的时候，他才教会我们用麦芽糖去捕捉蝴蝶，糖能吸引到很多蝴蝶，并且只是黏住它们的触角而不会破坏它们美丽的翅膀。在收集完九十九只蝴蝶以后，陈静怪陈刚，为什么在我们着急要回学校的时候才告诉我们这个方法，为什么不早说。

他便挠挠头回答我们："因为，你们也没有说你们的时间有限啊。"

陈静冲他做了个鬼脸，生气地跺了跺脚道："我们当然时间有限，这已经是 5 月末，下个月林鑫和我们就要大学毕业了，也许，我就再也见不到他了。从那以后，我们就会有各自的生活了，互不干扰。"

于是他就只好说："那你们就赶紧回去吧，不要耽误了你的正事。"

"你这是在赶我们走吗？"我故意插嘴这么逗他。他就又一次在我面前急红了脸，他说："不是的，只要你们想来，我们家随时都欢迎。"我看着眼前这个朴素而善良的男孩，内心突然涌起一股感动。然后我就听到陈静在我耳边说："其实，我开始有点儿喜欢这个陈刚了。"

我们是在6月初回到城市里的，此时，城市里的天气已经热得让人喘不过气来。看着周围熙熙攘攘的人群，陈静在我旁边轻声说，她居然那么快就开始怀念起大山里的清幽。

我没有说话，只是陪着她在学校外面的小饭铺里，找到为即将毕业而喝得东倒西歪的林鑫。再次相见，我发现我们三个人都变得心事重重。

他看见我来，居然笑着朝我举杯说："夏朵，毕业后你就要离开这座城市了，而我决定留下来。"

我就只好回答他："祝你前程似锦。"在说这些话的时候，我脑子里突然想起了陈刚，他在我们走的那天，送我们走了好几十里的山路，一直送到大巴站。他还嘱咐我说："请记得不要在车上随便靠在别人身上睡觉，万一那个人是坏人，怎么办？"然后，就像是下定什么决心一样，他一咬牙就大步往回跑了。

我转头看着他的背影消失在青山绿水当中，心头居然会有些微的难过，而我猜，我旁边的陈静也应该是如此，因为我发现她的眼圈有一点点泛红。

如果此时有人问我，你现在感觉最大的幸福是什么？

我想我会说，是我正拥有的一切，而如果有人问我，你此时最大的遗憾是什么？

我想，我会说是不能停止飘泊的生活和无法拒绝的别离。

而就在这种无可奈何的情绪下，我们居然陪林鑫喝了很多酒。当微醺的我们并肩走在回学校的路上时，我抬头发现此时天空星光熠熠，跟那时在陈刚家小院子里仰望的那个星空居然一模一样。我看到陈静手中使劲握着那被粗布层层包裹的蝴蝶标本。最终，她还是没有把它送给林鑫，我问她为什么，她就拉着我落后一点儿，然后小声轻轻回答我："因为我突然很舍不得，因为它现在是我对陈刚的怀念。"

这晚，我没有睡好，整夜都梦到陈刚。我还记得在临去时我对他说:"有空去我们那里玩。"我知道，对于一个住在深山里的人来说，去大城市是一件很难的事，但是我还能怎么说呢，万千言语，在不合宜的相遇面前，都只能化为这种客套俗气的邀约。

6 月末，在我们毕业的前夕，我收到一大袋晒干的山珍。我知道，陈刚一定来过，但是我无法想象他一个人是如何经历重重困难来到这个城市的。可是我也明白，他不会再来了。

我不知道的是，在我们离开山里的时候，陈刚无时无刻不想念我，于是，他就辞别他的父母到这个城市来打工。他在我学校附近的山珍馆找了份在厨房打下手的工作。他以为，爱吃山珍的我，某一天一定会出现在他眼前。

可是，他不知道的是，这个城市里好吃的东西太多，餐厅多得简直眼花缭乱，我早就已经想不起要去光临某一家山珍馆，只为品尝自己曾经一时的新鲜。

至于陈静，她除了找了一个很爱她的男朋友以外，还找了份杂志社美食编辑的工作，在还没有拿到毕业证的时候，她就已经开始畅想以后每天辗转在各种美食之间的生活。她无数次跟我说，她发现自己变懒了，变得像一粒尘埃那样松软，她说："我想，我再也不会为了什么而辗转去那么遥远的山区，我连这个城市的三环都不想出了。我想在偶尔闲暇的时候，我宁愿待在家里，只晒晒太阳，然后翻一两本有意思的小说。"

她甚至还背着她男朋友，偷偷跟我述说，她说，在夜深人静的时候，她会轻轻抚摸那九十九只蝴蝶标本，她不时会想起幽静深山里的陈刚。不过，她却十分清楚，他们之间根本就不可能，所以，她给他的，只能是小小的牵挂。末了，她还很文艺地念了几句不知道从哪本小说里摘出来的语句："牵挂是静溢的思绪，它亦美亦纯，亦忧亦愁！"

我笑着推了推她，说："什么时候，你也变得这么文绉绉、酸溜溜的了！"

而她却轻轻道："夏朵，选择跟谁在一起是你的自由，反正，作为朋友，我希望你不要苦着自己，我希望你能幸福。"我看着她的眼，含糊地点头答应着，我想，或许我们都应该知道，爱总是苦短，遗忘却很漫长。

（八）

在行完毕业礼，把学士帽抛向天空的时候，高新晨拿着他们公司对我的聘书和一大堆蓝色、白色气球，出现在了我们学校的门口。

我一下子就呆了，呆看着他站在阳光下笑得那么灿烂，那么风度翩翩，那么帅。当然呆了的也不只是我，还有陈静，还有估计在校门口看到这一切的所有女生。在她们大声嚷嚷着她们看到了一个类似版的赵又廷的时候，陈静在旁边笑着拍了拍我说："这个就是放弃叶榛的原因？那么，我觉得还算情有可原。"

其实真的不是她想的这样，但是，我又能解释些什么呢？

既然选择了就不能回头，我对不起叶榛，我知道。

我甚至会因为内疚和难受而不敢太怀念他，我觉得就连怀念他，我都不配，我是那么地爱他，却又是那么地伤害了他，我怎么可以这样？

可是，现实是我又不能不这样。我不能放任高新晨不管，不能让别人伤害他，他可是我最好的朋友啊，他也曾经用他的命来救过我啊！

我强撑着笑，对陈静不置可否地点点头，然后把高新晨介绍给陈静，介绍给班上几个跟我要好的女生："这是高新晨，我的青梅竹马，我的男朋友。"

高新晨跟她们问好，他对她们每个人都很礼貌，他还大方地把手中的气球分给她们。我带头把毕业的心愿写在纸条上，拴在气球上，让它带着我的心愿飘到空中，所有人都照此做了，于是没隔多久，天空就飘满了蓝的白的气球。

几个关系好的同学要拉着我去吃散伙饭，有好几个女生都嚷嚷着让高新晨也参加。我看得出来她们的表情都很兴奋，哼，一群好色之徒！因为和她们的男朋友比起来，高新晨简直就是玉树临风，那些男人们，说是土豆都高抬了他们！并且，她们还不知道高新晨打篮球有多棒，不知道他写的字也很好看，不知道他年纪轻轻就掌管着一家不小的公司，如果有谁听他唱首情歌的话，估计得立刻晕倒。

我们找了学校附近的一家川菜馆，我把陈静也拉上了，我还给林鑫打了个电话，我想我应该叫上他的。

席间的气氛一直高涨着，我一直都知道高新晨很大方，很聪明，我用玉树临风来形容他，但没想到的是这个词语的近义词是风流倜傥。我眼看着他当着我的面跟其他女生开过火的玩笑，他的嘴巴特别甜，管谁都叫姐姐，叫这个姐姐那个姐姐的，讲着一个接一个的段子卖弄着，逗得她们哈哈大笑。当然，这些仙女们也不是什么省油的灯，也纷纷统统把古今中外的段子拿出来卖弄着。

她们还都端了酒使劲地灌高新晨，她们说："夏朵还真是有本事，身边转的全都是帅哥，连青梅竹马都这么颠倒众生的，从小就艳福不浅。"

慢慢的，大家喝得似乎有些多了，她们后来连说话都有了调情的成分。看到高新晨快忙不过来了，左环右盼的，我心里居然开始有些不是滋味。连我自己都不明白，自己为什么会这么不高兴，我发觉自己似乎有些吃醋了。因为高新晨现在已经是我的男朋友了，那么我吃醋是不是一种自然的反应？我问我自己。我还突然想，他在家里的时候，是不是也是这样啊？这样不守夫道，这样跟别的女孩子卿卿我我？

我们有那么长一段时间没怎么联系，他是不是跟那边的女生们，也这样妙语连珠，妙趣横生呢？因为我们班上的这几个女孩，都还长得不错，况且，她们有来自东北三省的，比一般男人还要豪放，特别是在喝酒上，相信应该不会输给高新晨。

我甚至发现，似乎连陈静都有些虎视眈眈了，她卷起袖子说："高新晨，来，我们划拳吧。"

他们就开始划拳，我从来都不知道高新晨会划拳，还什么拳都会划，什么美女拳，蜜蜂拳，以致到哥俩好和喊数，十五二十，就没有他不会的。我总以为自己已经足够了解他，却原来不知道他的这么多事。

有一个女生突然笑着说："输了你就得喝酒，如果我输了，我就亲你一下，可不可以？”

“怎么不可以？”高新晨红着脸嚷嚷着，“免费被非礼，当然可以。”

我虽然已经生气了，但是当然也不会站起来阻止他们，我是很骄傲的，很爱面子的。

而此时只有陈静站起来帮我说了句公道话：“那可不行，就算你们要郎情妾意，私下苟且，我看，也得征得咱们正主夏朵的同意吧！”还就是陈静够义气，真朋友，并且我也暗自为她说的“苟且”这个词而激赏，说得太好了，奸夫淫妇就是苟且。

但是可恶的高新晨，却斜眼看了看我说：“没事，她都听我的。”

我的脑袋轰一声好像要炸了，他竟然一点儿面子都不给我留，不过还好，他们也只是说说而已，如果那个女生真的亲了高新晨，我想，我非得掀翻桌子不可。

当林鑫进来的时候，高新晨已经被她们灌多了。

我不知道别人进入普通的喝酒的酒桌时是什么样的，反正林鑫一进来，叽叽喳喳的女生们就都安静下来了，她们同样眼睛发光，因为林鑫也是个不折不扣的帅哥。

我也不知道，他是不是故意的，直接搬了个凳子就坐在了我和陈静中间，正对着高新晨，我还注意到高新晨的眼神突然发出了异样的光。

沉默了有几十秒，高新晨先说了话，他撩了撩眼皮问：“是林鑫吗？我记得你以前好像是夏朵的同班同学，你可能不知道我，但是我却知道你，因为夏朵曾经提起过你。”

连我自己都不知道自己曾经跟高新晨提起过林鑫，我也没有想到，他居然会那么在意我身边出现的人和事，特别是男生。也许就是因为他自己说的，他太在乎我，可是这种在乎，我却总觉得太刻意，暗含了太多的不信任和猜忌。

“哦，”林鑫反倒是落落大方地点点头，举起杯子向高新晨说，“她都说了我些什么？”

高新晨已经喝红了脸，他笑着看了看我，然后才回答：“无非就是，你的学习成绩很好，她很崇拜，要不是有我的话，她一定会喜欢上你的。”

我什么时候跟他说过这样的话？

我狠狠瞪了他一眼，看着他跟那些女生继续在那里推杯换盏，互相吹捧。我都怀疑高新晨是不是来看我的，他是不是就是想来看看我身边有些什么样的男生？还有，他现在是要闹哪样？跟身边的女生这么卿卿我我，是在向我示威吗？

我知道，他这是在故意气我，他想让我吃醋，我偏偏不如他所愿，但是尽管这样想我还是忍不住生气。生气让我变得伶牙俐齿，我开始含沙射影地说话，句句带刺。而高新晨没有顾及我的面子，趴在就近的一个女生耳边说些什么，我还看到，那个女生好像很兴奋的样子，真 TM 的起腻！于是我就忍不住问他：“高新晨，你累了吗？坐了几个小时的飞机，喝了那么多酒，你还有闲心调情？”

我的话让那个女生有些难堪，高新晨看着我，脸色尬尴地说：“夏朵，我是来看你的，不是来跟你斗气的，你说这些话干什么？”

“来看我？”我冷笑着嚷嚷道，“你是来刺探军情亦或是卖弄风骚的吧？别以为自己帅就怎么样，帅的男生都是草包，不是草包，你怎么考不上大学？”

“别以为考上大学就牛，大学生有的是下三滥。”在说这句话的时候，他瞟了瞟坐在我旁边的林鑫，还把手中的玻璃杯子重重地放在桌子上。

“你在骂谁呢？”我发现我已经控制不住心中的怒火，我也不知道我们为什么会这样突然吵架，像寻常男女朋友一样，我还是有点儿喜欢高新晨的对不对？在他成为我的正式男友以后，在我不敢怀念叶榛以后，在我确定这辈子要和他走到一起以后，这点儿喜欢，已经开始慢慢凸显出来了。所以，我才发了如此大的火，我才那么不客气地回骂他，我说：“你才是下三滥，一看到女的就走不动路了，看到漂亮女孩就犯花痴。”

我们两个人就这样当着所有人的面开始吵架，他骂我有病，我说他去吃屎，他说我无缘无故发疯，我就骂他怎么不去死。他就冷笑着问我：“我死了你就会很开心，很得意，很骄傲，很欢天喜地，无比风骚，意气风发？”所以我就干脆砸了手上的碗，让他滚，我说：“你就是一个纯粹不要脸的风流种子，就知道自以为是。”

而他居然就真的走了，最后还是林鑫追了出去。

我拉着陈静的手有些想哭，我哪里是想让他走？我又怎么能让他千里迢迢、好心好意地来了，然后就这么走掉？可是他太过分了，被一帮女的围着就立刻现出了原形，他就是一个花花公子，还是一个小气霸道的花花公子。

我打车去了机场，我要把他追回来，我要当面跟他说：“如果他真的喜欢我，那就不要不相信我，更不要为了气我，让那些好色的女生占了便宜。”

当我到达机场候机大厅的时候，他却已经进了安检口，我给他打电话他没有接，最后还是林鑫过来找到我说：“人刚刚被我送走了，估计，现在飞机已经起飞了。”

我看着这个和我同学那么长时间的好朋友，突然间觉得有些陌生，我问他：“你为什么要这样？你是在幸灾乐祸吗？”我甚至想告诉他，他知不知道我们两个吵架，有一部原因是因为他。可是，我最终还是忍住了没有说。

我没有想到的是，林鑫居然会突然抱住我，很用力，很用力的那种，他不顾我在他怀里的挣扎，说：“夏朵，我发现你好像是真的喜欢他，而他也是那么在意你。”

我惊讶地看着他，然后他叹口气放开我以后就笑了，他说：“我送他进安检口前还问了他一个问题，我问他，刚才究竟趴在那女生耳边跟她说什么？他回答我说，他说，这一桌子女生，谁都不如夏朵动人，他说，他很爱很爱你。”

听林鑫说完这话，我就呆了，我悔得肠子都青了。我想就算我再生气，也不应该这么对高新晨，他那么远来，又那么快地走了，连水都没有喝一口，只是喝了一肚子的啤酒。

（九）

林鑫把失魂落魄的我送回了家，他说他还有其他事，所以只把我送到小区门口就转身走了。走的时候他回过头来意味深长地看了我一眼，说：“两情相悦真的是一种可遇不可求，而日久生情也只能是一种妥协吧？”

我愣了愣，没弄明白他的意思。

他就很快摆摆手，说：“你赶紧回家吧。”

我点点头，直到走到楼梯口的时候，还没想明白，他到底为什么要说那么奇怪的一句话。所以干脆就不想了，因为此时我又突然想起了高新晨，我想，要是他还在就好了，我还有那么多东西没有收拾，他在，也算是一个免费劳动力啊。

“夏朵，夏朵。”我刚拐进我住的那层楼的楼道，还没走到家门口，就听到有人在叫我。

我真的不敢相信自己的耳朵，我还以为是自己听错了，因为，这明明是高新晨的声音啊，然后，我抬头，就看见了那张我最熟悉的、轮廓有致的脸。

我简直不敢相信，他居然还在！这怎么可能呢？

他不是走了吗？

不是生我气了吗？

我很快冲上前去打他踢他咬他，虽然气势汹汹，但却并没有真的用力，他就一把抱住了我。在他的怀里我没有挣扎，我只是一边叫着他的名字一边哭着骂他：“死高新晨，臭高新晨，破高新晨，谁让你跑的？谁让你走的？你知不知道你很讨厌？我都快要烦死你了！”

“是是是，我很讨厌，我就是个混蛋，”他很高兴地笑着答应着，他说，“夏朵，你这个样子让我很高兴，我好开心，你能生气。因为我知道，你这样是在乎我。”他还说：“不过，咱们能不能先进去，然后你再骂我，在楼道里，让邻居们看到，像什么样子？”

“谁在乎你了？”我白了他一眼，想想他说得也对，就赶紧掏出钥匙开了门。

刚进门，他就把行李随便扔在地上，翻身抱住了我。他把嘴吻到了我的唇上，我就什么都说不出口了，更别说继续骂他了。

他的吻越来越深，越来越用力，我们的身体紧紧纠缠在了一起，如木棉花与常青藤。

时至今日，就算到了现在，我也始终不知道应该如何描述那一夜。

也许，所有的女人都会对自己的初夜难以忘记吧，在这一年的初夏的夜晚，我把自己交给了自己喜欢的男子。

这是一种幸福，我想。

我们也会这样亲密地在一起，一辈子，我当时是那么地坚信。

他先是如鱼一样地吻我，又黏又咸，还有一点点地腥甜，因为我不知道自己什么时候把他的唇咬破了。我们不管不顾就这么吻着，他把手伸过来，蛇一样撩开我的衣服，在我的身体上游走。我觉得浑身不停地在充电充电，好像快要爆炸了。

高新晨很用力地把我的裙子给撕坏了，这条裙子后来我一直都留着，拉锁都被拉豁了口，我也从没有想过要修补它。

我听到他的心和我的心一起狂乱地跳动着，我耳边听到他一声声叫着我的名字，一遍又一遍，夏朵，夏朵，夏朵……我能感觉出他身体的亢奋，其实，以前我们拥抱亲吻时我也有感觉，但任何一次都没有这一次感觉强烈！我说我口渴，我想喝水，我挣扎着扶着墙摸到墙壁上的白色开关，他抱着我随着我的任何动作，然后最后的一点点理智让我打开了灯。

我们看着彼此，衣衫不整的彼此，足足看了好几分钟。

“给我吧！”高新晨喘息着问，“行吗？”

我呆呆地看着他，泪如泉涌，他低头吻住我的泪水说:“我爱你，夏朵。”

我呼吸着他身上熟悉的味道，看着他站在那里，神色动人，气宇轩昂。

他伸手捧着我的脸，深情地说："夏朵，你知道我有多么爱你，我不能没有你。"

"我也爱你。"我喃喃低语，我知道，此时我只能如此回答他才不会大煞风景，我想，我真的应该努力忘掉叶榛了，既然我决定和高新晨在一起，一辈子和他在一起，那么，我们就算是绑在一根绳上的蚂蚱，那么其实不管他有多么爱我，我都应该爱他比他爱我还要多那么一分。

于是，高新晨伸出了手，我也伸出了手，猛然间，他把我又一次拉到他的怀里，然后他一下子就抱起了我。他把我抱到了卧室，我们终于到了床上。

当我们裸露的皮肤接触到一起的时候，我闭上了眼，我能感觉到我的眼泪滑落在我们紧贴的光滑的皮肤上，我听到他低声呼喊，声音沙哑。一遍又一遍，还是我的名字："夏朵，夏朵，我好喜欢你，我好爱你。"

我们就这样交融在了一起，似乎如水，那样地缠绵，又是那样地火热，那样地无休无止。

生涩，疼痛，激动……那一夜，我们抱着一直不停地缠绵，一而再，再而三，没完没了，直到筋疲力尽。

那是我终生难忘的第一次，那条浅色的床单上，有一朵盛开的红色梅花。

我还没好好欣赏它，我们就要收拾回家了，回家乡。当然，我并没有忘记把这条床单也收进行李箱里，带走。

我跟在高新晨身后悄悄地下楼，就像是做贼一样，因为昨日我们做过的那些坏事。我有点儿心虚，也有点儿害羞，我知道我这样很做作，但没办法，我现在都不敢直视他的眼睛。

我们到机场的时候，时间还很充裕，就随便找了家餐厅吃早饭。我们吃了很多小点心和小面包，谁都没有说话，我一直在躲避他的目光，但有时候也会不小心触及到，我只知道傻傻地笑。在桌子底下，他的手伸过来一直握着我的手，直到必须要去登机口登机的时候。

飞机起飞的时候，高新晨又伸过手来握住我的手，我闭上眼睛，感觉到有眼泪从自己的眼角滑落下来。我在心底对这个生活了四年的城市说再见，对决定留在这个城市奋斗的林鑫说再见，还有叶榛，我已经是高新晨的人了，但是我还是希望他过得比我幸福。

CHAPTER 04

有时候，坚强只是为了掩饰心痛

我以为我需要的爱情，只是一个拥抱；以为蒙上了眼睛，就可以看不见这个世界；以为捂住了耳朵，就可以听不到所有的烦恼；以为脚步停了下来，心就可以不再远行。最后我才发现，爱一个人是贪心的，我要的不仅仅是一个拥抱，而是一颗爱我的心。

（一）

我跟高新晨回到了家乡的城市，这次回来，我总觉得自己好像改变了些什么。

我已经把自己的身体交给了高新晨，我以为，从此，我就是他的人了，这是多么TM老的观念啊，我也不知道自己为什么会有这样老掉牙的思想。反正，我现在绝对不允许自己再去想叶榛了，当然我也绝对不许高新晨和别的女人眉来眼去，不许他不理我，更不许他对我不好。总之，我已经成了最庸俗的女人，我对他说："高新晨，我是你的人了，你一定要对我负责。"这句话，大概有超过一亿个人说过，可是真正轮到自己说出来的时候，我才发现，这是多么有分量的一句话，为的，只是得到另外一个非常有分量的承诺。

而高新晨给我的回答是："再有别的男人看你一眼试试。"他边说着还边掳了掳袖子："看我不把他打烂了才怪"。于是，我只是抱着肩膀说："你能不能认真一点儿？"

他认真的时候，声音就低沉了，他说："你要知道，在公司我会有很多绯闻。"

明天我就要去他的公司正式上班了，所以他要给我打打预防针，他还说：“你是知道的，我这么年轻有为，又这么帅，公司里有那么多春心萌动的少女，怎么会不对我起非分之想，我想，我们还是干脆，就直接公布了我们的情侣关系吧。”

我们正在一起吃晚饭，听他这么说，我只是把我正在吃的印尼炒饭舀了一大勺，送进他张开的嘴巴里，我冷笑着回答他：“你也真的是很臭美，脸皮比城墙转弯还要厚，是个超级自大狂。”我还白他一眼：“你能不能不要把自己说得这么抢手？”

我晃了晃脑袋，以退为进地赌气道：“没有关系，反正追我的男人也多得是。”

他果然着急了，嘟着嘴巴说：“那可不行，你必须天天说爱我。”

于是，我又开始申辩：“你说天天说我爱你，俗不俗啊？早晚有一天你就腻了，你会觉得好像吃了特别肥腻的猪肉一样，那样，你觉得有意思吗？”

“当然有意思，我腻不了。”他反问我，“是你会腻吧？是不是尝了鲜就觉得没有意思了？”他说话是越来越酸，“现在的女人，还真的是了不得了。”

可是不管他怎么说，我还是不答应公布我们的关系，而且在不公布我们关系的情况下，我还要求他必须守身如玉，不能跟任何女人有丝毫瓜葛，我知道，我这个要求，其实也很变态。虽然我在他公司已经实习满三个月了，虽然，我也同意了，现在实习期满，我也毕业了，我会到他的公司来上班，可是，我就是不想让他们公司的人都知道，我在和他们的老板谈恋爱。我不想顶着这样一个身份进入高新晨的公司，然后处处受到礼遇和照顾，也处处沾染着那些桃色话题和是非。

当然，我并没有想到的是，他们公司原来还有一个跟高新晨一样厚脸皮的人，那就是他们年轻的市场总监杜宇诺。他在见到我以后跟高新晨说的话居然如出一撤，就像此时，他刚刚从办公室里出来，斜倚在门框上跟我说的一样，他说："夏朵我告诉你，你都不知道我会有这么多的绯闻，就像昨天我出去和同事甲在星巴克喝咖啡，然后转身和路人乙散步在天府大道上，在今天早上，我却被指和丙在旋转木马上接吻。"

我抬起头看他，沉默不语。

他就突然笑起来，然后对我说："别紧张，把工作做完以后早点儿回去。"

我低头继续写我的策划案，今天晚上我必须把这套新产品的媒体投放报告赶出来。那个臭杜宇诺倒是还挺会装模作样的，搞得我差点儿忘记了，是谁在早上上班时对我暴跳如雷地大叫："夏朵，你今天下班前不把方案交给我的话，这个月的奖金就不要再想了。"

说真的，我当时恨不得把我手上的文件夹整个朝他丢过去，他简直就不把我当人看，当着整间办公室的人一点儿面子都不给我留。

我实在不知道，这个笨蛋，他告诉我他的那些甲乙丙丁到底是什么意思。

他绯闻缠身又关我什么事？

而当我努力回过神来的时候，就看见王蕾发给我的QQ对话框里写着："绯闻丁，你知道不知道，已经传遍了，都。"看到这么几个字，我就彻底抓狂了，我真的很想大叫苍天。

在核算完具体数字，完成整个PPT以后，我发邮件给杜宇诺，然后还打印了一份送到他的办公室。我把文件夹递到他的面前，他抬头看我，笑容很温暖，他说："辛苦你了。"声音低低的很有磁性，而我却只是回送了他一个白眼。我想，难道他以为，他说了这么句安慰的话以后，我就应该一头撞进他的怀里痛哭流涕的感谢：“领导，我真感动啊！”而事实是，我冷冷地说：“没什么问题的话，我先走了。”

他站起来，居高临下地说：“我请你吃饭吧。”

我却回答道：“第一，我不饿；第二，我不想成为你的绯闻丁。”

此时，他看着我的笑容特别纯洁，看起来，就像是若干年前。他还是当学生的样子，他摸了摸鼻子，皱着眉说：“我只辩解你第二条，天早就黑了，就我们两个人已经留在办公室这么久，要绯闻干脆就绯闻到底，难道，你夏朵还会怕这个？”

我仰起头看他，然后点了点头。正是因为天晚了，没有人了，所以偌大的办公室是如此的安静，安静得我肚子发出的咕咕声居然这么悠扬婉转。

其实我第一次进公司时就见到了杜宇诺，并且和他擦肩而过，跟我同来的另外一个叫王蕾的女生还开玩笑地对我说：“你看，多英俊的一个小青年啊。”

我应付地点点头，我也不知道他有没有认出我。可是进了办公室我就晕菜了，因为杜宇诺居然是我们市场部的总监，是我们这十几个人的老大。在开会时他望着我的那一脸邪恶，让我大感不妙，所以我尽量离他远远的。但没想到的是，他居然会提出，以总监的身份来亲自带我这个新进的小兵，我始料不及，就只能如现在般欲哭无泪。

我和他坐在旋转寿司店里，我们喝了一点儿清酒，又喝了点儿青梅酒。而不知道是不是喝了酒的缘故，杜宇诺和平时在办公室里比，就像变了一个人似的，温柔极了，像一个绅士。

我想，如果他每天都能保持这种态度，那还真算得上是一个好男人，也难怪，他会像他自己说的那样，被那么多人喜欢。

我看着他的脸已经喝得有了淡淡的红晕，我给他倒了杯玄米茶，说:“喝点儿这个茶吧，这个茶也是很好喝的。”

他摇了摇头，说：“你难道是在怕我喝醉？”

我冲他眨了眨眼，说：“对呀，明明说好了是你请我吃饭的，难道你想喝醉酒以后赖账？”

他低头笑了起来，说：“我记得在上高中的时候，有一个初中的学妹常常一箱一箱地往我们当时组的车队的地下车库里买啤酒，我们经常五个人，三男两女地一起喝酒，然后喝着喝着，就都坐在地上，靠在墙角边睡着了。”

于是我就扬了扬眉毛，接着他的话继续说道：“我在上初中的时候，有个高中的学长总是对我不言不语，直到有一天，我把一只蟑螂放到他的衬衫口袋里，他就被吓昏了。我以为他会恨死我，但没想到的是从这件事以后，他居然开始和我有说有笑了。”

杜宇诺说：“那是因为我感谢你，帮我练大了胆子。”

我点点头道：“要不，等下我再抓一只蟑螂来检验一下成果？”

他的表情突然就紧张了起来，引得我哈哈大笑。

吃完饭，从店里出来，我和杜宇诺走在路边，风吹起来，我觉得有些冷，他就把他的西服外套脱下来，披在我身上。仅仅是这么一个小小的动作，这么地平常，也许，每一个男生都会做，但是，我却还是有些感动。我想起以前，他这个学长对我还是有些照顾的，我也还记得，在李梦琪冲我发火的时候，是他拉我去吃的麻辣烫。

而在公司里，杜宇诺对我的态度却依旧十分粗暴，在工作中，他是不会允许任何人出现失误和瑕疵的，也包括他自己，他总是希望做到最好，做到完美无缺，那么这些的前提就是无休止的加班加点。而我作为一个新人，留下陪着，学习，就成为了理所当然。

为此，就连高新晨也相当不满意，他甚至无数次向我提议：“要不要我跟杜宇诺打声招呼？让他不要有事没事就拉着我的女朋友一起加班，他这样我会吃醋的。”

我连忙阻止：“千万不要，你敢去乱说，我就不理你了。”

他答应着：“好好好，那要不，我给你调个部门，或者干脆，你就来做我的秘书算了，反正我现在只有李曼一个助理，这样我们就可以天天腻在一起了。”

“谁要跟你天天腻在一起？”我白他一眼，接着说，“其实，杜宇诺是很有工作能力的，很有经验的，我能跟着他好好学习，其实也算是不错。”

（二）

在无数次的加班，然后加班完，杜宇诺必定会请我一起共进晚餐以后，这天中午我吃完饭回办公室的时候，大家看到我连忙噤声。我明白，我终于如杜宇诺所愿，成为了他的绯闻丁。我晃晃脑袋，叹了口气，爱说什么就由他们说什么去吧，反正谣言止于智者。

我刚刚坐回到办公桌前，高新晨的助理李曼就走过来叫我：“夏朵，高总请你到他的办公室去一趟。”

他怎么这样？要我去他的办公室，这不是在惹人嫌疑吗？

我咬了咬唇，但是当着这么多的人，如果我真不去的话，那么高新晨的面子一定下不来。最后我还是去了。

我进了他的办公室，刚刚关上门，他就已经冲到了我的面前，他居然冲我很生气地大声嚷嚷道：“你看吧，你高兴了吧？你和杜宇诺的绯闻现在已经满天飞了。我看，这整个公司的口水都已经快要淹死你了。”

我冲他摊了摊手，说：“你在不高兴什么？你明明知道我和杜宇诺没有什么的。”

“我当然会不高兴，因为，”他嘟着嘴，接着又轻轻握住我的手，不高兴地坏笑着，“我很不开心，你的绯闻男主角居然不是我。”

我哭笑不得：“你是我正牌的男朋友，难道还会去吃绯闻的飞醋？”

他撇了撇嘴巴，说：“不管怎么样，我觉得我怎么有一种戴了绿帽子的感觉？”

“胡说些什么？”我使劲擂他一拳，然后看着他又有些于心不忍，便安慰道，“放心好了，我清者自清，过两天传言就会不攻自破的。”

高新晨点点头，说：“你说的哦，如果，过两天绯闻还存在的话，那我就必须公布我和你的关系，宣布我对你的所有权了。”

我瞪他一眼，威胁道：“有种你试试？”

我回到办公桌前继续工作，高新晨就在QQ上对我说：“夏朵，下班我们一起去吃饭然后看电影好不好？”

我回他说：“不好，我可能要加班。”

他“哦”了一下，发了一个很可怜的表情给我，我就心软了，于是我想了想又说：“那么好吧，如果今天不加班的话。”

我没有想到的是，一向变态的杜宇诺会在下班前半个小时就走了，这可是他破天荒头一次早退。而他这么一走，我在纳罕之余也发现好像我们部门所有人都松了口气。

难得准时下班，我还没走出公司的前台就已经收到了高新晨发来的短信，他很知趣地说：“我知道你不想被同事们看到，所以，我的车停在公司这条街的隔壁一条街等你。”

我连忙走了过去，坐上他的副驾驶的时候，我忍不住问：“你怎么那么神机妙算，知道我今天会不加班的？”

高新晨笑笑，露出雪白的牙齿，他说：“今天我本来要约见一个公司客户的，但是，我突然头很痛，所以就让杜宇诺代替我，和我的秘书一起去陪这个客户吃饭。”

我白了他一眼，说：“既然头疼，那我看我们还是直接回家去算了。”

他笑嘻嘻地凑过来，说：“那你说回家以后，我们该干些什么呢？”

我用力推开他，说：“我的意思是各回各家，各找各妈！”

他就耍赖道：“不行，不行，我也要去你家。”

我忍住笑，说：“没问题的啊，我爸妈都在，你就去我家吧。”

他故作失望地靠回到座位上，握着方向盘说：“我现在突然开始怀念起你自己住的时候，如果现在你还自己住的话，那我就可以为所欲为了。”

“坏蛋。”我用力剜了他一眼，然后低头看了看手机屏幕上的时间，催促道，“好了好了，我都饿了，不是说吃了饭还要去看电影吗？我可不想，好不容易不加班，也要半夜才睡觉，皮肤都变得不好了。”

我们一起去餐厅吃饭，然后去电影院看了电影，而高新晨在看到一半的时候居然睡着了。其实我是知道的，要打理这么大一个公司，他也够累的。虽然，他不需要经常在办公室里加班，但出去陪客户吃饭、喝酒等应酬，就通通变成了他必须做的事。

在高新晨睡着的时候，我突然接到杜宇诺发来的微信，他问我："到家了没有，你现在在做什么？"

我骗他："已经到家了，好不容易不加班，所以我要睡一个美容觉。"

他半天没有再说话，于是我就问他："那你呢？你现在回家了吗？"

他说："没有，我在公司。"

我叹了口气，打字道："用不用这么拼命啊？怎么还在加班？"

他解释道："没有，没办法加班。"

我给他发去一个"？"。

他就告诉我："我刚刚陪客户喝了很多酒，头疼得厉害，所以加不了班，写不出案子。"

我回复他："既然这样的话，那你就早点儿回去休息吧。"

他又没有回我话，而此时，电影已经结束了，当片尾张韶涵唱的主题曲响起，影厅里的灯都亮起的时候，我轻轻推醒高新晨。他挠了挠脑袋冲我不好意思地笑笑："我怎么就睡着了？电影好看吗？"

我说："还不错啦，过几天你再陪我看另外一场吧，不过，可不许再睡着了。"

他点点头，老实地说："好。"

然后他开车送我回家，他看着我上楼以后才走。我躲进电梯里，看着他离开，然后再跑出来，招手打车。我要回公司看一看，因为直到现在，杜宇诺也没有回微信给我，他好像真的醉了，我有点儿担心他会出什么事，必须要去看一看才安心。

说实话，这种关心的元素来自于哪里，我自己也不知道。或许，稍微有一点点是因为，我们自小认识，相见于微时的因由吧。我是这样对自己解释的。

我推开玻璃门轻轻走进去，杜宇诺就坐在办公桌前，手撑着头，闭着眼。开启的电脑屏幕在他轮廓有致的脸上，打上一层淡淡的蓝光。

我走过去推了推他，他睁开眼，看到是我，愣着半天没有动。

于是，我就睁大眼睛，退后一步指着他的肩膀大叫："有蟑螂！"

他猛地从座椅上跳起来，看到他满脸发白的样子，居然还和当年如出一辙。我就忍不住指着他哈哈大笑了。

四目相对，他怒气冲冲地绕过办公桌朝我走过来，还一边捋了捋衬衫袖子。而我却不肯示弱地仰起头，难道他还敢打我不成？

我始料未及，杜宇诺走过来竟然直接把嘴巴贴到了我的唇上，霸道蛮横，还带着一股淡淡的酒气，他很用力，我被他吻得快晕了。

我使劲推开他，然后跌坐在他办公室里的褐色皮沙发上。

他很天真地看着我："你怎么会来？"

"我是来拿文件的。"然后这个时候，我才想起要尖叫，我说，"臭杜宇诺，你居然敢非礼我？"

他冲我炫耀似的，舔了舔他丰润的嘴唇，说："那我对你负责。"

"呸，谁要你负责？你这么受欢迎，我还怕以后我要时时刻刻担心有人会找我拼命，我还要担心我头上会泛绿光，我才不要干这种赔本买卖。”我不好意思看他。

他笑得诡异极了，拉着我就走，说：“我们去喝酒。”

他的力气那么大，我根本就反抗不了，就只能苦着脸说：“你怎么还要喝呀？”

我们找了路边一家麻辣烫，边吃金针菇、豆腐皮和鱼丸宽粉边喝着小瓶的二锅头。

我们两个的脸都红得可以烧起来，我捏着杜宇诺的脸说：“你还真的挺能喝的。”他就搂住我的肩膀，说：“夏朵，你喝多了。”

我真的不知道他是不是一直清醒着，但至少，在我送他回家前，他说得最完整的一大段话就是：“夏朵，你十四岁的时候，喜欢的是周健成，一喜欢就喜欢了那么多年，而终于等你可以放下他的时候，你又开始跟林鑫暧昧不明。你在另外一个城市读大学，我以为我可能没有机会了，但是没想到你会回来，居然成为我的同事，而且还跟我绯闻满天飞，你说，这是不是老天爷给我的一个机会？”

（三）

我也不知道自己究竟喝了多少，反正，最后我还是安全到家了，钱包在，手机也在，没磕着也没碰着，更没有失去贞操。而杜宇诺昨天晚上跟我说的那些话，我却全部忘记了，我居然断片了。我估计我当时，应该只是在心里不断重复着自己家的地址，我也知道自己有些醉了，所以，地址不能忘记了，要不，怎么回家呢？

我睡到日上三竿才醒，到公司的时候，已经迟到了整整三个多小时。我听同事王蕾说，杜宇诺一早就来了，还跟大家开了个会，而我不在场，他竟然没有生气，也没有发火。

昨天喝那么多，今早也准时起来了，杜宇诺是个神人，我真的很坚信。而王蕾很八卦，我也发现了，她说：“说真的夏朵，你是不是在跟杜宇诺谈恋爱呀？那为什么他这么照顾你？”

于是我就只能编了个理由解释道：“我跟他真的没有什么，今天早上我跟他请过假的，我家里的水管子漏水了。”

中午休息的时候，王蕾拉我一起去星巴克喝咖啡，她咬着吸管跟我说：“你知道吗？我的方案又没有通过。你又知道我为什么要来这个公司工作吗？”

我愣然地摇了摇头，她就继续说：“我很喜欢三年前我们公司一款数码相机的广告，小巧的机身，可以从门缝底下塞进去，上面，拍了一款很精致的钻戒，然后生气的女人就原谅了门外的男人。夏朵，你知道吗？这是杜宇诺出的创意，这是他的成名作。”

我点点头。“你到底想要告诉我什么？你的方案没有被采用？你喜欢的是杜宇诺创意的这个广告？还是——”我故意拖长了一点声音，然后说，“还是你喜欢的是杜宇诺。”

王蕾没有直接回答我的问题，她继续说：“那个时候我还在读书，我向往这款相机不如说我向往爱情，我省吃俭用加勤工俭学攒了半年的钱买了那款相机，因为我的直觉告诉我这款相机可以给我带来好运。可没想到，我刚买完它，出了数码城就丢了钱包，也还好钱包里并没有多少钱，但钱再少，也是我坐车回家的路费啊。我站在公交车站不知所措地哭泣，而这个时候，我就遇到了杜宇诺。他居然很大方地借给我一百块钱打车回家，他看我提着那款相机的包装袋，他说这款相机性价比其实不高，有点儿贵。我回答他，我就是喜欢它的广告创意，于是我就看到了他很开心的笑。我要还给他钱，他虽然给我留了名片，但是却不要我还了，他说，很高兴我能喜欢他的广告创意。”

她的那个数码相机里，拍下的第一张照片就是杜宇诺的侧脸，她是乘他转身走的时候，悄悄按下的快门。当时的他穿着一身白衣，在耀眼的日光下，那么地英俊。

她说："从此以后，我就有了一张和这个城市每个平面广告牌上一样模样的男人的照片。有时候坐公交车，遇到某个有他的广告牌，我会盯着那广告看很久。我想对别人说，你看，那个拿着最新款手机，穿着白衣白裤的男人和我相机上的是同一个人。可是我从来没有说，我想，他们也许只会以为我是个狂热的追星族，我追捧的明星不是很大牌，在这个拥挤的城市，很多事情人们都已经见怪不怪。”

我知道，王蔷说的这个男人是杜宇诺。因为长得帅，我们公司的广告画面上，他也会经常客串一下，既节省了预算，又达到了预想的效果，何乐而不为？

我同意王蔷所说的，所有的幸福，都应该是秘密的，我想，杜宇诺，应该算是她最温暖的一个秘密吧。

下午开会，杜宇诺宣布了新广告的采用方案，以及相关的工作分工，我站起来对大家说："我觉得王蔷的案子可以有很大的空间，可以做得比现在更好。"所有人都诧异地望着我，连王蔷也是，我不顾一切一口气把自己的意见讲出来，我从来都是对事不对人，我觉得公司应该给新人一些表现的机会。

出了会议室，王蔷对我说谢谢，我笑笑。"有时候，努力争取过就不会有遗憾，不管是工作，还是感情。"我冲她眨了眨眼，"我真心觉得你的创意不错，如果是杜宇诺带着这款白色的耳机拍照，出来的效果，应该是干净而性感的。"

我没想到杜宇诺会听到我们的对话，他插嘴道："我不喜欢性感这个词，不过，这款耳机的音质真的很好，样板昨天被我拿回家了，王蔷你要不要试用一下？我想试用后，你就可以更加完善你的广告创意。"

她红了红脸说："好啊，明天上班的时候麻烦你带给我。"

"没问题。"杜宇诺笑起来有小小的酒窝，他点点头又说，"其实样板有两个，夏朵，你要不要也试用一下？"

我答应道："真的吗？那明天你在带给王蔷的时候，也顺便带给我吧。"

他第二天就把其中一个样板给了王蔷，可是他答应给我的那个却一直没有给我。有好几次，他看到我都是一副很害羞的样子，说："Sorry，我又忘记给你带耳机了。"

我有时会想，为什么偏偏给我的耳机，他总是忘记呢？

不过，我依然认为高新晨能有这么一个得力的员工，是他的福气，于是我不止一次地在他面前夸奖杜宇诺，我说："人才是公司最重要的财产。"

我还很肯定地说："我觉得杜宇诺真的前途无量，他只有 26 岁，那么年轻。外形不必说，重要的是，他还很善良。"

高新晨从他拿着的书里抬起头，斜眼看了看我，说："其他的还好说，可你怎么知道他就善良了？你倒是说说，他怎么善良了？"

我一副老实交待的样子，看着他说："我还没想好要不要告诉你，毕竟那是很多年前的事了。"

他翻开书的下一页，说："你愿意说，我就听着，不愿意说，就算了。"

我抱着肩膀窝坐在他书房的浅灰色布艺沙发里，说："那我就不说了。"

"你不说，我倒是猜到了那么一点点，是咱们上初中时候的事吧，难道有关周健成吗？"

书，又被他很快翻过去一页，什么时候，他变得一目十行了？他应该是去详细查了杜宇诺的底细了吧，要不，怎么能一语中的呢？明明心怀疑惑，却偏要故作漫不经心地说出来，我发现我真的很讨厌这样的高新晨，讨厌这样的机关算尽和步步为营。

我突然很生气，所以为了发泄，我就站起身来冲他冷冷道："我走了。"

他没有动，继续拿着书，头也不抬地说："不是说好在我家吃晚饭的吗？"

我赌气说："我不想吃了。"

高新晨这才抬了头，他看了看我一脸不爽的样子，叹了口气，站起来走过来拦住我，好脾气地笑笑，说："你生气也生得有点儿道理好不好？我只是查看了一下他在公司人事处存档的简历，才发现原来他上高中的时候，你正在上初中，你们是一个学校的，你们学校初中部和高中部用的是同一栋教学楼。”

我仰头看他，问道：“那你查他的简历是什么意思呢？”

他摊了摊手，说：“作为老板，了解了解员工的简历，我没有做错什么吧？”

看着他死不悔改、狡猾诡辩的样子，我真的很生气。喜欢一个人怎么能总是对那个人有猜忌呢？叶榛就从来不会如此对我。而想到他我就突然有些心疼，暗笑自己自讨苦吃，所有这一切的一切，不都是我自己选的吗？我又怎么可以厚颜无耻地想起叶榛呢？

我捏紧了手指，生气地点点头：“既然你这么说，那我也无话可说，不过，我突然不想吃东西了，我现在就要走，这样，我也没有做错什么吧？”

他叹了口气，说：“那我送你吧。”

“不用了，不让你送，不麻烦你，我应该也没有做错什么吧？”说着，我没有理高新晨一脸的无奈和尴尬，转身就走了。他也没有拦我，在走到楼梯拐角的时候，我听到他书房里传来杯子被砸到地板上的声音。我只是稍微停顿了一下，我知道他发火了，他生气了，但是我还是就这么走了。

（四）

我和高新晨已经连续好几天都没有说话了，就算在公司碰见，也只是像陌生人一样擦肩而过。这天下午下班的时候，突然有人拍我的肩膀，我转过头，发现杜宇诺站在我身后，他说：“夏朵，跟我回家拿耳机吧。”

我想了想，便点了点头，反正，就算我准时下班，也没有高新晨来约我出去。

杜宇诺开车的时候，我偶尔转头去偷看他，我发现他的侧面真的很好看，跟高新晨简直有一拼，我甚至有些不相信他已经26岁了，因为最新拍出的耳机广告上的他，清纯得像是还在读书的大学生。

杜宇诺的房子离公司很远，在西城，社区环境很好，在17层。

我进屋的时候小心翼翼，因为他的整个房间很干净，都是白色的。我尤其喜欢客厅里那个抽象的白色沙发，还有墙壁上那一幅蓝色鲸鱼的油画。

他倒柠檬水给我的时候，告诉我他最喜欢的是蓝色和白色，居然和叶榛喜欢的一样，于是我问他："你是一个人住吗？"

他点点头，说："是啊，我长大了嘛，怎么还能跟父母一起住，我要有自己的空间。"

我笑了，说："什么空间，是方便带女生回家吧？"

他拍了拍手，说："你说得没错，这不就带你回来了吗？"

我白了他一眼，没有说话，到处看看，表扬他的房子收拾得真干净。

杜宇诺害羞地笑了笑，说："这全是钟点工的功劳。"

我们坐在客厅里，他打开电视，那么巧，电视上播放的正是他为我们公司的新款耳机拍的广告。我笑起来，摊开手对他说:"还不赶快拿给我？"

他轻轻打了下我的手心，说："我骗你的，样板哪里会有两个？"

"这个玩笑，一点儿都不好玩。"我偏过头去，生气不理他。

他坐到我旁边来，扳住我的肩膀，说："对不起，对不起，我只是想邀请你到我家里来坐坐，可却不知道应该找什么借口。"他说着就突然一把把我搂进了怀里，轻轻地说："我喜欢你夏朵，你难道看不出来吗？"

“我看不出来，”我用力挣脱他的怀抱站了起来，我说，“杜宇诺我要走了，你千万不要开这样的玩笑，好不好？”

他问我：“真的不能给我一个机会吗？”

我很认真很坚定地回答他：“我已经有喜欢的人了。”

我对杜宇诺说的都是真心话，我爱的是叶榛，选择跟高新晨在一起，我也努力着让自己喜欢高新晨，所以，我的心里哪里还有位置留给他呢？

他也终于站了起来，呼出一口气，说：“那我送你回家吧。”他还说：“我是不会放弃的。”

他说完这些话，然后在第二天上班的时候，就有快递员为我送来一束蓝色妖姬，于是我抱着花冲进杜宇诺的办公室还给他，说：“你干什么要送我花？”

“花是我送的。”高新晨不知道什么时候，已经站到了杜宇诺办公室的门口。

整个办公室都安静了下来，不止是杜宇诺的办公室，还有他办公室外的我们大部分人的格子间。就好像是谁关掉了声音一样，那么多人的办公室，突然变得鸦雀无声，气氛诡异。

而我就在这安静中，更加提高了音量，我说：“高新晨，你什么意思？”

“我的意思，我想所有人都会明白的。”他挠挠头，摸了摸自己的耳朵，把头转过去，对着外面的格子间说，“好了，大家继续工作吧。”说完，他就走了。只剩下杜宇诺抬头看了看我，他把嘴巴抿得很紧，他说：“夏朵，下班我找你有事。”然后他就不再理我，把眼光重新放回到办公桌上的电脑屏幕上。我只能轻轻退出来，回到自己的办公桌前。

我刚坐下，高新晨的QQ头像就闪动了起来，点击开，看到的那几个字，居然和杜宇诺刚刚说的如出一辙，高新晨让我下班等他，他找我有事。

我正想骂他，哪知道他送上门来，于是，我的回复无比爽快，只一个“好”字。

等到下班的时候，高新晨已经从他的那层下来了，还带着他的助理李曼一起，堵住我们市场部办公室的门口，他冲我笑笑说：“夏朵，回家去给我做饭。”

我愣了一下，身边的同事们就都笑了起来。此时，杜宇诺也从他的办公室里走出来，说：“夏朵，下班我找你有事。”这下，所有人就又都不敢笑了。

我狠狠瞪了一眼高新晨，然后望着杜宇诺对他说：“对不起，我在更早之前就答应了高新晨，我们改天吧，真的不好意思。”说着我就匆匆拿起包，朝高新晨走过去。我拉着他的手走得飞快，像是在逃跑，因为这现场的气氛太尴尬了，我实在受不了。

直到坐在高新晨的车里，我还气喘不止。他没有说话，打开音响给我放着我喜欢的梁静茹的歌。我也什么话都不说，不理他，过了好几个红绿灯，他终于忍不住开了口，他问我：“夏朵，你怎么不说话？你饿了吗？”

我回他：“气都气饱了，一点儿都不饿。”

他居然笑着说：“不饿的话也可以，那我吃着你看着，你说好不好？”

“不好，”我撇了撇嘴，对他大声说，“我要回家，我现在就要回家。”

他皱了皱眉头，说：“你是不是有点儿喜欢杜宇诺那小子啊？要不，你至于像现在这样吗？我不就查了查他的简历吗？不就对外公布我们的关系了吗？我们都已经在一起这么久了，我都不知道你还在别扭什么？难道，跟我在一起你觉得很丢脸？”高新晨一连问了我好几个问题，最后，他还使劲地拍了拍方向盘，说："杜宇诺！我看我明天就应该把他开除了。”

我没有回答他的问题，我觉得现在的他已经不可理喻，我只是冷冷地说："你送我回家吧。”

“我知道。”他笑了笑，眉头却皱得更紧了，像一个川字，他的眼睛并不看我，只是看着前方的路。

我忍不住问他："你知道什么？”

他说："我知道你从来都不喜欢我，你只是可怜我才跟我在一起的，是不是？你喜欢的是周健成，是林鑫，是叶榛，还有杜宇诺，从来都不是我。”

我在听到他说这句话的时候，突然心里很难受。我当然记得我跟周健成说过，他从来就没有喜欢过我；我也跟林鑫说过，喜欢是一种本能的冲动，他从来没有喜欢过我；我居然那么狠心地跟叶榛说，我从来就没有喜欢过他。可是真的，从小到大我都没有对高新晨说过这样伤人的话，但是，他现在却对我说了。

我用力地呼出一口气，我觉得连呼吸都好像有点儿疼了起来，我对他说："那我们分手好了。”

他瞪着我看了半天，才压低声音很生气地说："分手也是可以这么随随便便说的吗？”

我赌气道："那我认真说，我们分手，好不好？”

“好！”

我没想到，他居然答应得这么干脆，于是我就对他说："让我下车。”

“还没到你家呢。”他反而猛踩了一下油门，车子加快了速度。

“不要你送我回家，我现在就要下车。”说着，我就已经不顾安全地拉开了车门。高新晨赶紧靠边停了车，而我根本没有等他把车停稳就跳了下来。他紧跟着从驾驶室里出来，冲我嚷嚷："好了好了，我说你能不能别闹了？我承认我说错了好不好？我承认我吃醋了好不好？"然后他还嘟囔着："谁让你身边有那么多暧昧不明的关系，什么周健成，什么林鑫，又是什么叶榛，现在还冒出一个杜宇诺，从来就没有消停过。"

他居然这样说我，我很生气，然后就从路边捡起一块石头，用力地扔到他的车门上。

"砰"的一声，就连我自己都被吓了一跳，我用的力气居然那么大，导致他的车门被石头砸出了一个很大很难看的坑。高新晨彻底怒了，他开着车就走了，还骂我："真是个女神经病。"

我一个人走路回的家，然后打电话给杜宇诺向他解释，我告诉他我和高新晨在一起已经很久了，我和他其实还是青梅竹马，我们是从小一起长大的。我还跟他说："希望你不要再喜欢我了，也希望你不要生高新晨的气。他就是这样，冲动起来什么都顾不了。"

他沉默了半天，没有说话。我说："你真的生气了是吗？"

他回答我的是："我要我们在一起。"

我沉默，不说话，他也不说话，我们就这样，保持着通话，相对沉默了很久。然后，手机提示音响了一下，有信息进来，我就挂了。

是高新晨发来的信息，他说："不要生气了好不好？我只是太在乎你，我要我们在一起。"

其实在接到他这条短信的时候，我就已经原谅他了，不生他气了。但是我依然没有回他，我只是突发冲动去网上翻看了一个很久以前的视频。

这是一档很热门的综艺节目，荧幕里，那个女主持人相当八卦地问一个女明星，前几次的爱情都是她主动的对不对，想不到的是，她居然很大方地承认，眼睛里有婴儿般的纯洁和干净。

我始终记得，这个女明星在当年出的专辑上的那个文案：对于感情，我向来没有耐心去期待结果会变成怎样，所以，我要我先开口，我要我们在一起。

在一起，这应该是一种怎样的心之所愿和心甘如怡。是要有多么地想要得到这份感情，想要俘获这个人，就好像天地间只剩下喜欢的这一个人，只想和他在一起，有了他，就像拥有了全世界一样，别无他求。

我躺在床上翻来覆去睡不着，夜已深了。虽然已经入秋，但天气还是这么热，偏偏我房间的空调在启动的时候突然坏了，已经是凌晨了，我又不好立刻找人来修。

我的脑子里始终都是“我要我们在一起”这句话，我在床上继续翻来覆去实在睡不着，一生气，我就爬起来抓起衣服往外面跑。

在这个偌大的城市里，我漫无目的地走着。

不知不觉我居然走到公司的楼下，口渴了，去 24 小时的便利店，刚进门就看见杜宇诺拿着几罐啤酒在结账。他不经意地回头看到了我，愣了愣，面容平静地冲我点点头，便目不斜视地从我身边走过去。我却不知为何，买了瓶矿泉水出来后，就像是中了邪似的偷偷跟着他。

他没有开车，只是走路。人与人之间的安全距离是五米，我知道，所以他没有发现我。

我看着他在前面走着，看着他打开啤酒，一边走一边喝。他的样子看起来很疲惫，他将四罐啤酒全喝光了，青岛的。他走路微微踉跄，估计是醉了。

距离垃圾桶有一米的距离，他投得又狠又准，又好像没醉。

不知道为什么，人越是想醉的时候，也许就越清醒。

我这样想着，抬头，看到杜宇诺已经开始扶着墙根狂吐。我便再也不能装作视而不见，上前，将喝过一口的矿泉水递给他，还帮他拍背。

他居然没有半丝地惊讶，就像对待老朋友一样，接过水，并且没有说谢谢。

看到我，他的脸上有悲伤的表情。我突然间鼻子很酸，想哭，我真是感情丰富。

我捂着眼，泪水已经从指缝里流出来，杜宇诺直起身笑着将手放在我的头顶上说："夏朵，你的眼泪是为我流的吗？"

我很诚实地回答："你问我吗？其实，我也不清楚，也可能是因为你，但是肯定不仅仅只是为了你，还有其他很多很多的原因。"

他轻轻笑了，我发现他笑起来的样子很好看。其实平时的我们都很少看到他笑，而此时看到他笑我又觉得他还是不笑好。他这么一笑，我脆弱的心神魂颠倒。

他扬扬头说："夏朵，我们一起再去喝一点儿好不好？你能陪我吗？"

我点点头，要求道："不过你醉了，千万不要吐到我身上。"

看着眼前的杜宇诺，我突然又想起了一件事，我需要先回家。我让他陪着我走，在我家楼下等我，我跑上去取了一些我以前认为很重要的东西，然后出了门。

我们一起折回到公司楼下的那个24小时便利店，买了东西，最后步行到我们曾经读书的中学，我想我们真是够疯的。不过，中学不比大学可以随意进入，我们原本想要漫步操场找寻旧时记忆的愿望落空。所以我们就只能绕着学校高高的围墙走了好几圈，走累了，我们就在校门口的水泥街沿上随便坐下。我撕开泡椒凤爪和老奶奶花生米的包装袋，然后递给他一罐青岛啤酒。

“你还记得周健成吗？”我问。

他有些惊讶地看着我，然后呷下一大口啤酒以后才说：“这话应该是我来问你吧，并且，我也帮你想好了该怎么回答：‘如何能忘记？’”

我低头笑了，说：“你跟他还有联系吗？”

他叹了口气，说：“很久没有了，上大学以后就没有联系了，我只是大概知道，他好像上了某个技术学校，但具体是哪个，我确实不知道。”

我轻轻瞥了他一眼，说：“那么，他又是怎么托你把那些钱带给我的？”

他睁大眼睛，问：“你知道了？”

“前几天遇到他了，聊了很多，但唯独这件事，他只字未提。那些钱，其实是你给的，是吗？”我旋转着捏在手上的啤酒罐，易拉罐的金属罐身发出轻微变形的声音。

他点点头问：“你很失望？”

我扬扬眉摇了摇头，说：“谈不上失望。”

他又问：“那你，怪不怪我？”

“怪你？”我扑哧一声就笑了，冲他伸出一只手，摊开手心，“我可从来都不会怪财神的，你现在还要给我钱的话，我会照样收下的。”

他也笑了，轻轻拍了下我伸出的手掌，说："我谢谢你啊。"

"应该是我谢谢你才对，"我拿起啤酒罐喝了一口说，"不过你知道吗？你给我的那些钱，我至今都没有用，全部用一个相框给框了起来。而这个相框跟了我好多年，今天终于被我全部取出来，换了这些酒了。"

"对不起。"杜宇诺低头抿了抿嘴唇。

"才说了谢谢，现在又说对不起，你到底要我怎么办才好？"我看着他，笑了，我说，"其实，谢谢和对不起都应该是我对你说的，那些钱，对于当时的你来说，相信应该不算是小数目吧？

"嗯，"他叹息着抚了抚头，"那可是我三个月的生活费。你知道吗？为此我连吃了三个月的咸菜和馒头，一点儿荤腥都没见。"

"你真的好笨啊。"我在感叹之余有些小小的难过。

他轻轻笑了，说："夏朵，我不想欠你太多，因为我喜欢你。"

他说的这句话其实很让我感动，但是我还是立刻拉下脸来，冷冷地对他说："如果你再说这样的话，我就走了。"我说完，就站起来准备走了，因为已经太晚了，我也确实应该回去了。而杜宇诺就连忙过来拉住我，不让我走。

他拉我，我甩开他，他继续过来拉我，我又一次甩开他。作为男生，他的力气肯定比我大，却总是一次次被我甩开，我知道，他是不敢用太大力气的，他怕弄疼我。

在多番拉手和甩手之后，我蹲在路边，不知道为什么，突然抑制不住地流了泪。街道上偶尔有车飞驰而过，霓虹照常闪烁，我抬眼，就看见站在一旁的杜宇诺的眼里满是忧伤。

不知道过了多久，等我完全止住泪水的时候，杜宇诺走过来，安静地坐在我的旁边。我就轻轻地靠在了他的肩膀上，然后听到他开口，慢慢地哼着一首歌，他哼的歌我确认自己从来都没有听过，但是我却总感觉这个曲调好像很熟悉，他的声音很好听，很温暖。我就这么听着听着然后就睡着了。

在凌晨五六点天快大亮的时候，我才醒过来。我睁开眼的时候，杜宇诺问我的第一句话居然是："你偷偷亲了我没有？"

我连忙摆手否认，我白了他一眼嚷嚷着："明明是我睡着了好不好？就算是偷亲，也应该是你偷亲了我好不好？"

他就乘我说话的时候，把嘴唇蜻蜓点水地落在了我的额头上，他说："我是不会偷亲你的，我会这样，光明正大地亲你。"我的脸，腾地一下就红了，而杜宇诺就很愉快地看着我问："夏朵，没想到你还会脸红啊。你别告诉我你没有跟别的男孩子接过吻？"

"有没有接过吻，都不关你的事！"我说着，侧脸眯了眯眼睛看着他，晨光在他的侧脸镀上了一层淡淡的金色，他的睫毛可真长啊，就像是假的一样。我就突然忍不住借用了他的问题来反问他，我问他："那你呢？你是不是跟很多女的都接过吻？很深的那种吧？并且，肯定还都上过床吧？"

杜宇诺就突然板着脸不说话了，而我就更加不肯放过他了，我推着他的肩膀痴缠着："说嘛说嘛，告诉我好不好？说来听听好不好？"

过了好久，他才回答我说没有，我就惊讶得睁大了眼睛。"天哪，杜宇诺你真菜鸟！"我打量着他，微微皱起眉头来，这么好看的男生，怎么会没有女孩子喜欢？我也很快就说出了自己的疑惑，"怎么？你该不会是喜欢男的吧？”

他彻底被我打败了，他说："夏朵你敢跟我到床上去试试吗？你看我喜欢男的，还是女的？”

“我才不要。”我连忙笑嘻嘻地回绝，又故作正色道，“其实我是男的，只是我男扮女装，隐藏得太好，你不知道而已。”

杜宇诺也保持着同样嬉皮笑脸的表情，但声音却是那么冰凉，他咧嘴说："你跟高新晨已经不止是深吻了吧？你们应该上过床了吧？你跟他睡了吧？”

我突然间就笑不出来了，我抬起手想要用力扇他一耳光，但伸出手，落到半空，又犹豫了，最后，手掌落下，我用力拍到了他的肩上，整个过程中，他都一动不动，似乎是任由我打他的脸或者身体的任何部分。

我眯缝着双眼对他说:“我爱高新晨。”接着我就朝他昂了昂自己的下巴，吸了口气，轻描淡写地冲他摆摆手，说："我真的该走了。”

他的回答是："我可以拥抱你一下吗？”

我小小地犹豫了一下，而就在我犹豫的一瞬间，杜宇诺已经过来了。

他过来轻轻地拥了我一下，真的只是轻轻的，让人感觉到云淡风轻。

等他撤开身体的时候，我就赶忙转身走了。我踢踢踏踏地慢慢往前走着，走了大概五十多米，被他叫住，我转身看见他还在原地站着，在早上人来人往的行人中，显得那么地孤独。他对我说："夏朵，什么时候高新晨不要你了，我收留你。”

我强颜欢笑着说："那你要等下辈子了。”

“那我也等。”他点点头，“只要你肯来。”

听到他这么说，我突然很感动，忍不住小跑着回去，跑到他面前。

他比我高，于是我轻轻踮起了脚尖，在他脸颊上亲了一下，对他说:“谢谢。”然后，这次我真的走了，还走得很快，越走越快，最后，几乎是小跑着，落荒而逃回的家。

（五）

第二天我照常去公司上班，第三天、第四天也如此。我想，也许，每个人在成熟之前都必须学会一件事情，那就是，有些事，装作从来没有发生过。也还好，我们三个人似乎都有这样的默契，我还是照常和高新晨谈着恋爱，照常和杜宇诺核对着各项工作。

傍晚六点，准时下班，在这个初秋似乎还有着夏日余温的城市，我看到前面那个人白色的薄薄蕾丝衬衫的后背已经被汗濡湿，浅粉色内衣的轮廓一清二楚地映在衣服下，在人潮涌动的CBD区，是王蔷的肩膀被她面前看起来明显就不怀好意的男子推推搡搡。她似乎一直努力挺直脊背，却不得不因为男子的力气太大而不住地后退。

“怎么？不认识了吗？没了爸爸了不起啊？当了白领了不起啦？装什么装啊你？”虽然隔了些距离，虽然人声鼎沸，但我依然能听到那男人嘴里嚷嚷着的难听的话。这绝对不是本地的乡音，他又用力推了王蔷一下，“我告诉你，你是摆脱不了我的，一辈子都别想。”

我站在原地，一直在考虑，要不要过去。因为那个男子跟王蔷到底是什么关系，我并不知道，我也不知道我这样走过去，到底好不好。而此时，王蔷已经被那男子推倒在了地上，街上那么多人，走过的时候，眼神都瞟向这对争执的男女，但却没有任何人出声阻止。这明显是男人对女人的欺辱。

男子嗤笑一声，说："你以为你自己是仙女下凡啊？板着个臭脸给谁看？呸！别装蒜，给我 2000 块，马上。"他除了说脏话以外已经上升到抢劫勒索了，我觉得我不得不过去了。于是，我提着包就冲了过去，然后十几秒以后，包包已经砸在了那个男子的头上。他躲闪着，刚刚还气势汹汹的样子，此刻荡然无存，他竟然丝毫不敢还手，使劲嚷嚷着："你是谁？你是谁？你干吗打我？"

我直到打累了，才把包放下，而这期间，王蕾什么话也没有说，只是静观其变。我叉着腰看着那男子，硬逼着自己装出一副母夜叉的样子冲他吼道："打女人，有话不能好好说吗？只有混蛋和人渣才打女人。"其实我也很怕他还手，因为我知道我根本就打不过他，所以我在最后还补充了一句："我告诉你，你敢动我一根手指头试试。我男朋友可是警察，他马上就过来接我了。"

"我可没有打她，我只是轻轻推了她一下。"他好像相信了我的话，立刻澄清并且真的没有还手，眼睛还警惕地朝四周观望，"我说，你到底是谁？我和我女朋友只是闹点儿别扭。"

"谁说我是你女朋友？"此时的王蕾已经从地上爬了起来，她过来轻轻挽住了我的手臂，我们三人，就此形成二对一的形势。

"好吧，"男子抿了抿嘴唇，"我们已经分手了可以了吧？"

"分手了，你还来找她干吗？你还不快走？我们不想见到你。"我回头看了看身边有些畏畏缩缩的王蕾，然后在自己的脸上继续乔装着无所畏惧。

男子白了我一眼，又狠狠瞪了瞪我身边的王蕾，说：“分手了不能做朋友啊？”

我就赶忙回答：“当然不能，分手就应该删掉电话号码，永不联系。”

他无言以对，只是用手指指了指我身后的王蕾，然后拿出手机威胁性地晃了晃，而王蕾立刻就服了软，她说:“钱我明天给你转到卡上,你先走吧。”

“好。”我估计，他应该是觉得在有我在的情况下，在我们二对一的情况下，占不了什么便宜，便恶狠狠地笑笑，见好就收，“明天中午十二点不见钱，你会知道后果的。”

“你为什么还要给他钱？”那个男的走后，我忍不住问王蕾，“你怕他干什么？不就是个前男友吗？他跟你分手，还好意思找你要分手费啊？”

她抬头可怜兮兮地看着我，声音很清冷：“夏朵，你说，我可以信任你吗？”

看到她这个样子，我就闭嘴了，因为我知道，她接下来要跟我说的，一定是很难为情、很难以启齿的事。所以，我只能点点头，安慰她道：“你说吧，我答应你，绝对不会告诉别人。”

很快，在附近的一家安静舒适、有着温暖橘黄色灯光和浅灰色软软沙发的咖啡厅里，从王蕾的口中，我了解了她的可怜身世。她从小就没有了父亲，母亲一个人拉扯她长大，她家境不好，学费是东家借西家凑的。她是从山沟沟里咬着牙，吃着冷馒头，走三四十里山路，刻苦读的大学。我也知道了，刚才那个男人是用她曾经被他拍下的裸照威胁她。而他是她的前男友，很早以前的那种，也相当于我和高新晨一样的青梅竹马。他们一早就约定好了，谁没有考上大学，谁就主动提出分手，但是到最后，主动说分手的，却是已经考上大学的王蕾。她对我说，人往高处走水往低处流，这本是世间的常事，她还问我："我是不是很傻也很自私？"

我摇了摇头，说："人无完人，每个人，都有犯傻的时候，我自己又何尝没有犯过傻呢？当然，谁都有想要过得更好一点儿的私心吧，这本就无可厚非。"

于是，她便呼出一口气，向我展露出一个坚强的笑容，说："是啊，我可不想再回到那个山沟沟里了。不过我是从小地方来的姑娘，你不会看不起我吧？"

我连忙又摇了摇头，说："怎么会？"

她漆黑的眼睛看着我，看了有几十秒，她才说："夏朵，你知道吗？我很羡慕你。"

我扬了扬眉毛，问她："羡慕我什么？大城市的？家境好？家庭美满？"

她语气里带了点儿揶揄，说："羡慕你有高新晨那样的男朋友啊。"

我不好意思地眨了眨眼，说："啊？你知道了？"

"想不知道，都不可以吧？"她轻轻笑了笑，转而声音又突然低了下来，"不过就算你拿高新晨跟我换杜宇诺，我一定不会干，你就算拿全世界跟我换，我都不换。"

我心中微微一动，端起杯子，呷了口卡布基诺，说："你是真的喜欢他吗？"

她点点头，把双手合十，十指交叉，肘放在膝盖上，而摆在她面前的焦糖玛奇朵还一点儿没有动过。王蕾看着原木色的桌面，满脸柔情蜜意地叹息道："是啊，他算是我真正意义上喜欢的男生吧。"

“那你的前男友呢？你没有喜欢过他吗？”我问她。

她蹙眉，认真地想了想才说：“我想，我跟他只是一种日久生情，只是一种妥协吧。”

“日久生情，只是一种妥协。”我在口中重复道，这句话，突然让我想起，林鑫好像曾经也跟我说过同样的话。只是我不知道，他现在过得好不好，我好像好久没有跟他联系了。我说：“论条件，高新晨应该比杜宇诺要好很多吧？”

她点点头，说：“是啊，可是我只喜欢杜宇诺，我曾经很认真地想过这个问题，我曾经因为经济和生活条件而选择离开了我的前男友，但如果换做是杜宇诺，我想，也许我不会。”

我没有说话，只是静静地喝着咖啡，手指抱着光滑的马克杯，她的话给了我很多触动。我在想，可能是真的，有些选择，只因为有些人存在而存在，但是当有些人出现的时候，再多选择也是虚无，再多迟疑也会消失，只剩下一股冲向他的力量，这，才是人们日日念叨的爱吧！而我自己，是否曾经、现在，亦或将来，能够真正体验到呢？我真的不知道。

（六）

因为多了几分了解，所以我跟王蕾的关系越来越好了。我想，不管怎样，我都会下意识，会努力撮合她和杜宇诺的。而我和高新晨之间却有了一层什么东西在阻挡着，我实在说不清它是什么，但我们都知道，那个东西肯定存在着，并且，我们都在努力，试图把它撕开。很明显，他开始有点儿讨好我，说话的口气也不像从前般趾高气昂和轻佻放肆。但他不知道，其实我还是喜欢他那有点儿野的劲头，似坏非坏，似邪非邪的可恶样子。

我很久以前就知道，杜宇诺会画画，而且画得很好。他画的油画和水粉画在我们上学的时候，在学校举办的各种大大小小的绘画艺术比赛中，总能拿到非常好的名次。就算到了现在，工作那么忙，他的画技竟然也没有丢下，似乎还更见精进了，当然，这评价并不来自于我，而是来自于高新晨。

他收到了一幅油画，是谁寄的没有人知道，但肯定不是杜宇诺，而这幅画却肯定是杜宇诺画的，因为画布右下方有他的签名。

这幅画的画面上是一个裸体女人，而那个女人居然是我。

当然，更确切地说，画中女人的脸是我，身体并不是我。我猜，这是杜宇诺凭着我的照片和他的感觉画的，他当然没有见过我裸体的样子，并且，我的身材也并没有他画得那么曼妙和完美。

高新晨勃然大怒，他把画用力摔在我面前，他的那个样子，看起来就像是要把我撕了吃了似的。看过我裸体的男人，很小的时候不算的话，我想，应该就只有高新晨一个了。我相信，他一眼就能看出画和本人的区别，他发怒，只是终于找到了一个宣泄的出口。

我任由他把那幅画摔来摔去的弄得不成样子，然后跟他说："好好好，我现在就去找杜宇诺问个清楚。用力给他一个耳光，你说好不好？"

他就连忙撸了撸袖子说："不行，要去，我陪你去。要打他，也最好是我出手。"

我拦住他，说："哪里有老板打得力员工的？"

"我靠，我才不管他是不是我的员工，他对你……"高新晨气得手都有些发抖了，他指着门说，“我现在就想把他撕了。”

我过去挽住他的手臂拉住他，撇了撇嘴巴，说：“少来，其实你早就看出那裸体并不是我的。”

他咬牙切齿地说：“看是看出来了，但你就算是被他意淫也不行。”

我用拳头擂了下他宽阔的肩膀，说：“受害人是我，要处理也是我自己去处理。”

他就一把把我抱进怀里，乘机占了我的便宜，还不要脸地说：“你是我的人，是我的宝贝，我的财产，那么我也是受害人。”

“我说了，我要自己去。”我的语气很认真，并且声音加重了很多。我知道，跟这种无耻状态下的高新晨讲理，是讲不通的。但是尽管这样，他还是继续厚颜无耻地表示：“不行，要去我陪你去。”

有时候，还是得给他一点儿甜头，硬的不行就来软的。所以，我故意温柔了语气，用我认为自己最娇媚的状态跟他撒娇，我说：“如果你不陪我去的话，作为补偿，我是可以亲你一口的哦！”

“不稀罕。”臭不要脸的高新晨居然不为所动。

“你说的。”我愤怒地用手指指到他的鼻尖。我是真的有点儿生气了。估计他也看出来了，所以立马狗腿了起来，并且解释道：“我不是这个意思，我是觉得，其实只要我想，我不是天天都可以亲吗？”

“哦！”我抱着肩膀横了他一眼，说，“尝到鲜了是不是？腻味了是不是？得到就不珍惜了是不是？”我冷着脸，还继续狠狠道，“高新晨，我告诉你，你要是这样以后碰都别想碰我。”

“好好好，我不打他。”他抬了抬手，说，“我只是陪你去，我不放心你一个人，我站在旁边，不说话，行了吧？”

“让我自己去吧，你去反而会坏事的。”我笑了，轻轻拉了拉他的手，语气温柔了些，并且向他保证，“我一定好好骂他，我也会跟他说清楚，我只想和你在一起。”

他沉吟考虑了好几十秒，我想他也了解我认准的事是九头牛都拉不回来的这个实际情况的，所以，他终于答应了让我单独去找杜宇诺算账。当然，他也并没有忘记有便宜不占、不占白不占这个真理，扬着眉问我：“那补偿还算数吗？”

“什么补偿？”一时之间我还没有反应过来。

“亲一口。”他用手指指了指我的脸。

“嗯。”我只是狠狠瞪了他一眼。

“你居然瞪我。所以，就不能只亲一口了，哈！”他借机卖萌地抿了抿嘴巴，乘我没有反应过来的时候就把我一把拉进他的怀里，捧着我的脸使劲地亲了好久。

我知道，我不能让他们两个大男人为了这个事情见面就打架，所以，我必须稳住高新晨，自己去找杜宇诺，我是必须要去找他的，他怎么能这样？真是强奸易躲，意淫难防，忍无可忍，防不胜防啊！

我当然很生气，所以，我去找杜宇诺的时候，没有给他好脸色。

我问他是什么时候画的，臭流氓，无耻，真不要脸。看我怎么灭了你，当着高新晨的面，我曾经这样手指指天！其实我心里也在郁闷，就质问他：“画就画了吧，你自己留着不就行了，我不知道，别人也不会知道，而就算我知道了，我也可以当作不知道，可是，你为什么又偏偏让高新晨知道？

你什么意思？”

“真的不是我寄的，我也不知道明明应该放在家里画室的画，怎么会到高新晨手里。”杜宇诺很认真地向我解释。

我冲口而出：“它自己会飞啊？”

“请你相信我。”他的眼神很诚恳。所以我低头想了想，我还是了解他的，我还真不相信他会那么幼稚，或者说，那么卑鄙，那么笨，会把这幅画主动快递给高新晨，我相信他的为人，他是不会这样做的。“好吧，就算不是你寄的，那总是你画的吧？你真是……”我冲他威胁性地挥了挥了拳头，“真是不要脸，无耻下流！”

我没想到的是杜宇诺的脸皮居然那么厚，他说：“你不能拦着一个男人意淫自己喜欢的人吧？”他就是这么说的，我居然无言以对，这个固执的男人，今天的脸色很苍白，还带着一点儿羞涩和狂放。是的，我不得不承认，他其实是很吸引人的那种男人。我想，如果此时没有高新晨的话，也许我真的会选择他。我发现我好像天生就喜欢特别有个性的男人，他们身体里散发着一种自由而浪漫的味道，会让我欲罢不能。

当然，后来我把这点儿鬼想法告诉高新晨，故意气他的时候，他恶狠狠地骂我：“夏朵，你真是个色女，花痴。”他红着眼睛说他从来都没有对别人动过心，而我是唯一的一个，他问我：“夏朵，你说你怎么可以不跟我？”

他的话可真是让我感动啊，我听了以后心里别提有多甜蜜了。你知道的，这世上的所有女人，不管是美若天仙还是中人之姿，甚至是长得难看的，何尝不希望，喜欢着、爱着自己的那个男人，对自己迷恋到以为自己是绝色倾城的地步，一生一世，只此唯一的爱自己一个，直至天荒地老，地老天荒。

“哪个女人不这样想呢？”我捧着高新晨的脸，第一次这么软软的动情地对他说，“可是，我知道，我只是一个普通的女人，很普通很普通的那种，我只是愿得一心人而已。”

他就刮了刮我的小鼻子安慰我：“你是我的女人了，我当然会对你好的。”

我的脸腾地就红了，说：“什么你的女人，你的女人的，我们还没有结婚呢！”

“你说你还能跑得掉吗？说不定，你肚子里都已经有我的儿子了。”他说着，手还轻轻地摸了下我的肚子，就好像真的有小生命在里面一样。

我白了他一眼，说：“你真流氓。”

他点点头，笑了，露出雪白的牙齿，说:“对，将来有了儿子，我就告诉他，你妈，就是我流氓流来的。”我看着眼前的高新晨，不知道为什么，会突然想起杜宇诺。他从不会说这样的话，他多数的时候只会深情地看着我，那眼神里还带着点儿忧伤，忧伤得让人忍不住心疼。但我不能因为这样就接受他，因为，我只是一个我，不能分成两半，需要我的，还有高新晨。

（七）

城市的12月已经很冷了，天空是萧索的灰白色，工业让我们的生活进步，也让我们逐渐看不到可能努力了好几个光年才到达我们双眼的暗淡的星光。透过公司巨大的落地玻璃窗，我发现，加班的夜好像连月光也是灰白而冷淡的，都已经九点多了，可是杜宇诺丝毫没有要走的意思。我通过 MSN 把他要我准备的资料传给他，他收到以后，只回了一个：“很好，你可以回家了，路上小心。”

可是我不敢走，我必须要看着杜宇诺，以防止他突然回家。因为此时，估计王蕾正在他家，用他那配置很高的电脑，黑进她前男友的手机里，试图删除他威胁她的那些照片。

她的那些照片，她当然不想让杜宇诺看到，所以，我们只能偷偷地进行我们的计划。是我趁给他送文件的时候进他的办公室偷了他的钥匙，让王蕾去配了一把，也是我又趁机给他送咖啡的时候把原版的钥匙还了回去，更是我泄露了杜宇诺家的地址，因为他带我去过。而王蕾据她自己说她曾经在大学时候选修过计算机，做黑客也很有一手。

可是下班就走了的王蕾，到现在也没有给我发送事先商量好的，成功的微信。而她打电话过来的时候，我已经在我们公司楼下的大堂转了十几圈。她打电话给我，告诉了我一个相当不幸的消息，她说：“夏朵，你描述得是不是有问题啊？我在西城绕了好多圈了，始终没有找到你说的杜宇诺住的那个小区。”

“明明就在劲松路往西，很容易找的小区好不好？”我承认我是个路痴，但我是用百度地图给她搜索的位置啊，难道导航也会出问题吗？虽然我嘴上不承认，但下意识还是有点儿心虚的。因为有时候，往往最不靠谱的就是网络。

王蕾十分坚持：“哪里有？就是没有看到，反正我已经在劲松中街上了，你过来带我去吧。”

于是我就问她：“那这里谁看着呢？谁防着杜宇诺呢？”

“哎，”她叹了口气，分析道，“杜宇诺是个加班狂，你又不是不知道，不到凌晨他是不会回来的，你还是赶紧过来吧。”

“好吧。”我答应着，我觉得她说得没错，看来，我只能亲自去一趟了。

挂了电话，我打车就去了，当然，我过去了，我们很快就找到了杜宇诺住的小区。明明很好找的，连我这个路痴都能找到，而王蔷却死也找不到，她居然比我还笨。我抱怨着，拉着她上楼，然后看着她轻车熟路地用钥匙打开房门，冲进杜宇诺的书房。她摁开电脑的时候，递给我一瓶矿泉水，走了半天，我也渴了，就接过来喝了几口，然后就睡着了。

醒来的时候，天已经大亮了，而身旁，躺着赤身裸体的杜宇诺。他早就醒了，或者，也许他根本就没有睡，两只漆黑的眼睛直勾勾地看着我。

“你这样怪怪地看着我干吗？”我下意识地抓起枕头朝他使劲扔过去，然后检查到自己身上还算是衣着整齐，才松了一口气。

此时，杜宇诺已经把我扔过去的枕头又给我扔了回来，他回答说：“我在想，你是怎么进我的房间的，又怎么会躺在我的床上睡着了？难道我这是在做梦？还是你吃错药了？”

我发现杜宇诺居然只穿了条内裤。阳光从亚麻质地的窗帘后透进来，照在他的身上，竟然让我觉得他有不着寸缕的感觉。他的身材居然很好，有胸肌也有腹肌，所以，我当然没有错过这个欣赏的机会，静静地看了他半天，并没有立刻回答他那一系列的问题。最后我只是半坐起来，理顺自己睡乱了的长发。

好下流的手段，好卑鄙的阴招，好老土的桥段，我的脑海里立刻浮现出王蔷递给我那瓶矿泉水时的笑容。我实在想不通，既然她如此喜欢杜宇诺，又怎么会把别的女人送到他的床上。我边理自己的头发，边问杜宇诺：“你什么时候回来的？”

他笑笑说：“我回来的时候，已经是凌晨三点了，进门就看见你在我的卧室睡着了。”

“那你有没有占我什么便宜呢？”我睁大眼睛，看着他那一览无遗的好身材，我觉得自己有时候也挺不要脸的，因为我明明用目光占尽了人家的便宜，却还要这样反问他。

“本来想来着，后来，觉得这么做挺不地道的，况且就算得到你的身体也得不到你的心，我从不屑于做这种事，”说着，他顺着我的目光低头看了看自己的胸肌，然后不以为意地与我对视，很傲娇地说，“我又不是没人要，我条件其实也不错，你说是吗？”

“好吧，既然什么事都没有出，那么我就走了。”我觉得再这么看下去一定会出事的，所以，我连忙从他的床上披头散发地爬起来。

“就这么走了？”我光着脚，还没有走出他卧室的门口，他又叫住了我。

“那不然呢？”我回头看着他，顺便最后一次观赏一下他的身材。他依然只穿了条内裤，坐在阳光里。他抬手打了个哈欠，说：“我还以为你会为我坐怀不乱的君子行为而请我吃一个简单的早饭呢。我想，你应该不会那么小气吧？”

“现在几点了？”我问。他在用激将法，我知道。

他翻身到床头柜上摸索，让我可以观赏到他光滑挺拔的背脊，以及他倒三角的身材，他拿着手表从床上站起来回答我：“刚刚八点，离上班还有一个半小时。”

“那你想吃什么？”时间还很充裕，我想我应该借用他家的洗手间洗一个澡，梳洗一下，那么既然有求于他，请他吃顿早饭也没有什么关系。但是我没想到他居然得寸进尺，不要脸地问我："我说我想吃你，你会不会打我？"

"再见！"我白了他一眼，转身就走。

他就连忙追到了客厅，讨好地笑笑："那么好吧，就吃包子油条或者水果沙拉三明治吧。随便什么都行。"

（八）

杜宇诺家卫生间的基调跟他家的卧室、客厅以及其他房间一样的，也是白色的。在浴室里，他用的护肤品是蓝色的倩碧，大大的镜子旁有他的剃须水，Givenchy 的 Into the Blue，加上白色的浴巾毛巾，蓝色的牙刷牙膏，通通都只有蓝白两个颜色。多干净的颜色，多干净的男生啊，我是这么想的。

我在他家的反射着银光的莲蓬头下，洗了一个痛快的热水澡，然后吹干了头发，穿好衣服出来。我出来的时候，他已经在厨房简单洗漱完，换好衣服了。

他的头发短短的，看起来很精神，他今天穿了件白色的棉布衬衣，蓝色西裤。

他站在那里冲我礼貌地笑，然后先一步走过去，为我打开客厅的防盗门，然后让在一旁。而就在我刚刚迈出门的时候，突然眼前闪了个黑影，在猝不及防之下，我已经挨了一巴掌，左边脸火辣辣地疼起来，我才看到高新晨像狮子一样发红的眼。

我和杜宇诺都被这突发的事情惊呆了，而就在我们愣神的时候，高新晨的拳头已经越过我伸向了杜宇诺。几拳下去杜宇诺的嘴角就被他打破了，但他却始终站在那里硬挨着，丝毫没有还手的意思，他只是对高新晨说:“你真的不必这样，因为我跟夏朵根本就什么都没有发生过。”

“我看，是你做贼心虚吧。”但是高新晨却丝毫没有停手的意思，继续向杜宇诺逼近。

杜宇诺的脸都肿了，却还笑着说：“我喜欢夏朵，喜欢得光明正大，无须掩饰。如果你是为我喜欢她而打我，那我没有还手的资格，因为毕竟，你比我先遇到她，你是她的男朋友，是她最喜欢的人。”他越这样说，高新晨下手就越狠，我上去拦了几次，都被他们两个合力给驱逐开。高新晨让我别插手，别管。杜宇诺跟我说：“夏朵，你来劝只会添乱，你别过来了，万一你被他伤到怎么办？”

所以我只能高声吼高新晨：“高新晨你好意思吗？你听我解释好不好？再说了，一个老板怎么可以打自己的员工？”

他边动手边冷笑着回答我：“就算我相信你们什么事都没有，就凭他喜欢你，我就得揍他。我现在不是他的老板，我只是你的男朋友。”

我拉不住他们，也劝不住他们，我只能看到杜宇诺简单用手肘挡高新晨的拳，护住脸和身体的重要部位，我只能听到他朝我喊：“夏朵，你想害我是不是？你在这只能是火上浇油。你走吧，别看我挨打，我不想你看到我被别人打，好不好？”

我的心好难受，我听到杜宇诺说的话以后简直就难受得无以复加，我情愿，高新晨那么用力那么狠地打我。我看到杜宇诺逐渐在鼻青脸肿，我实看不下去了，所以，我就转身跑了出来。是的，我居然逃掉了，我想，我永远都会后悔自己这么做，但是如果不这么做，我真的不知道自己又能做些什么。

我从杜宇诺家的小区走出来，看到一辆深蓝色的漂亮的尼桑车，尼桑车开到我面前停下来，车窗摇下来，赫然露出的，是周健成的脸。他笑着望着我，说："夏朵，这么巧，又见面了。"

今天到底是什么日子，居然让我碰到他？我咬了咬唇，回答他："是啊，怎么这么巧？这次，你是否又想让我搭你的顺风车？"

他扬了扬眉，说："你愿意的话，没问题啊，这次，又是跟我顺路吗？"

我发现，刚才发生的事，产生的压抑，好像因为他的出现而略松弛了一些，我呼出一口气，轻轻笑了起来，说："对啊，咱们还是顺路吧，反正，我也不知道现在我要去哪里。你去哪里我都跟你顺路算了，你只要不把我拉去卖了就可以了……"

我说着说着，突然不说话了，因为我看到车身后跑过来一个人，他有着我再熟悉不过的眼睛，他是高新晨，他打完杜宇诺，终于气喘吁吁地追我出来了。

隔那么远，我都能闻到他身上不同于杜宇诺的香水因为出汗而挥发出的味道，他一直喜欢宝格丽的这款，我知道。我不说话，看着他，看着他一跑过来一眼就看到了车里的周健成，然后，眼神就像只受了伤的小兽，让我心中一揪，我就有点儿心软了。

我明白，刚才的事对他的刺激已经不小，今天，摆明了是老天爷要耍我，居然搞那么多的事，现在又让我们一起碰到了周健成。

“喂，夏朵，你还跟我顺路吗？”周健成在问我的时候，高新晨眼里弥漫着的是我从未见过的悲伤，我觉得他整个人如遭雷击般瞬间地颓废下去。

“不，你自己走吧，其实，我从来都没有顺过路。”我连忙对周健成这样说，其实我的这话是说给高新晨听的，我真不知道，他能不能理解我此刻的苦心。他刚刚打了杜宇诺，我不能立刻就原谅他，就跟他有说有笑的吧，但我也不能更深地伤害他。所以，我拒绝上周健成的车，也不会跟高新晨立刻说话，我只是，在离他三米远的地方给他打出，不要跟着我、不要跟过来的手势。我随便跟周健成摆摆手就走了。

我细细想了想整个事情的前因后果，然后很快就发现了一些蛛丝马迹。我突然心里很清楚，其实话说回来，我们都是受害者，我是，杜宇诺是，高新晨也是。我觉得心里很堵，我想我需要发泄，而倒霉的就一定要，必须是始作俑者。我才不管什么面子里子，也不去管别人看我的眼光或者背后种种恶毒的议论了，要没脸，就大家一起没脸。我下定决心后，连步子都迈得更大了一些。

当我有条不紊地走进办公室的时候，王蔷摆出的是一副什么都没有发生过的样子。我走到她的工位，她还微笑着向我问好，我一巴掌就甩到了她的脸上，用了我十足的力量，然后我说 :“这一巴掌，是高新晨打我的，但是是你使的坏，所以，我没加利息就还给了你，以后记得千万不要这么做了。”

“夏朵，到底发生了什么？”她捧着脸站起来，一副梨花带雨的样子。

物理课上老师教过，力是相互的，我打她其实我的手掌也会很疼，但是扇她耳光这一行为，在我的内心却是相当爽快，我笑笑回答她："你做过什么事，你自己最清楚，我没必要陪你在这里演戏。"

她睁大眼睛看着我，说："那你凭什么打人？我要报警。"

我丝毫不让地与她对视："你以为我会忍气吞声，这件事就这么算了是吗？我不怕丢脸，因为我从来不做丢脸的事情，就算做了，我也敢承认，报警就报吧，顺便跟大家说说你和你前男友的事，还有你裸照的事情。"

"我以为，再怎么，你都不会撕破脸，在这么大庭广众下，"王蕾看起来很轻视我的做法，她声音不大但却很坚定，她说，"说谎又不犯法，没想到你这个富家大小姐，还是有点儿脑子的嘛。"

"那给我喝下了药的水呢？包括，把杜宇诺家那幅画有我的油画偷出来快递给高新晨，"我问她，"给别人喝刻意下过药的水，偷窃，再怎么都应该是触犯了法律吧？是不道德的吧？"而她似乎早就想好了如何应对我这个问题，继续扮演着无知可怜的样子，还反问我："你有证据吗？那瓶水还在吗？那幅画上有指纹吗？无凭无据，你可别冤枉我，别以为你有钱有势，又和公司老板还有上司有不清不楚的关系，我就会怕你。"

我再次确定，刚才的那一耳光确实没有打错。如果不是她现在有所防备，我几乎没机会打她的话，我想我还是会忍不住再给她一耳光的。

我轻轻叹了口气，很认真地问她："我没有想让你怕，我只是不明白，你为什么要这么做？"

她回答得很快："因为看不惯。"

从王蕾的神情上，我似乎可以肯定，我们对话这么久以来，她这个回答是最有诚意的，最真实的。于是，我继续确认："是看不惯我吗？"

"对，是的，我就是看不惯你，看不惯你生来就比我有钱，看不惯你可怜我，帮我去争取我的方案能够通过，看不惯你明明有了高新晨还要跟杜宇诺暧昧不清，看不惯你明明对杜宇诺有那么点儿意思，还要撮合我？我还恨你，恨你发现我的秘密，看到我和我的男朋友吵架，你以为你帮我出头赶走他，然后安慰安慰我，我就感动得痛哭流涕，会感激你吗？我知道，你只是在可怜我，怜悯我，但是，我要告诉你，我一点儿都不稀罕，我很讨厌你这样做。”王蔷边说着，眼泪就边流了出来，我想，她大概是说了自己的真心话。这么一大长串，说得很痛快，导致连我都有些痛快了起来，因为她的话，让我更加了解她了，了解她那好强自尊的反向的一面。

是的，我发现，她说的话居然是那么正确。我好像确实做错了，我确实对杜宇诺有好感，我也确实曾经把他推向她，我是真心想对她好一点儿，但是好心有时候也会变成恶意，伤害到她。我突然很同情王蔷，也很讨厌这样的自己，犹豫，摇摆，自私，有着与生俱来的骄傲和生活安逸富足的自我感觉良好。如果，我早知道是这种情况的话，我会对她说对不起，可是，被她陷害过以后，我实在是说不出口了。

“那你真的，喜欢不喜欢杜宇诺呢？”我想，这也许是我最后一个想问她的问题。

“可是他却死心塌地地喜欢你，我是没有机会了。”王蔷明明是摇头的，但是，从侧面上，她却承认她确实喜欢着杜宇诺。她似乎也早就想到了最坏的结果，想好了自己的一切退路，她说：“你放心好了，我是不会辞职的，反正公司要开除我就开除吧，开除我，我还能得到一笔不小数目的赔偿。我也没有输。”

“没有谁说要开除你，刚才的那个耳光已经还了你欠我的，我们扯平了，至于输赢，这更是没有的事，你做的事，对我们没有一点儿影响，我可以肯定。”我今天实在是不想上班了，我不想跟王蕾那么抬头不见低头见的，至少今天不想，所以我离开了公司。我想，杜宇诺今天估计也不会敬业地肿着脸来上班吧，所以，我连假都不用跟我的领导请了。

从我走进办公室到走出来，整个办公室都是很安静的，我相信所有人都缩在电脑后面，看了这一场好戏。而因为我和高新晨的关系，因为这个事涉及高新晨，涉及杜宇诺，导致谁也不敢来劝，谁也不敢走出来说话，他们会在私下议论的，我知道，但是，我现在，竟然一点儿也不介意了。

一个星期以后，王蕾离职了，据说，是找到了另外一个更好的工作。下班时，她夸张地嬉笑着与一大堆同事上了车，没有回头，空荡荡的办公室只留下我和杜宇诺。我知道，今天晚上她会和同事们去吃一顿散伙饭。第二天，如我猜测般，了解到，昨天她和他们玩得很High，很开心，喝了很多的酒。

我左边的座位空了，我如愿以偿不会再看到王蕾了。可是，我一点儿也高兴不起来，我发现，直到最后她也依然是好强的，是强颜欢笑的，我真的希望，有一天，她会遇到爱她的男人，会给她呵护，好使得她脱下那个坚硬有刺的壳。但这次，我是不会主动说出来的，我已经犯过一次错了，我应该在心里默默为她祈祷，这也许才是最正确的。

CHAPTER 05

安于得失，淡于成败，依旧向前

我知道命运从不偏袒谁，也不会刻意眷顾谁。我也知道，一切能被称为给予的东西都很奢侈，即使，这份给予也许并没有任何金钱的价值。但只要作为给予，就足以让我觉得珍视。人生太艰难却也有幸福，你曾经的给予，我会永远记住。

（一）

王蔷离职后，我接到一项新的人事任命，那就是我被要求调岗到销售部，不在杜宇诺的部门，也并不是成为老板的秘书。我想，高新晨这次还是考虑了我的感受的，尽管不太愿意，我也没说什么，反正，过些时候，等误会消除以后再说吧。

销售部的总监对我特别客气，并没有安排很多工作给我，也没有要求我必须完成多少多少的业绩和出面跟客户维护关系。那么好吧，拿着工资不做事，似乎也算是挺好的一件事，起码我多了很多的业余时间，可以看看我喜欢的书籍和电影。

这期间，高新晨从来没有主动找过我，只是不断发短信，问问我吃饭没，睡得好不好，但是我从来都不回。不过就算我不回，他也会照常每天都发，就那么几条，不多也不少，丝毫没有催促我回复的话，也许就连他自己也知道，在发生过那么多事以后，我们都应该好好冷静一下。

时间如白驹过隙，很快就到高新晨生日了。破天荒的，他没有像往年那样举行隆重的生日庆祝，在这天他主动给我打了电话，估计他认为，我会看在他生日的份上跟他恢复邦交，于是，他一遍遍打我的手机，而虽然我很明白他的用意却一遍遍地摁掉，不接。

我是不是有时候也挺心狠的？

我问我自己。然后我一出门，就看见了高新晨的车，他居然无聊地开着车在我家小区周围绕着圈。于是我就坐着出租车，跟在他的车后面，跟着他一起在我家小区门口绕了三十多个大圈小圈，直到我的出租车车费跳到三位数以后，我才觉得够了。

我下车，在路边等待，等十几分钟后再绕回来的他，然后，拦下他的车。

他看到我，立刻下来，眼睛又是红的，他说："夏朵，我好害怕，我以为，你真的会一辈子都不理我了。连我今天生日你都不接我的电话。"

我抿了抿嘴唇，说："我知道你要说什么，我只是不想浪费电话费。"

他忍不住走过来抱住我，我并没有反抗，他轻轻嗅着我头发的味道，在耳边对我说："夏朵，对不起，对不起。"

"以后不许这样了。"我回抱住他，用手握成拳用力捶在他宽阔的脊背上。而他没有说话，只是把我抱得更紧。他抱了我很久，在终于有些放松的时候，我稍稍撤身，然后踮起脚尖吻了下他的唇，说："生日快乐。"

他终于笑了，不过，这下我可惨了，又一次被他抱住。这次，他不仅抱住我，还低头用他的嘴含住了我的唇，用他软软热热的舌头撬开我的牙关，他似乎用了很大的力气来亲我，亲得我连气都喘不过来了。

别人都说冬天很长，但是我却发现，似乎，夏天的画面在脑海里要留存得更多一些。反正，在我这里，每年的冬天都过得很快，而冬天过去了，春天来了，夏天就不远了，我就又可以穿薄薄的衣服和各种我喜欢的裙子了。在我终于能够穿上棉质白色长裙的时候，在我以为一切都已经过去，按照默契，我和高新晨以及杜宇诺，都应该把发生过的事当作没发生的时候，杜宇诺却突然决定辞职，他说他要出国。这着实会令一群公司的女同事们措手不及，伤心不已，当然，如果情况真如他一向自我表白的，他那么抢手的话。

“夏朵，你知道点儿内幕什么的吗？”高新晨这样问我，我一点儿都不奇怪。因为杜宇诺确实是一个很有能力的人，有他在，是公司的福气，高新晨不傻，他应该明白这个时代，人才是最大竞争力。但是，他又不好去问杜宇诺，所以，不得已，他问了我。

我抱着肩膀，白了他一眼，说："我还在想是不是你逼人家走的。"

他用眼皮撩了撩我，说："我才不是那么小气的人。"

“手都动了还不是小气的人。还是老板呢！”我故意这样说，我是故意气他的。

他丝毫也不示弱道："那你还在人家家里过了一夜呢。"

我说："你是不是要哪壶不开提哪壶？"

他歪了歪嘴，说："我说大小姐，这可是你先挑的头？"

“还能不能聊天了？”我急了，站起来就准备走。

高新晨自知理亏，连忙拉住我说："是我不对，全是我的错，好不好？"

“这还差不多。”我大人不记小人过地原谅了他，然后我还约他和杜宇诺一起去 KTV 唱歌，算为他送行。其实曾经我也尝试过很多方式想要搞好高新晨和杜宇诺的关系，我想他们应该成为好朋友，而不只是单纯的老板和员工的关系，反正大家年龄相仿，并且杜宇诺确实在工作上能帮到高新晨。如果成为了好朋友，好兄弟，好哥们，杜宇诺应该就不好意思再这么对我虎视眈眈吧！毕竟，朋友妻不可欺，这可是古往今来的道义所在。

我约过他们一起吃饭，结果是三个人吃饭很尬尴；我也约过他们一起去郊游，三个人郊游很无聊；我还约过他们一起看电影，三个人看爱情电影现场情况太变态。所以这次的送行，我另外还小范围地多叫了几个人。

当我到高新晨订好的包间时，里面已经唱上了。杜宇诺也来了，高新晨的助理李曼也被我拉了来，我跟大家很热情地打招呼，并且顺带把高新晨的其他朋友给杜宇诺介绍。个子高大的男人叫顾泽诺，是一家大公司的股东及决策人，他的妻子林微微大学毕业不久，在一家商业银行里工作。另一个中等身材的男生叫许格飞，是高新晨的同学，自己经营着一家游戏厅，还是单身。

大家年龄差不多，都是年轻人，倒是没有任何隔膜，马上就谈到了一处。

我这个人，挺宅的，其实平时跟高新晨的朋友相交也并不多，偶尔碰到了，也只是点头微笑，打打招呼，简单问候问候而已。我始终觉得，男女朋友之间，就算将来成为了夫妻，也应该各有各的圈子，互相尊重即可，没有必要太过投入及相当融入。

反倒是因为见得少，所以顾泽诺对我特别热情，用他的话说，从小到大都知道有我这么一个人存在，听高新晨说过我，很喜欢我的性格，觉得我跟高新晨是最配的，他找了我，有眼光，简直就是走了大运。而林微微则说："终于能够跟高新晨的女朋友亲密接触一次，不容易啊！你们什么时候结婚呀？什么时候要宝宝啊？我们可是礼金都准备好了。"她是个东北人，身材高挑，说话爽利干脆。而当着自己的好哥们和好哥们的老婆，高新晨似乎有点儿尴尬，却并没有辩驳，所以我也只是大方一笑，大家重新开始点歌。

我们坐下的时候，桌上已经摆满了洋酒、软饮、啤酒以及爆米花、水果拼盘、开心果、腰果等一大堆的零食。但高新晨还是又摁了服务键，招了服务员来，点了一个西瓜凉果拼盘。他转头对我说："你爱吃西瓜的，我们刚才点了一个，特别甜。"

我点点头，冲他微微笑笑，高新晨对我是真的好，他也很细心。有一点儿甜蜜的感觉充盈心间，使得我唱起梁静茹的《暖暖》格外投入，赢得掌声口哨声一片。

高新晨不怎么唱歌，大半时间都是坐在那里听，或者和顾泽诺聊天。许格飞，李曼，林微微都是麦霸，唱得还相当不错。许格飞突然站起来提议大家一起来个情歌对唱，男女或者男男皆可，两人一组随意搭配各来一首。顾泽诺连忙拉着林微微去点歌，我正准备去选一首歌跟高新晨一起唱，却被许格飞拦了下来，他张口就叫我嫂子，他说："顾泽诺和林微微，杜宇诺和李曼是同事，我算是落了单，今天是高新晨组的局，那么，嫂子得跟我唱。高新晨，你不会吃醋吧？"

"滚你的。"高新晨笑笑，算是答应了。我就和他一起去点了首《被风吹过的夏天》。

顾泽诺和林微微唱他们K歌对唱必杀技《广岛之恋》时，我发现高新晨的手机响了。他走出去接听电话，好一会儿才回来，回来时刚好要到我和许格飞唱歌，许格飞却不唱了，换高新晨跟我唱，他也出去打电话了。说实话，我有些不好的预感，因为，虽然光线幽暗，我却依然看见高新晨递了个不经意的眼色给许格飞。

（二）

我心中这不好的预感，究竟指向哪里我并不清楚。而许格飞再进来的时候，他已经准备要走了，他对着我有些为难地说：“嫂子不好意思，我有一点儿事得先走一步。”

他为什么跟我说，一时之间我也不知道。我只是回头看了看高新晨，他竟然没有说话，倒是顾泽诺有些不爽了，他不让：“什么事这么急？”

就连林微微也说：“不准走，这才几点啊？少跟我们这装自己比国家总理和美国总统还忙，就算是国家总理或者总统，我还不信了，他们连 KTV 都没唱过。”

许格飞好像有些顾忌，走也不是，不走也不是，最后高新晨发话了，他语气听起来很平淡却不容置疑，他说：“真有急事，你就去吧。”说这话的时候，许格飞一直偷偷瞟我，想看我的反应，我隐隐有些疑惑，但也不便说什么，只是微微一笑，示意我无所谓。

“那可不行，”顾泽诺瞪着许格飞，“你会有什么急事？”

“晓静开的车跟人撞了，现在正跟人吵架呢。所以我得过去看看。”他刻意把顾泽诺拉到一边，很小声地说，但是那个明显是女孩的名字却仍然一下落入我的耳内。

我看到就连顾泽诺的眼神也开始有意无意地瞟向了我这里，我不动声色，静观其变，然后发现他也下意识压低了声音，问许格飞：“人没事吧？”

许格飞连忙回答：“没事，我问了，对方也没事，就是吵上了，我怕她吃亏。”

顾泽诺听了以后，略微沉吟了一下，然后终于做了决定："你踏踏实实地坐着，我去看看，顺便把那丫头送回家去，再说吵架你也不会，况且保险公司和4S店你有我熟吗？出了交通事故找交警找保险，修理车子，你哪样都不占，跑去顶什么用？"

他们说话之间，明明并没有要去征求高新晨的意见，但恰恰就是在这个时候，高新晨发话了，他说："顾泽诺想去就去吧，许格飞你留下跟我们唱歌。"

得到高新晨的首肯，顾泽诺二话不说，拿上车钥匙就走了。此时林微微突然发现我很注意他们三个的对话，就连忙把爆米花递给我，相当刻意地解释道："没事儿，咱们接着唱咱们的，那个张晓静，我们都认识已经有两三年了，小丫头片子一个，拿他们哥仨当哥呢，有屁大点儿事都会找他们的。"

而高新晨看上去有些讪讪的，说："哪有你说的那么夸张？"

林微微横他一眼，不由分说，把话筒递给他："唱歌唱歌。"

还是许格飞过来抢了过去，说："该轮到我和夏朵了。"于是我就只好打起精神跟他合唱起《被风吹过的夏天》。虽然，许格飞的声音低沉好听，但我实在是没什么情绪了，所以在我的拖累下，一首情歌被唱得十分平淡。

过了差不多一个多小时，包房门被推开，顾泽诺带着一个女孩子一阵风似的走进来。这女孩有着健康的小麦色皮肤，小脸的轮廓分明，妆化的细致明艳，身材玲珑，长发波翻浪卷，一直垂到腰际。她穿着浅粉色T恤，铅笔牛仔裤，脚上是匡威的粉色帆布鞋。

一进门，还没坐稳，顾泽诺就马上跟高新晨解释："新晨，晓静死都不回家，非要来找我们，我确实是没有办法了。”

高新晨连忙站起来招呼她坐下，同时给我介绍：“张晓静，这是夏朵，我的女朋友。”

我们礼貌地点头，我有些疑惑：“张小姐看着似乎有一点儿面熟。”

张晓静果然跟其他几个人都认识，先和他们一一打招呼，才笑道：“也许是因为我长了一张大众脸吧。”但言下之意显然是正好相反的。

我确定她很面熟，但是却总也想不起来，还是杜宇诺在旁边提醒了我一句，他说：“我们公司的好多平面广告的模特就是张小姐，你当然会面熟了。”

很明显，张晓静跟杜宇诺也很熟了，见他说话，于是她朝他笑笑，说：“杜总监，我一直想好好谢谢你，却总是没有机会。”

杜宇诺有些意外：“谢我什么？”

“谢谢你每次都让摄影师把我拍得那么好看，谢谢你有那么多优秀的广告创意。”她笑起来的样子，风情万种，兼顾清新和甜美，而她这款的女孩子现在确实很受男生们的欢迎，我是知道的。反倒是杜宇诺的态度有些不以为意，我听到他很不解风情地回答：“我看张小姐是谢错人了，你应该谢谢赏识你的高新晨老板，我拿人工资，这都是我应该做的。”

杜宇诺的这一番话说得毫不客气，一副拒人千里的样子，而张晓静也算是有涵养的，只是讪讪笑笑就没有再跟他搭话了。其实，他平时不是这样的，对女孩子挺绅士挺照顾的，难道这个小美女不小心曾经得罪过我们的杜大总监，不过，以我对他的了解，怎么看他也不是这么小气的人，我实在有些纳闷了。而当我用询问的眼神看向他的时候，杜宇诺居然很刻意地躲避了一下，难道他们有什么事瞒着我，我心里不好的预感就更加深了。

此时，高新晨已经下意识按铃叫来了服务员，吩咐再上一盘西瓜水果拼盘，我就连忙说：“不用，我吃不下了。”

高新晨的表情顿时有点儿尴尬，还是许格飞替他解释道：“晓静也爱吃这个。”

我只觉得脸上一阵发热，尴尬更胜于高新晨，顾泽诺及时打了个哈哈：“许格飞还怕她吃亏？我去那儿的时候，你们猜怎么着？张大小姐叉着腰做茶壶状跟人家吵得正过瘾呢。”

许格飞责备地看着张晓静，说：“你一个女孩子，站在大马路上和别人吵架，好看吗？”

顾泽诺也说：“多大点儿事啊，晓静转弯时不小心擦到了对方，人没事，车伤得也不重，送去修理厂就得了，偏偏要吵，把人家交警晾在一边……”而他话还没有说完，张晓静就已经撅起了嘴巴：“我失恋了，心情不好，正烦得要命，哪里知道会这么倒霉，摊上这事。”听她这么说，我发现高新晨似乎神情一黯，倒也忍住一直都没有插话。

顾泽诺咧嘴笑了，说：“拉倒吧，你就夸张吧，你刚才在我车上可不是这么跟我说的，明明是你暗恋人家，跟他表白被拒绝了，什么失恋呀，连开始都没有。”

林微微不经意看了我一眼，脸上是一个意味深长的表情，嘴里却说道：“不知道那男人是何方神圣呀，一定是貌比潘安，财比邓通，才能让我们张大小姐看得上，而且他还一定有柳下惠的定力，居然能拒绝咱们晓静的表白。”

张晓静很嘴硬地说：“他又没女朋友，我还是有机会的，况且，就算有女朋友，结了婚又怎么样？有了邓文迪做例子，我坚信，天下没有撬不动的墙脚。”

“说得好。”杜宇诺说这句话的时候，目光不经意扫过了我和高新晨，他接着说道，“我猜，那个司机一定不是男的，要不就是个 Gay。我想，应该不会有这么不怜香惜玉的司机，跟美女撞了车那是缘分啊，居然还要吵架。”

顾泽诺解释道：“可惜就可惜在对方也是一女的，并且还长得很难看，所以，估计她是嫉妒我们张小姐漂亮，也非要跟我们张小姐过不去。你要知道，丑女和美女，天生就是仇人，还不共戴天！”

张晓静不高兴地转向高新晨，说：“你看看他们，不说安慰安慰我，还净拿我开心。”

此时服务员已经把果盘送了进来，他连忙皱了皱眉，招呼道：“有什么大不了的事，哪里值得生气的，赶紧吃西瓜吧。”

这中间，李曼根本就插不上话，而我始终保持沉默地旁观。我发现，在我读大学的这四年里，果然发生了一些事，高新晨身边也多了一些人。他不再是那个我什么都知道的他，也不再是那个在我面前什么秘密都没有的、我十分了解的高新晨了。这应该怪我自己是吗？我问自己。我心里突然有了些失落，但是这个世界上是没有后悔药的，更没有如果，我开始明白，如果，它真的是一个沉重的词。尽管，我们时刻面对的就是它，然而，我们还是不愿意提起它。提起它，总少不了感慨；提起它，也未免有太多太多的惋惜。

（三）

大家继续K歌，张晓静主动过去和高新晨坐到一起，低声交谈着什么，我听不清楚他们在说什么，二人亲密的意态表露无遗。我心里一阵发冷，但也硬装作神态自若，去了趟洗手间回来，我便不留痕迹地坐到离他们远一点儿的另外一张沙发上去，照旧点歌唱歌，照旧鼓掌，照旧小口喝着啤酒。又唱了大概一个多小时，时间也不早了，高新晨站起来结了账，大家起身往外走，出了台北纯K，我停住脚步，对大家笑笑，说：“我自己打车好了，大家再见。”

高新晨连忙拦住我说：“我送你回去。”

张晓静居然也好似女主人样的说：“对，打什么车，我们一块儿送你吧。”

还是林微微过来，一下子挽住张晓静的手，看着我亲昵地笑了：“妹妹你今天也闹腾够了吧，咱们有点儿眼力见好不好？上我们的车，我和顾泽诺送你，让人家两口子自己走。”

听她这么说，张晓静瞪大眼睛看了看我，又看了看高新晨。我连忙不好意思地摆手，说：“没关系，我家离这挺近的。不用了。”而张晓静这才做恍然大悟状，拍了拍自己的脑门，说：“哦哦，我懂了，夏朵，你就是夏朵，我刚才怎么没反应过来，我真够笨的，总算见到你了，就让高新晨送你吧，我不做电灯泡了。”她噼里啪啦地说完，谁也不看，率先钻进了顾泽诺的车子。反而是我不知道说什么才好，朝高新晨无奈一笑，他已经拉开了他的车门。

我想，如果我再拒绝，就显得我吃醋，我小气，我矫情了。反正，我确实已经吃醋了，这个夜晚已经是够酸的，够心烦的了，怎么结束都无所谓了。我和顾泽诺等人一一挥手道别，就上了高新晨的车。他发动汽车，

CD里依然放的是我最喜欢的梁静茹的歌。

我们相对沉默了好久，还是高新晨先开的口："今天我表现得很糟糕吧，夏朵？"

我却不知道如何回答，索性把玩着自己的手指不吭声。

"我和张晓静是你走以后认识的，她父母是我爸生意上的好朋友，这两年一直合作得不错，"他平稳地开着车，眼睛直视着前方，"你不在的时候，我曾经尝试着跟她交往过一段时间，但是，我们发现，我们还是做朋友好，她比我小好多岁，我把她当妹妹一样看待。"

我觉得再沉默下去，只会显得自己小气，于是微微一笑，说："就这些？还有没有要补充的？"

他看了我一眼，说："没有。"

"好，我知道了。"我点点头，想了想又问，"可是，明明你那些狐朋狗友，好兄弟们都已经尽力去帮你掩饰了，连张晓静自己也没有说破，况且这件事你都瞒我这么久了，为什么选择今天和盘托出呢？"

他叹了口气，说："因为杜宇诺啊，由他的口说出来，还不如我自己向你坦白一切。"

我冷笑道："杜宇诺是不会说的，我了解他的为人。"

"以前我也是这么认为的，可是，当我发现他对你有不轨之心以后，我就觉得不是了。况且，你刚才没听到他今天在KTV里说得那些话吗？那不是摆明着要扫我的面子吗？"他的手握着方向盘，眼睛只看着前方。

"他都要走了，还说你的这些事干吗？况且，如果他要说早就说了。"我发现我实在不想跟他继续对话下去。我发现，高新晨有时候竟然是这么偏执和自私，他竟然还去怪人家杜宇诺，难道他没有想过，他说的这番话其实对我的伤害更大。他的话的意思里不就是，如果没有杜宇诺，他很可能会隐瞒我一辈子吗？

当然，我相信，话是他没有深思熟虑而说的，但是我是不会跟他挑明的，有些事，有些话，说得太白，反而会伤了大家的感情，太没有意思。

我们并没有在杜宇诺这个话题上继续纠结，因为关于他的事，高新晨总会莫名其妙地发火。他自己也知道，所以他没有继续反驳我，而是把话题转回到张晓静。他告诉我，张晓静真的把他当哥哥，而他把她当妹妹，他说："晓静在学校里有了麻烦，第一反应就是找我，谁追她了，给她写了情书，送了花，她也第一个告诉我。还带我去帮她相看她喜欢的男生，在她眼里，好像不必对我有任何的保留，有开心或者不开心的事都会告诉我。"

估计连高新晨自己都不知道，他在说这些的时候，在不经意之间，嘴角会浮着浅浅的笑意。我知道，我吃醋了，看什么都是酸的，所以我努力压抑自己的不爽。但我确实不太想听他这样的回忆，于是我打断他，我无不失落地说："也许是吧，我和你从小一起长大，也是什么都告诉你，有了麻烦，第一反应就是去找你。"

我这句话估计是真的说得有些重了，高新晨已经把车停在路边，侧过身来拉住我的手，说："夏朵，要不我们结婚吧？你说好不好？"而就在他说出这句话的时候，我竟然忍不住哭了，我其实是不愿意的。高新晨现在又在展现他的我最不喜欢一面，连爱情他都会算计，他的小心思是怕我因为张晓静而吃醋，最后闹大，甚至离开他。所以，他现在要拴住我，用婚姻来牢牢拴住我，这一切的一切可能是含有他爱我的心，但更多的，是他心虚了。我知道的，但是如果我拒绝了，事情就会向着更加难堪的方向发展。

我没有说话，只是沉默，我的沉默让高新晨很失落。我知道，但是我别无选择，因为我相信，不管发生什么，我都会原谅他，并且最终都会嫁给他。那么既然，嫁给他是最终的结果，我又何必在此时为他添堵呢？我想，我应该是爱高新晨的，我想我现在真的是能够确认了。因为我爱他，所以我宁愿给自己添堵，也不愿意去拒绝他伤害他，一点点、一丝丝也不情愿，所以，我就这样，不说话，默默流着泪。

（四）

尽管，我没有说要嫁给高新晨，尽管，嫁给他是迟早的事情，尽管，我不去想张晓静，但张晓静一个活色生香的人岂是我不想就能自动消失的？她已经越来越走进我和高新晨的生活，这点我不得不承认。所以，这天晚上，当我回家稍微收拾了一下，然后去高新晨订好位置的餐厅时，赫然看到张晓静也在那里，我居然一点儿也不觉得意外。

她和高新晨一块儿坐在那边等我，远远的，我便看见张晓静正絮絮说着什么，见我过来，骤然打住。这时高新晨也抬头看见了我，站起身给我拉开椅子。而张晓静则在一旁一脸无邪地微笑："夏朵，不介意我过来吃饭吧，我会吃完就闪人的，一个人吃饭太没意思了。"

"当然不介意。"我笑笑，不然呢？她来都来了，我还能说什么呢？

此时，高新晨已经招来服务员点菜，他并没有问我们两个想吃什么，很显然，他对我们的喜好全部都心中有数。张晓静的手机响起，铃声居然会是梁静茹的新歌，让我不禁一怔，我看到她接起来简单讲了几句，便挂掉了。

我不经意地问："你的铃声很好听。"

张晓静同样是随随便便地回答："哦，我总觉得梁静茹的歌太甜太腻了，可是，这首新歌我却很喜欢，这还是我在高新晨车里听到的，觉得好听就下载了转成手机铃声。"

我点点头，没有做声。张晓静的眼睛则滴溜溜转动着打量我的衣服："哎呀，夏朵你怎么穿得这么保守？"而听她这么说，我才去细心打量她今天的衣着，她穿着明黄色的吊带上衣，热裤，高跟凉鞋的细细绑带绕着脚踝缠绕到小腿上。说实话，她的相貌其实称不上多么倾国倾城，但胜就胜在脖颈修长，肩部线条平顺，锁骨玲珑有致，是标准的衣服架子身材，加上刻意晒成了小麦色的光滑皮肤，确实很适合这样相对暴露的性感妆扮，不管走到哪里，都十分醒目和抓人眼球。

相对于我自己，样式简洁合体，中规中矩的白色蕾丝短袖收腰衬衫，搭配浅蓝色的及膝裙，白色帆布鞋。那么和张晓静比起来，我的穿着的确显得沉闷单调，我倒也并不介意她的直率，所以向她解释道："我一直觉得穿衣服穿得舒服就好，而且我今天上午还有一个会议，衣着方面稍微正式一点儿才好，免得显得我不够专业。"

张晓静几乎是立刻就表示了不赞同，她说："白领也可以尝试不同风格的衣着，不如改天我们一起逛逛街，我好好选些衣服帮你搭配一下。"

我实在不知道应该如何应对她这样的热情，好在高新晨帮我解了围："你算了吧，夏朵不适合你这样的打扮，况且，如果她要穿得像你这样，露这么多，然后被那些男人看来看去的，我会吃醋的。"

张晓静一下子就撅起嘴来："女为悦己者容，穿得好看是应该的，那些男的爱看就看，看得到摸不着，难道这样你不会有自豪感吗？你又是什么时候有了这样的大男子主义、封建思想，变得这么老套保守了？"

"好好好，我老套，我保守了，反正你是你，我们家夏朵是我们家夏朵，你可别拉她下水。"高新晨明显不想跟她在这个话题上纠缠下去，很快就投降了。但张晓静偏要不依不挠，滔滔不绝，她说："没有丑女人，只有懒女人，高新晨，难道你真的不想让自己的女朋友漂漂亮亮的站在自己旁边，给自己争气吗？难道你就希望，身边总是跟着个大妈，穿得四平八稳的没一点儿意思吗？"听到她冲口而出的话，高新晨的脸立刻就白了，而说到这里，张晓静才终于有了停下来的意思，桌子上一阵尴尬的沉默，我抬起头，看着她。"是在拿我举例吗？我真的很像大妈吗？"我笑笑问。

"对不起，夏朵。"

道歉的不是张晓静，而是高新晨。

我本来没怎么生气，此时倒一下生出了几分怒意，但我并不打算此时发作，我也不看高新晨，声音反而放得更加柔和："吃饭吧，一桌子好吃的，你们不吃，我可先吃了。"

"夏朵，你别介意，晓静一向口无遮拦，她没有恶意的，"高新晨转向张晓静，"晓静，赶紧道歉啊。"而张晓静似乎并不愿意，所以就撅起了嘴。我摇摇头，说："不必了，也不是什么大不了的事，何必这么郑重呢？"我拿起筷子夹菜吃菜，菜品味道着实不错，但我们三个人却吃得无滋无味。高新晨连忙找话题，谈起即将上映的一部电影，我没有搭腔，倒是张晓静又和他攀谈起来，从演员阵容一直谈到制作花絮，更显得气氛怪异。

吃到一半，张晓静的手机再度响起，她接听电话后，只讲了几句，便一下子站起来，说："对不起，有朋友找我，我先走一步，高新晨夏朵你们慢慢吃啊。"

她说完，一阵风似的跑出了餐厅，我正瞧着她的背影出神，高新晨伸过手来，拿纸巾印一下我唇上的一点儿油渍。他声音很温柔，说："别生气，夏朵，你也别跟我说你没有生气，因为我知道你生气了。"

我往椅背上一靠，说："那么你肯定也知道我生气的理由吧，我会为一个性子直爽说话不经大脑的女孩子生气吗？你太小看我了，高新晨。"

于是他苦笑："大概又是我搞糟了，你生气的是我居然代她道歉，是不是？但是我不得不说，她是个没有什么坏心眼儿的女孩子，她又一向不肯认错，过分的倔强，有时候闯了祸明明心里后悔，可就是自己不肯说出来。"

"一句话而已，用不着心里后悔那么严重，而且，我相信出了这家餐厅的门以后，不管是她还是我，都可以马上就忘了。"我看着他说，"不过，你不为她解释，也许我心里会更好好受一点儿，你也没有必要为她解释，你又不是她的什么人。"

"嗯，你说得没错，"高新晨立刻点点头同意了我的观点，他伸出手来握住我的手，"别生我的气了，夏朵，我以后不会这样了。"

其实，我还有很多话想要说，但高新晨如此诚恳地认错，完全没有给我借题发挥的机会，所以，我也只有大方一点儿，一笑而过了。

（五）

跟高新晨吃完饭，回到家，洗完澡躺到床上的时候，都已经午夜了，可是我却丝毫没有睡意。我把空调温度开得很低，然后拿出平板电脑窝在被窝里看一些没有营养的综艺节目。

看了没多久，居然接到杜宇诺的短信，他问我睡了没有。

我就连忙回答他没有，然后他打电话过来，说：“我运气很好，你居然没有睡，我在你们家小区里，你能不能现在下来一下？”

我问他：“你怎么知道我家住在哪里？”

他笑笑说：“公司有档案，家庭住址一栏你写得很详细。”

“哦。”我嘟囔了一句，挂了电话，踩着拖鞋就下去了。跟他见面以后，他也并没有立刻说些什么，只是带头在前面走着，我不明所以，只能跟着他在我们家后面的大草坪上闲转。直到快转到第九圈的时候，我实在累得不行，说:“杜宇诺，你要有什么事就直说吧，可别这么遛我了，我要不行了。”

他点点头，就在我和高新晨小时候常常玩的大树下停了下来。他没有说话，气氛很诡异，于是我就没话找话，告诉他:“这棵树已经长这么大了，都这么高了，枝繁叶茂的，小时候我有好几次差点儿从上面跌下来，都是高新晨及时抓住了我。”

杜宇诺隔了很久终于开口问我，还是他曾经问过的问题，他说：“夏朵，如果没有高新晨的话，你会喜欢我，会跟我在一起吗？”

我一愣，抬头看着他，月色下他的表情那么平静，像是少年时不经岁月雕琢的纯真。于是，我没忍心告诉他，这个世界上没有如果，永远没有。我只是不出声，于是他低头一笑，说：“夏朵，如果这一次分别，你再也见不到我，你会想念我吗？”

我又愣住了，他怎么会问这么奇怪的问题？我想了想，回答他：“浮萍总有相逢日，人岂全无见面时？”然后，他忽然似有似无地叹息了一声，转身就走了。

我望着他的背影，忽然有一种想要跑过去抱住他的冲动，但那只是一瞬间，下一秒，我就冷静地冲他的背影说道：“到了国外，要注意身体……早点儿回来。”

杜宇诺的脚步忽然一顿，他没有回头，安静地离开了。

他就这样走出了我的世界，我似乎觉得有些不可思议。不过我知道，不管他什么时候回来，或者就算不回来了，我也会永远笑着祝福他的，他在我心里总有一个好朋友的位置，很好很好的好朋友的重要位置。

我慢慢走回家，路过老爸书房的时候，发现灯还亮着，进去，房间里却没有人，合同、账本一类的东西，乱七八糟地摆在书桌上。平时我肯定是没有这么勤快的，今天晚上，我也不知道自己是发了什么神经，居然破天荒走过去，帮他收拾。而收拾收拾着就出事了，因为我不小心看到有关我们公司，也就是高新晨公司的名字。而从一些文件和合同上看，不难发现，原来老爸一直在私下恶意地收购着高新晨公司的大量股份。

“夏朵，你在我书房干什么？你这是在干什么？”不知道是不是因为看得太认真，所以直到父亲走到了书桌旁，说了话，我才抬头。

我握着文件的手有些抖，我真的不敢相信，父亲居然背着我做这么多的动作，我苦笑着看着他，说：“这话应该是我问你才对吧？”

“怎么了？我不明白你在说什么。”他看清我手上拿的文件以后，突然脸色一变。

“爸，你什么意思？你在收购高新晨公司的股份，你到底打的是什么主意？”

父亲只是拿着他最喜欢的烟斗，一手扶住另一边的肩膀，说：“你说我是什么意思？我只是取回应该属于我的东西。”

“我知道，你认为高新晨的父亲另起炉灶窃取了你公司的资源，所以他的公司其实应该是你的，但是你答应过我不再追究和计较的。”

他叹了口气，说：“你以为，我这么做只是为了我自己？”

“我是不是已经不能说服你了？”我用手扶住额头，因为我突然头疼得厉害，我万万想不到会发生这样的事。我太天真了，我曾经真的以为凭自己的几句话，父亲就真的不打高新晨公司的主意了，我真的是太天真了。

“股票已经收购得差不多了，你要是嫁给他，我可以只做他公司的股东，而不把他赶下执行董事的位置，不过，你要是不嫁给他或者将来离婚了，他高新晨就不能怪我了。”

我点点头，说：“我知道，我现在说什么都改变不了你的主意了，是不是？”

父亲笑笑，说：“你都这样说了，我就用不着说什么了吧？”

而我看也没看他，径直就走出了书房，然后直接就出了门。我想，我是了解父亲的固执以及他那些生意手腕的狠辣的，所以，我觉得我现在应该找高新晨谈谈，多一个人多一个解决的办法。不管怎样，我是拼死也不会让高新晨的公司落入他人之手的，就算那个他人是我的父亲，也是不行的。

（六）

我从家里冲出来到高新晨家的时候，他不在家，我打电话给他，打了好几个他才接起来。原来他和张晓静去了酒吧，接起来以后我发现他已经有些慌了，声音诚惶诚恐地跟我说：“晓静喝醉了，我不能不管她。”

然后他又说：“夏朵你别生气，我知道，我应该向你报告我的行踪的，我真的错了，不告诉你，不是因为我有心瞒着你，而是，你知道晓静喜欢的那个男生是谁吗？他是周健成，我不想你再跟他有过多的接触，我相信你是能明白我的良苦用心的。”

我怎么可能不生气？我简直就气不打一处来了，但是因为他公司的危机，我也实在是没有心情，跟他计较他偷偷跟张晓静去酒吧以及他这么小心眼儿的这点儿小事。我只是想尽快见到他，告诉他一切，然后我们好一起想想对策。

我没其他多话地问他在哪里，他也算老实，立刻就报出了酒吧的名字和地址。而当我到酒吧的时候，他们三个已经在酒吧门口等我了，两个大男人中间架着个张晓静。她明显已经喝多了，目光迷茫地看着四周，看看我，再看高新晨，一把就推开了他，说：“你不是不要我了吗？你不是有夏朵了吗？又来管我做什么？”说完，她又望向周健成，伸手拉住他的胳膊，“走，我们继续喝酒去。”

周健成咧嘴一笑，说：“得了张晓静，回家去吧，我跟你说过，我们是不可能的，我已经有喜欢的人了，虽然，她现在已经不喜欢我了。”他在说这句话的时候，偷偷瞄了我一眼，我心下一紧，难道，他说的那个她是我？

我不动声色，而张晓静却不依，她娇笑道：“周健成，她不喜欢你了，可是我喜欢你啊。”

周健成正色道：“她不喜欢我，是因为以前她喜欢我的时候我没有好好珍惜她，我不会勉强她，当然我也不会勉强我自己去喜欢你，除了她，至少现在，我还没有谈恋爱的打算。你赶紧回家吧，我看以后，我们不能在一起喝酒了，你也别来找我了。”

可是张晓静抓着他的胳膊不放：“少来，你一直说你喜欢她，我让你把她带出来，你却从来都不肯，我真的怀疑，她的存在只是你拿来拒绝我的一个幌子。”

周健成无奈，转头看我一脸看好戏的表情，咧了咧嘴，说：“夏朵，你帮帮我可以吗？”

我摇了摇头，说：“周健成，我可不知道该怎么帮你，况且这艳福齐天的感觉，应该蛮好吧？”

“别闹了，我送你回家。”高新晨显然再也看不下去了，过去一把拉住张晓静要往车上拖。

张晓静歪在他怀里就是不走：“我就知道，高新晨，你还是喜欢我的。”

“晓静，回家吧，女孩子这么乱喝酒不好。”他抱住她，用呵护的语气说。

张晓静咯咯娇笑，手指指向了我：“你不怕她生气了呀？”

我哭笑不得，头一次体会到借酒装疯的强大。高新晨也苦笑，带着恳求的眼光看着我，说：“对不起，夏朵，上车吧，我们一块儿送她回家。”

我摇头，说：“你送她回去吧，我在这里等你。”

周健成抬手捂嘴打了个哈欠，说：“晚了晚了，各回各家，各找各妈，夏朵，你还是上高新晨的车吧，你要留在这里，我要把控不住自己怎么办？况且，就他一个男的，哪里方便照顾一个穿得这么清凉的大姑娘？你当然应该去的，你就不怕出点什么事？”说完，他转身就走了，看都没看张晓静一眼，我无奈，只好拉开车门，帮高新晨把张晓静塞到后座里。

其实，张晓静的酒品还算不错，歪在后座上，除了不时咯咯笑两声，也没再闹。我坐在副驾驶上无意识地看着窗外，突然想起件事，无意识地问高新晨：“你知道她家住哪里吗？”

“我送她回她父母家。”他面无表情地说。我就又多了点儿不高兴，原来，他连她父母家都去过了。但是我没有说什么，只是抱着肩膀，想着以后再跟他慢慢算账。

张晓静在后座已经不干了，尖叫一声：“我不要，我要回自己住的地方，你停车，不然我就跳车。”听她这么说，高新晨连忙锁死了窗户和车门，这下子张晓静就彻底没辙了。

估计是他怕路上再出点儿什么幺蛾子，所以车开得很快，不多久就驶进一个市区黄金位置的高档公寓地下停车场。他轻车熟路地把车拐到电梯旁，下车按了十九楼的对讲，一个讲着略带乡音普通话的女人接听的。他说：“王姐，我是高新晨，请张总过来。”

过了一会儿，对讲内传来另一个女人的声音：“新晨，你是不是已经考虑好了，你能来我太高兴了，你赶紧上来啊。”

高新晨有些尬尴地看了看我，连忙说：“阿姨，晓静喝多了，这会儿在地下车库。”

“她又出去疯了？”那个声音一下子提高，带着很深的恼怒，“新晨，快送她上来，正好她爸爸在家，让他来好好管教管教她。”

这时张晓静也摇摇晃晃地下了车，摆摆手，说：“行了高新晨，你把我送到了，尽完责任了，在这里我不会被强奸和抢劫，不会被弃尸荒野，好了，你现在可以放心走了吧？”她说完，转身就要向外走，高新晨只得过去一把拉住她，她就烦躁地甩开他的手：“我疯了才自动送上门去给他们骂呢。”

“还是我送你上去吧。”高新晨沉声说，估计他是怕她就算上了电梯也会逃掉，然后他又转向我，“夏朵，你在车里坐着，稍微等我一下。”

我只得点点头，看着他半扶半抱着张晓静上了电梯，地下车库内空气沉闷，灯光白惨惨的，让我的心情无端更加烦躁。我静静呆坐着发愣，却被突然响起的手机铃声给惊了一下，是熟悉的梁静茹的新歌。我回头，就看见一只挂着施华洛世奇水晶挂坠的新款水果银白色手机在后座上，闪烁鸣唱得热闹。

我料定这是张晓静落下来，犹豫了一下，探身过去拿起手机。此刻，电话已经中断，我便下了车，走到电梯旁，照着高新晨刚才的方式，按了十九楼的对讲。

接听的依然是那个保姆：“请问是哪位？”

我冲着对讲礼貌地说：“我是高新晨高先生的朋友，在地下车库，张晓静的手机忘在车上了，你能不能下来帮她拿上去？”

“小姐，麻烦您送上来好不好？反正张总要留高先生喝茶，我厨房里正煲着汤，脱不开身，你也上来坐坐，我已经给你打开了电梯锁。”

我无可奈何，只得进了电梯。这是标准的豪宅结构，一楼一户，电梯直接便是入户门，上到十九楼，电梯门打开，我进去，通道连接着一个近四平米的宽大玄关。我正要将手机放在鞋柜上，然后马上离开，却听见从客厅那边传来一个男人沙哑的声音：“新晨，你再认真考虑一下我的提议，和晓静结婚，把你公司的股份就高价卖给那个夏老头。我这边重新给你成立个公司，再跟他斗，有我帮你，你不要怕！”

一个中年女人略为尖厉的声音也立刻接了上来：“是啊，上次是我说得不够清楚，老张的意思是马上成立集团公司，我们名下的公司都交给你，我们老了，就这么一个女儿，我们所有的都是你们的。你的人品我信得过，你和晓静尽快结婚，也能管住她，别让她再这么疯疯癫癫的了。我就谢天谢地，感谢祖宗保佑了！”

我大吃一惊，双脚似乎被什么牢牢钉在了地板上，动弹不得。我明知道这样偷听不对，但这个话题实在是太吸引我了，我实在挪不开自己的脚步。

“我和你刘阿姨都商量好了，跟你母亲也谈过，等你们婚后，我会为你成立新公司。我们名下的公司也给你和晓静各 15% 的股份，我们两家加起来，我就不信斗不过那个夏老头。有我帮你，你放心好了。”

“张叔叔，刘阿姨，我已经说过，我有女朋友了……”

“你说的就是夏老头的那个女儿夏朵吧？她父亲恶意收购你的公司，她不可能不知道，她跟你说过没有？我猜，一句都没有说过吧？况且，连你母亲都明确说了，我知道的，她希望你跟她分手。红颜祸水，搞不好，她就是她父亲派到你身边的间谍，专门探听你公司的商业秘密。不然的话，他怎么会知道你最近资金短缺，这么巧来恶意收购？”

我只觉得全身血液向上涌，耳朵内突然嗡嗡作响，隐约之间却听到张晓静哈哈大笑：“很好，很好，简直太棒了！你们又在这里合伙扮演小型上帝了。”

她妈妈很恼火地说：“晓静，你看看你什么样子？当初新晨已经同意准备跟你结婚，你又悔婚，伤了他的心，他才去找那个夏朵的，你说你现在还不知道好好挽回一下。”

我几乎不敢相信自己的耳朵，直直地看着客厅那边，然而，从我这个角度，我只能看到张晓静一下子从沙发上坐起来。“我是你们的女儿，你们管我就是了，凭什么来管人家高新晨？”说着，她又冲着高新晨吼，“我说你还不快走？你还要不要你们家夏朵了？”

她这席话说得她父亲笑了：“你看新晨，我们家晓静多护着你，多爱你，我看啊，在她心中你比我们老两口还重要。”

而她母亲当然也没闲着，立刻就补充道：“女婿就等于我们半个儿子，我们怎么能不管？”

我站在那里，一直听得很认真，所以直到保姆从厨房走到我面前，我才回过神。她很礼貌地说：“小姐，你是来送手机的吧，请进来坐。”

客厅里的几个人此时才连忙闻声看过来，我看到惊恐的表情从高新晨脸上一闪而过。他马上起身走过来，连声音都有些颤抖了：“夏朵，你怎么上来了？”

我面无表情地将手机递给他，说：“我当然不是上来特意偷听什么的，这是张小姐的手机。”我谁也不看，转身按了电梯下行键，电梯马上就到了，电梯门打开，我正要进去，高新晨一把抓住了我的手，我本能地一挣，然而他就不动声色地握得更紧了。他跟我一起迈进了电梯，然后回头说：“叔叔，阿姨，时间不早了，你们照顾晓静早点儿休息吧，我们先走了。”

（七）

高新晨按了地下车库的那一层，我随即伸手过去，却按了一楼。

他连忙说："夏朵，请你听我解释。"

我声音平平地说："你可以放开我了，因为很痛。"

他一怔，这才知道自己在情急之下用力过大，连忙松开手，抬起我的左手，只见手腕上已经有了一圈红痕，他吓了一跳，连忙捉住细看，说："对不起，我是心急，怕你一翻脸就甩手走掉，再也不理我了。"

我抽回手，费力地向上勾起嘴角，强颜欢笑。"谢谢你今晚给我一个这么的大惊喜，我不走的话，难道还搬张凳子坐下看好戏吗？当然，我是真的很高兴我能有这个荣幸，参加讨论你的终身大事，顺便听到你们大家一致声讨我的美好声音。"我甚至忍不住失笑，"我什么时候成商业间谍了？我自己怎么不知道呢？"

他连忙解释："这件事并不是你想的那样。"

我冷笑道："这么说，你已经知道我是怎么想的了？"

此时电梯已经到了一楼，我向外走，高新晨拦住我，按上关门键，说："夏朵，我们上车，找个地方好好谈谈，至少听我把事情的来龙去脉讲清楚，你再决定要不要生我的气，好吗？"我真不想听他的任何解释，事到如今，解释来解释去又有什么用呢？

我很想走掉，但是却始终没有动。因为我父亲确实恶意收购了他的公司，做了对不起他的事，不管怎样，我想我都应该把这件事跟他说清楚的，这不正是我来找他的目的吗？所以我还是任由他拉着我上了车，等到他驶出地下车库的时候，我才整理好自己凌乱的思绪，转脸对他说："我们去南河边吧。"

高新晨什么话也没说，依言将车开到不远处的南河边。我们两人下车，我在前信步走进活水公园，他跟在我后面。河风迎面而来，带着河水涩涩的气息。我并没有在河堤上的长椅上坐下，而是穿过河滩，一直向下面走，步子又快又急，走到观河平台的台阶那里才站住，暗沉的河水在我脚下起伏不定。

高新晨一直跟在我后面，见我停住脚步，向前想试图要抱住我。我转身做了一个手势制止他靠近我，并且退后一步和他保持距离站住。

“好吧，我们谈谈，从哪儿开始？”我问他。

他叹了口气，说：“张叔叔和刘阿姨几天前去了我家，提到想让我跟晓静结婚，然后合作开一个新的公司，我可是当时就明确拒绝了的。”

事到如今，就算这解释是真实的，可是他这个时候说出来，而且完全不提他跟张晓静的往事，只把责任往她父母身上推的样子，让我怎么都觉得不舒服，我说：“解释等于掩饰，掩饰等于编故事，我其实并不打算一点点追问你，所以，如果你有诚意要跟我谈，请不要这么避重就轻。”

高新晨默然，抬眼看了看我。我什么话也没有说，眼睛平视着他，我知道，他并不知道我在张家玄关处站了多久，听到了多少，可是，我想他现在应该清楚，他不可能再轻描淡写地带过这一切。

他的眼神有些颓然，终于，他点了点头用力呼出一口气，说：“好吧，我承认我和张晓静曾经谈婚论嫁，在三年前，你刚离开一年的时候。”

尽管已经听到张晓静的母亲提起，但从高新晨的嘴里听到这句话的时候，我依然震动了，身体里有一种揪心的疼痛，疼得呼吸都困难了起来，我努力稳住自己，用力睁大眼睛看着这个曾经说很爱很爱我的人，一时间说不出话来。

他赶紧解释："请听我说完，夏朵，我确实当晓静是妹妹，这一点我并没有骗你。"

妹妹？好像在九流的电视剧里，那些最不清不楚的男女关系，就来自于这种假哥哥、假妹妹的关系。所以在听到这话的时候，我真的很想放声大笑，可是我张张嘴，颓然发现，我一时之间真的发不出声音，我的腿好像软了，浑身出着冷汗，有些站不稳。

夜色之下，我的脸色惨白，高新晨似乎被吓到了，伸出手来扶住我。

在他的搀扶下，我努力吸气让自己镇定下来，我咬着唇说："如果不是张晓静改了主意悔婚，你们应该都结婚三年了吧，说不定孩子都已经可以开口说话了，叫爸爸妈妈，叫我阿姨了呢！"我继续冷笑着，故意说着刻毒的话，我说："恕我无知，我觉得这似乎不是寻常兄妹之间可以上演的情节吧，兄妹谈到婚姻的话，人们会称之为乱伦。"

"其实，出现这种状况是有原因的，那一年，张晓静才二十岁，她喜欢上了周健成，跟你曾经喜欢他的那个样子一模一样，甚至比你还要夸张。但是她的父母坚决反对，不过她依然很投入，她的行为开始变得非常……怎么说呢，是非常有别于常人。况且她还是单相思，招来了不少非议，和她家人闹到很僵的地步，情况非常不好……真的不好。"高新晨明显是急了，连说话都变得没有了条理，噼里啪啦地说了一大堆，好在，我还是听到了个大概，我忍不住冷笑着打断他："于是，当然只好由你出面去安慰她，这个我倒是可以理解，可是，安慰到牺牲自我，以肉身布施的地步，还真是让我感动到叹为观止。"

"不是你想象的这样，我只是努力开导她，但当时她的情况很不好。我们是因为父母认识而认识的，我们一见如故，她把我当哥哥，什么话都告诉我。你知道，从小到大我都是独生子女，从来没有体验过有一个妹妹的感觉，所以我觉得我不能把她放在一边不管。”

“所以，你跟她上了床？跟你的妹妹，是吗？”我摇头苦笑，因为就连问这个问题的我都觉得好讽刺。

“是，可是，那天晚上我们都喝了太多酒，我们都有些神志不清了。”

“那天晚上是喝了很多酒，那以后呢？以后每次也都是喝了很多酒，每次都神志不清了吗？你不要告诉我，你们只发生过一次。”我不知道我唇边此时的笑，是冷笑还是苦笑。

“后来，后来我们就……”高新晨突然停住，眼神暗沉，我知道，他这是无话可说，难以启齿了。所以我也并不催促他，我转头，呆呆地看着河对岸，隔着宽阔的河面，远方是临水而设的高档公寓群的星星点点的灯火。沿河楼盘上还有很多巨大的霓虹广告牌，五彩缤纷地闪耀着，冲击着我的视网膜，让我的眼睛有涩痛的感觉。

（八）

风吹云动天不动，水推船移岸不移。两个人的事永远都不会是一个人努力或者真心付出就可以左右的。挫败感已经俘虏了我的心，我真的觉得自己好失败，如果地上有缝的话，我真的好想就这么钻进去，死也不出来了。河水使劲拍击着台阶，风越来越大吹得我无比清醒，吹得我的头发与心情一样凌乱，我不知道这个相对无言的沉默到底要持续多久。想到这里，我才猛然发现，我问这个问题真是多余的，因为高新晨的这个沉默已经代表了一切。

意识到这一点后，我的心似乎被冻结一般，每一下都跳动得沉重而缓慢。

不知道过了多久，高新晨才终于打破沉默，他声音低沉沙哑："那段时间，因为你的走，所以我心情非常不好，接下来的有一天，就是我们喝醉酒发生了那个事以后，张晓静突然当着她父母的面提出，她想要嫁给我，她还告诉她父母她已经跟我发生了关系。她父母倒没说什么，他们很赞成我们结婚，觉得只有我能管住他，况且我父母也是十分愿意的，所以，我就昏了头了，我就答应了。"

他说着，伸手过来拉我，我猛地一下挣脱他的手，转过身来面对着他，不敢置信地看着他，我突然一下子失去了努力维持的平静。"很好，很好，非常好，太好了。"我发现我的声音有些颤抖，只得用力咬牙压制住自己的情绪。

而高新晨就乘机再度抓住我的手，他抓我，我才发现原来我的手竟然也在颤抖，我听到他在我耳边急切地说："听我说完，其实没过多久，晓静就反悔了，我觉得我和她当时在感情上都很失败，做这个决定很草率，我发现我真的忘不掉你，我爱的是你。所以，我们很认真地谈了一次，我们就分手了，她依然去喜欢周健成，而我依然爱着你，我一直在等你回来，你知道吗？"

我摇头道："真是奇特到让我无法理解的感情！"

他抓住我的手继续说："后来，我们再也没有提起过那个婚约，再也没有发生过关系，我发誓，真的，我并不是有心要隐瞒什么。"

我明明是笑着，可是却感觉眼角已经湿润了，我努力忍住，声音保持着冷淡，我说："不提，并不等于没有发生过。"

“那是过去的事了，夏朵，我已经明确告诉了张晓静和她的父母，我有了女朋友，不可能再跟晓静谈论婚事。而我的母亲确实对你父亲恶意收购我们公司的事情很不满，所以对你也产生了一点儿误解，这是很合乎常理的事啊，我会跟她说清楚的。就算我没有了父亲留给我的公司，我也不能没有你，夏朵，我真的不能没有你。”

他说的字字入耳，但是我却没有办法给出反应，本来就算我对张晓静父母的一厢情愿感到不快，我也不太会放在心里。但此时，我在意的是高新晨曾经和张晓静的肌肤相亲，和她互许过终身。这是已经发生的事实，这个事实来得如此意外，顿时把我的心占得满满的，无暇顾及任何其他了。

我完全无法对此漠然视之，真的，再怎么样也不可能了。

我和高新晨。

“请放手。”我用力抽着自己的手，因为刚才他已经用力弄伤过我一次了，所以，现在，他不敢了，只得松开。他不肯死心地解释道：“夏朵，我对你是认真的，不要为这件事生气，已经过去了，不重要了。”

“不重要吗？我不这么看。”

“我们再好好谈谈好不好？我真的不能没有你……”

“没必要再谈了，真的没有必要了。”我冷冷地打断他，“地球没了谁都会继续转，这个世界，没有谁不能没有谁。”

“必须要谈的夏朵，必须要谈的，你不了解清楚，怎么可能原谅我呢？”

“原谅你？”我笑了笑，是真的很可笑，我发自内心地想笑，发生了这种事还要求我原谅他，他的脸皮是不是也太厚了？

我推开他，向前走，我说：“不需要再了解了，我听清楚的这一部分，已经远远超出了我的认知范畴。一个深爱我、不能没有我的男人，却为了安慰“妹妹”将我丢到一边，只需要“妹妹”一句话，就立刻可以忘掉一切所爱而跟她上床，甚至结婚。我无法理解，当然，也更谈不上原谅，我能做的，大概只是笑着祝福你们了。”

高新晨大惊失色：“夏朵，别做这样的推理。我求你。”

我涩然一笑：“不然你希望我得出什么结论？我该为我的男友如此有爱心而载歌载舞，欢天喜地，号召朋友们一起来普天同庆吗？”

这个嘲讽，又一次让他无言以对。

“高新晨，我相信你是真的爱我，你爱我比我爱你要多得多，我知道你付出了很多，我看在眼里了。其实，我曾经真的很想比你还要多付出一点儿，我想对你好，我想更多爱你一点儿的，请你相信我，可是我现在真的做不到了。”泪水，终于从眼角溢出了，我忍了很久，可是真的忍不住了，我用手掌擦掉它，可是，源源不断汹涌出来的泪水，却怎么也擦不完，我说，“高新晨，对不起，我们分手，可以不可以？算我求求你。”

他用力摇着头：“不可以，夏朵，我是爱你的。”

于是我问：“就像你爱张晓静那么爱吗？”

高新晨就再也无法保持镇定，焦躁地说：“我真的不爱她，况且那是已经过去很久的事了，有必要做这样的比较吗？”

我与他据理力争：“我认为我会去比较是非常合理的。”

他眼神痛苦地看着我，我看到他的手指用力在裤边捏紧，而他似乎是用尽了力气来压制他的脾气，压低声音说话，他说：“夏朵，我知道你生气，我也承认，你完全有理由生气，可是这件事并不是像你想的那样的。”

我带着哭腔冲他吼：“那你认为我都想到了什么？你们没有发生过关系，没有谈过婚论过嫁？”

“是，这些都发生过，可是……”

我打断他：“我可以明确地告诉你，哪怕我比现在更爱你，你做过的这些事情也无法得到我的原谅，永远也不可能。”

“别这样说夏朵，你这样说，我好难过。”

“我已经很难过了，无以复加的难过，这是你和张晓静带给我的。”

“是，所以我们结婚吧，我求你马上嫁给我，我保证，我不会跟张晓静再联系了，好不好？”

“这个提议没有办法安抚到我，如果，它是一个你认为的安抚的话。”婚姻从来就不能作为安抚或者补偿，我至今才发现，原来，我跟高新晨在这个重大的问题上从来都没有过共识。于是我对他说，“对不起，我现在只想跟你分手，不要再见到你！”

“我是爱你的，夏朵，你说过，要我对你负责的。”

“高新晨，”我很大声叫住他的名字，我很认真地说，“你认为跟我上了床，就对我有某种责任吗？对不起，现在不需要了。”

我发现他的唇已经有些发干了，他仍然努力试图解释着：“我不是这个意思。”

“你现在说什么都没有意思，所以你不要再说话了好不好？”我疲惫地摇头，我真的觉得自己很累了，所以就这么不留余地地很粗暴地打断了他。

（九）

高新晨终于不说话了，世界终于安静了。我望着眼前的河水滚滚而来，滔滔而去，突然在想，就算这永不止息，裹挟一切的奔流，也冲刷不走此时横亘于我和高新晨之间的隔膜吧。想到这里，我只觉得自己的双腿已经支撑不住身体。

我听到他在旁边说：“夏朵，我们都冷静一下吧。”

我回答他：“没什么可冷静的了，不过我现在想回家了。”

“等一下夏朵，我知道现在无论我说什么，你都不会相信，可是我一定要说出来，我对你的爱跟对张晓静完全是两回事。”

我回头看他，借着昏暗的路灯光，我可以看到他素来温情的眼睛中正闪着阴郁痛苦的情绪，他的嘴唇抿得紧紧的，让我突然有些心疼。但我知道，我不能心软，那样只会害己害人，而当我的视线再往下一点儿，就不经意发现了他的白衬衫的领口上那个鲜明的口红印迹，想来，这大概是张晓静刚才靠在他怀里留下的吧。于是我伸过手去，当指尖扶住那一抹红痕的时候，我笑了。我说：“谢谢你曾经给予我的那些爱。我相信它的存在，所以我谢谢你。不过我现在真的不需要了，以后也不需要了。”

“夏朵，请给我一个机会，让我证明……”

“口红印子不好洗，却还是能够洗掉的。”我摇摇头，手指略微向下，滑到他胸上，指尖隔着衬衫按在他心脏的位置，感受那里的跳动，我问他，“我现在有一种心死的感觉，不知道你能不能理解？心都死了，就没有什么爱不爱的了。”

“夏朵，不会的，心死只是你一时的感觉，你冷静一下，真的你冷静一下好不好……”

“我现在非常冷静，而且是从来没有过的冷静，”我将整个手掌覆在他那个跳动得明显加快而且激烈的位置，深深地看着他，“再见了，我的意思是，我们不要再见了。”

他一时之间说不出话来，我收回手，转身要走。

他又一次拉住我，说:“让我送你回去吧，你这个样子，我实在不放心。”

我想了想，最终还是站住同意了，因为我已经疲惫得没有任何力气拒绝了。

他把车开到我家楼下，我开门出去，高新晨随即下车，绕过车头，再度握住我的手，说：“夏朵，我知道我现在说什么你都不会接受，你先上去好好休息，我们再找时间好好沟通。”

我漠然地说：“我觉得真的没有这个必要了。”

我的决绝让高新晨一震，不等他说话，我已经抽回了手，我说：“我们真的不要再见了，你也不要再来找我，这个话我不会再重复第三遍。如果我再看到你，那么我就会自动消失得无影无踪，你永远也找不到我，并且我还会很快，随便找一个男人结婚，你根本就阻止不了我。所以，请你不要再来找我了，也许，时间长了，我们都各自有自己的家庭了，我们还可以再做回朋友。”

“夏朵……”他似乎还有什么话想要说。而我根本就不给他机会，我说：“我说的话，我想你应该听清楚了，我说得出就做得到，你最好相信这一点。”我疾步走进了单元门，这个过程中，我连头也没有回一下，而进了电梯，我就蹲下哭了，我实在没有力气了。如果说我活了这么多年都从来没有过绝望，那么在这一刻，我真的感到绝望了。

第二天清晨，我是被小区里的邻居送回家的，然后又被父母送到了医院。

我竟然在电梯里晕倒了，然后在病床上昏睡了三天三夜，醒来时，我做的第一件事就是请求我的父亲放过高新晨。

我刚在病床上坐好，脸上便挨了重重的一巴掌。我长这么大父亲一直都是很爱我的，连指甲都没有弹过我一下，所以旁边的妈妈早已经拉住他的手尖叫道：“你干什么！老夏，你怎么可以打我们的朵朵？”

我惊愕地看着父亲，看着他气急败坏地说：“你知不知道身体发肤，受之于父母，不珍惜身体就是不孝顺父母，什么事都可以跟我们商量，但是你却不能自己伤害自己，你明白吗？”他们很有可能是误会了，他们以为我是因为高新晨才做了什么傻事，昏倒在电梯里的。而听他这么说的时候，妈妈已经忍不住抹了无数次眼泪，她拉着我的手说：“傻孩子，有什么事都可以商量，犯不着这样啊。”

如果，当初真的可以商量，我就不用跑出去找高新晨，如果我不跑去找他，就不会发生后来的这么多事吧，我应该庆幸还是失落呢？

我问我自己，但是我真的无法给自己一个合理的答案。

我不知道这些事，后来，我父母到底知道了多少。

因为我病好以后，我父亲就已经把高新晨公司的股份全部卖回给了高新晨，并且还是低于他购买价的 20%。为此他亏了不少钱，可是却一句都没有怪我，他说钱没有我重要，而我对他们说，我不想在这个城市里待着时，他们竟然点了点头。

并且，我们还用最快的速度搬了家，临搬家前，父亲语重心长地对我说，如果去了新的城市，一定要像以前一样生活。

我用力地点了点头，并且保证，我一定会照顾好自己，不辜负他们的期望。

我临走前发了条短信给高新晨，我跟他说："等我们老了再相见的时候，希望我们可以相视一笑，忘记所有的不快。"发送成功以后，我就关机了，然后在老房子里，丢掉了这张我用过了这么多年的手机 SIM 卡。

这是 2014 年的盛夏，从那以后，我便害怕过夏季了，因为每个夏季，我都会想起那年所发生过的那些令我撕心裂肺、伤心欲绝的事。

我也并没有像自己表现得那样铁石心肠，因为在很长一段时间之内，我依然会想起高新晨的脸，想起他的拥抱，他的微笑，以及他温柔抑或是霸道的吻。

尾声一

没有熬过夜的人一定不知道熬夜后的那种感觉，除了身心的疲惫，其实还会有一种感官因为疲劳到底限，而瞬生的，一种回光返照似的彻底清醒，这对于我，也许是一种最难得的体味。所以，我会经常熬更守夜等到晨曦的到来，在天边微露出鱼肚白的时候，喝完一整杯温热的牛奶，然后把一整夜看过的动漫或者电影作为美梦的佐料，在所有人即将苏醒的时候安然入眠。

这是我回到这个城市，回到我大学所在的城市，开始重新喜欢上的一种作息方式。我知道这样并不好，但是还是忍不住经常这样，经常贪婪地享受着这种日夜颠倒的随意。

我回到曾经的一居室，房间还是曾经的样子，到处都有软软的垫子和沙发，明明亮亮的落地窗和有着淡蓝色海豚花纹的墙壁。

我会拉紧卧室的窗帘，让逐渐灿烂的阳光透过棉布的质地，温润地洒满整个房间。然后在这种幽明幽暗的光线里，我会在软软的大床上伸个大大的懒腰，随意扭动肢体舒展酸软的筋骨，随后闭眼，静静安睡。

不知道从什么时候开始，也不知道是巧合还是基于什么奇妙的机缘，我发现，有好几次都几乎是同时的，这边我房间的灯光刚刚熄灭，那边，另外一个男生的窗户的灯光会即时亮起。也不知道从什么时候开始习惯成为自然，我逐渐摸到了他的大概规律，他会在我熄灯后的第一时间跑到窗边，呼吸清晨最清新的空气。而我自己，则会躲在自己的窗帘后，掀起帘角，悄悄看清楚他眉目分明的脸庞。

他姓甚名谁？我一无所知。只是，他站在那里，无缘无故就会让我想起高新晨。他们明明并不相像，但不知为何，也没有任何原因的，他就这么开始经常出现在我的脑海里，挥之不去。我讨厌自己，还是没能完全忘掉高新晨，尽管，我还为此发过誓。但是，喜欢一个人需要时间，忘记一个人又何尝不需要时间呢？

况且，我曾经那么努力地要求自己，要求自己一定要喜欢上他。可是，当我发现我真的喜欢上他的时候，他却又那么狠狠地伤害了我。这也许是老天给我的报应，我这么想。

我居然更加热爱熬夜，因为每次熬夜以后，我就可以偷偷在窗帘后窥视他房间短短几十秒。日子就这么不紧不慢地过着，我开始慢慢熟悉他，在我们两个根本毫不相识的情况下。

我知道他书架上的每一本书，他最喜欢的应该是那本《追忆似水年华》，因为经常被他拿来放去，但总是不离开床边、书桌和书柜这几个小小的范围，而且估计是被翻得多了，边都磨旧了，微微卷了起来。他还看过我曾看过的《原谅我，来不及爱你》《致我们终将逝去的青春》和《你好，旧时光》。这并不奇怪，这几本书早已经畅销成了一种神迹，也并不是它们的内容有多好，只是大约大家在年少的时候，在那青葱的年纪，都是爱惜这样悲凉的故事而故作自己的忧伤。

很明显，他也像很多男人那样喜欢玄幻和武侠，金庸和黄易的整套书都封存在他书架最显眼的地方，摆得很高，我有时候看见他踮着脚取下来，一翻就是一整天。J. K. 罗琳的《哈利波特》他居然也有，只是不知道翻拍成电影后，他有没有去电影院里看过。即使是最近才出的新书，他好像也会屁颠屁颠地去买回来，有柴静的《看见》，也有莫言获得诺贝尔奖以后再版的《檀香刑》及《丰乳肥臀》。

他会弹吉他，会写一手漂亮的字，喜欢吹着口哨收拾被他折腾到不堪的也许连他自己都看不下去的脏乱房间。他在打完篮球回家后的第一件事就是把自己脱得只剩下条白色的内裤，大字型躺在床上。他在半夜醒过来的时候，会摸黑靠在窗边的写字台上，咕嘟咕嘟地喝掉一大杯矿泉水。

他是不是从来都没有发现过我？

还是他根本就不在意，把自己的生活细节都暴露在我的眼前？

每次想到这里，我都会不能自已地感觉到自己的脸有些发烫，说实在的，帅哥我也见得不少了，怎么还会这么色？又怎么会如此注意一个男人的一举一动？

并且这算不算偷窥呢？犯不犯法呢？

不过这好像也并不能全都怪我吧？

因为，他总是不关窗也不拉窗帘，我们的窗户相对，我的视力又是出了名的远视，就算不想看到，也会被我全部收进眼里。实在是不能怪我，我很抱歉。

终于，在我的无奈和习惯中，某天，也不知道是从什么时候开始，他好像开始收敛了很多。他在换衣服的时候会拉上窗帘，在打完篮球以后，不会再那么肆无忌惮地脱光自己，他的房间开始整洁干净，他的书籍开始在书架上本本紧挨整齐。

每到周末，他都会在窗口弹吉他，吟唱出一首首热门的小情歌，他还在他的窗框上挂了一串用天然贝壳做成的风铃。他的窗户玻璃上居然会时常出现一些用随意贴拼成的图案，笑脸，盆栽，太阳，月亮，五角星，然后直到最近出现的粉色的桃心和火红的玫瑰。

随着他的这些变化，我居然也开始早睡早起，不再熬夜，因为我想让自己的窗口和他的窗口在同一时间亮起灯光。我会在他窗口的风声铃动下闭紧眼睛，我会在他的歌声里静默沉思，然后会在无数个夜晚想着他并且想着因为他而联想起的高新晨入睡。

我会望着雪白的天花板，下意识地去想象，想象他所做的这一切是不是因为我。

那么，我是不是也应该有所回应？

我是不是也应该在自己的玻璃窗上贴上各种图案，还是干脆买一些彩灯回来装饰？抑或更直接一点儿，在某天也假装在窗口呼吸空气，然后，不得不在连续几次都那么巧合的遇到他的时候，顺便跟他打上一个招呼，问问他的名字，他究竟来自哪里。

而就在我鼓足了勇气想要开始行动的时候，却发现他居然开始早出晚归，他好像有了新的兴趣，所以，我开始摸不着他生活的规律。他没有如常早起到窗口大力呼吸，没有继续在窗边歌唱，并且，他的窗户也越来越长时间紧闭起来，到后来连窗帘都拉上了。不过这样的情况持续得并不是太久，大概在夏末秋初的时候，他居然消失了。他的房间人去屋空，在我还没来得及跟他打一个招呼的时候，在我还来不及认识他之前。

连我也不知道为什么，我居然会把他住过的那间房子租下来。到了他的房间后，我发现自己实在是太熟悉这里了，我竟然闭着眼睛也能摸到书柜，后退着不看路也能依稀退到门口。我在他曾经用过的书架上摆上和他差不多品类的自己的书籍，我躺在他曾经躺过的那张床，望着同样雪白的天花板失落地想，我是不是以后再也不能看见他了？

从我注意到他，到我慢慢在他不认识我的情况下熟识他，是命运，也是一种缘分，那么，我和他的缘分难道就止于此了吗？

当逐渐的，我越来越多地来到这间房子，越来越多地顺手带来自己的东西，比如一瓶矿泉水、一本杂志、一盆花或是一把舒服的椅子，并且当这些东西逐渐散落在这个小小的房间时，那些他的感觉随着我常来常往而渐渐变淡。我在这晚闭眼前决定要去买一个跟他曾经挂在窗框上那个一模一样的贝壳风铃，房间总会因为住的人不同，而让它曾经的模样在时间里消失殆尽。也许，只有同一种风铃的声音，是我唯一可以留下的念想。

可是，我并没有想到的是，在我的风铃买回来之前，我就听到了同样的铃声，原来挂在这边的贝壳风铃出现在了斜对面的那扇窗。我自己房子的隔壁，原来我一直都不知道，从他的房间窗口望过去，除了我住的那间屋子的窗，还有另一个她的窗。原来我一直都不知道，他面对着两个窗，而当我来到了他的房间时，他的整个人都已经搬去了另外一间屋子的她的那里，而那个她已顺理成章地住进了他的心里。

原来，我并不知道，就在我的灯熄灭的同时，隔壁的她的灯会跟随他一起点亮。

可是我又可以做什么呢？

我不止一次这样问自己，他欺骗了我吗？其实并没有，他不过是我被高新晨伤害过后短暂时间的替代品，是我又一次因为曾经的喜欢而想入非非，误入迷途。

我又开始喜欢熬夜，我会靠着自己房间的墙，去感受隔壁的他们的日常生活。虽然我看不到，也听不清楚，但是我相信他们的生活一定如同这个城市里的普通人一样日出而作，日落而息。我会想象他们的甜蜜，想象他为她弹琴唱歌，想象他抱着她温暖的笑容。

然后有一天，他为了她折了很多纸飞机，每一只飞机的机翼上都写着很多，我现在看起来那么幼稚的爱来爱去的浪漫话语。纸飞机被他们哈着气飞来飞去，其中有一只不偏不倚飞进隔壁我房间的窗口，他便过来敲我的门，笑着对我说："不好意思。"

我打开门，把那只纸飞机递回给他，然后笑笑，很矜持地说没有关系。

但是，也许只有我自己知道，如何能没有关系？

这世上最累的事情，莫过于眼睁睁看着自己的心碎了，还得自己动手把它粘起来。我终于有一次跟他对话的机会，可是，始终，我还是没有来得及问他到底叫什么，来自何方。

在对面那个曾属于他的房间的租约到期的时候，我没有续约，我把我的所有东西都搬了回来，把房间还原成我拿到它钥匙时的样子，还原成他刚刚搬走的样子。

在收拾好离开那个房间前，我最后看了一眼对面的他们的窗，然后就正好看见幸福的两人在窗前淡定微笑。

我忽然发现，原来看到他让我联想起高新晨应该是一种错觉，他们一点儿都不像。而想到这里，我又发现对于高新晨，我的难过已经越来越淡了。我低头轻笑，笑自己的傻，然后我会释然，原来每个人一生中都会经历这么多的错过，而每一个错过都会成为一个故事，每个故事都有一个遗憾，每个遗憾都有一种说不出的美丽。

尾声二

年轻的护士轻轻叩响病房的门，隔了许久都没有听到里面回答，迟疑了片刻，才小心翼翼地推开门。有些昏暗的房间里，只有病床一旁的仪器上闪烁着冰冷的光泽。

病床上逐渐单薄的身影，因为昨夜在抢救室里折腾到今天凌晨，此刻睡得正熟。

未合严的窗帘透进窗外姣好的艳阳，而那束光偏偏又不听话地爬上了床头，灿烂在杜宇诺的肩头。她想也没想地走过去，手指刚刚触碰到柔软的窗帘，就听到身后的床铺上传来轻微的响动。病床上的杜宇诺低沉又沙哑的嗓音随即传了过来。“打开吧。”他说，“医生说其实多照照阳光会好一点儿。”他一口标准的英文，听着令人十分舒服。

护士依言将窗帘打开，加州独有的风光顿时在眼前显现，杜宇诺侧过脸看了几眼，说：“这个城市又忙碌起来了，现在几点了？”

“快十一点了。”

护士转过身，走近了看他床头仪器上的各种数字，十分专注地记录了下来。

“我大概睡了三个多小时吧？”杜宇诺有些疲惫地笑笑。

护士忙着帮他收拾病房，忽然看到了写字台上他写下的便签：“锦瑟无端五十弦，一弦一柱思华年。庄生晓梦迷蝴蝶，望帝春心托杜鹃。沧海月明珠有泪，蓝田日暖玉生烟。此情可待成追忆？只是当时已惘然。”当然，护士是美国人，她并不认识中国字，她只觉得这字很好看，她并不知道的是，这诗的情景其实跟此时杜宇诺的所知所想倒有些相似。

当他被查出，自己得了癌症的时候，已经到了末期。医生说让他该吃吃，该玩玩的时候，他反而有了想要活下去的愿望，因为夏朵，因为这个，他最喜欢的人。

他卖掉了一切能卖掉的东西，房产和股票，不远千里来到这里，希图通过医学的进步，找到挽回生命的办法。其实对于死，杜宇诺并不怕，他怕的，更多的是再也见不到夏朵，就算不能拥有她，只是在一旁看到她的笑，其实也好。

不过，他也算做好了一切准备的，除了活下去，他来这里，还有另外一个私心。那就是如果有一天，仪器上波动的线条真的变成一条直线，那么在他离开后，也可以不让夏朵知道，那么这样，或许他就会在她的记忆里永远保留着一个位置。

以上的这些，我一直都不知道，我估计我会一辈子都不知道。

因为在我和杜宇诺一样，选择离开自己出生的这个城市的时候，他已经在大洋的一端，永远地闭上了眼睛。

不是所有的希望都能够达成，也不是所有的美梦都能成真，人生的旅程有太多意外，所以就算是天空上南来北往的云朵里，也会有太多的遗憾吧。

我能够给杜宇诺的，只是让他成为我生命里那一段灿烂的记忆。

不过对于杜宇诺，说真的，其实我从来没有想过，说再见，原来就是再也不见。

我回到这个读大学的城市后，没有通知任何人。当然，我没有脸去联系叶榛，我当时是多么决绝地离开了他，我又怎么可以厚颜无耻地再去找他？但是既然回到了这里，我还是一个人去了很多，曾经和他一起去过的地方，比如他第一次送我去的蝴蝶吧，比如那个我毫无吃相的自助餐餐厅，比如我曾经打工的他们公司对面的咖啡厅。

我不知道他现在过得好不好，我甚至连打听一下他的消息都不敢。

我只知道，张晓静出国去读书了，她还新找了一个外国男朋友，过得很开心。而高新晨的公司刚刚得到新的一轮融资，他的生意蒸蒸日上。周健成的公司好像也越做越大了，新换了市中心崭新的写字楼。然后还有跟我同在这个城市的林鑫，他和他现在的女朋友已经恋爱有半年了，他正做着自己喜欢做的工作，并且每天加班加点地努力。而陈静呢，依然是做着她的美食编辑，因为吃遍整个城市的缘故，身材越发的发福。

我一个人，在这个城市里，看书，写字，到处走，然后回忆过去。

直到，我在独自一个人很久以后，终于在这个城市的某个角落被陈静碰到，然后理所当然地被她大呼小叫地责难，怎么回到这里也不通知她。

我不知道应该怎么向她解释，只是用力紧紧抱住她，然后就流了泪。我发现原来人生不如意之事十有八九，而老天虽然会让你失去一些，但也一定会让你得到你应该得到的。

把最美时光给你

最卑微不过爱情，最凉薄不过人心，对着歇斯底里的大银幕我习惯性侧脸冷笑，然后就看到她在旁边哭泣。

我下意识从裤子包包里掏出纸巾，整个一包都递到她的眼前，淡雅包装搭配我修长手指在幽暗光线中相得益彰。

见我风华绝代，她明显心花怒放，但偏偏又碍于女性矜持，故作娇羞，动作迟缓，我就不耐烦地问道：“美女，两块钱一包，你到底要不要？”

她惊诧瞳孔放大，我乘机收回纸巾贴身放好。

她小声嘀咕：“这人有神经病。”

我看也不看她低声回应：“麻烦请认真看电影，另外，神经病哪里有我如此玉树临风？”

她无语，我无视，然后最后我无法不想起你。

你说最绅士的男生应该会使用手帕，必须是纯棉还要保持常年洁净，你说办不到也没有关系，那么最差也要有包清风或者心相印。

你说看电影的时候千万不要轻易被夸张的表演，瞬间俘虏你的情绪，因为聪明的编剧会把最真实的寓意放在银幕之外，只有在看完回味以后，才能有似是而非的感悟。

你说回忆，珍贵在于回不去，所以不能忘记。

我说因为有你，那些时光美丽……

（一）

汤缅羽最喜欢的一件事就是整个下午都待在图书馆，因为这里除了有漫画绘本小说，还有古言玄幻和新新武侠，以及那些最重要的，穿着帆布鞋和白衬衣的文艺帅哥。而我最讨厌的一件事就是陪着她在图书馆装文艺扮清纯，自己却百无聊赖。

所以，每次我都会在不耐烦中慢慢熟睡，让酣流的口水不小心滑过那些发黄的书页，以至于汤缅羽在还书的时候忐忑不安，生怕被管理员发现，对她做出处罚。

我总是以一种旁若无人的气势扑倒在图书馆的桌子上睡得肆无忌惮，边睡还边做很多梦，梦都是很美好的那种，美好得我都不愿醒过来，而最后汤缅羽就在该走的时候吵醒我。

日复日，年复年，从来如此，不曾改变。

可是今天，我直到睡到美梦醒，睡到肚子饿也没有等来汤缅羽的呼唤，我醒来的时候她已不在，图书馆窗外早已是日暮黄昏，在疑惑中我步履迟缓，然后就在回家的必经之路上，看见汤缅羽对着唐鸣洪不露唇齿地微笑。

他们的样子很容易让人联想起郎才女貌，而这种联想让我怒火中烧。

汤缅羽果真是一个重色轻友，有异性没人性的女人，你就跟着你喜欢的文艺小男人们跑吧，你以后千万不要再来找我了。

其实我打心眼里知道，汤缅羽应该是喜欢唐鸣洪的，因为他就像她喜欢的言情小说里的主角，会打篮球还是游泳健将，会写一手好字并且不会像我一样做事随随便便，没事经常嘻嘻哈哈地傻笑。

那么唐鸣洪对汤缅羽当然也是有意思的吧，尽管她有时候很情绪化，会随着故事情节咬牙切齿，又哭又笑，但却长了一张倾国倾城的脸，让无数外貌协会都拜倒在她的石榴裙下。

甚至，我还不得不承认他们是互相般配的，就因为她在成绩单的最前，而我则是最末。在老师们眼中汤缅羽一向是阳光灿烂，而我，就永远代表着阴云密布和黑雾迷空。

我就是自甘堕落又如何？

我原本就没有去期许，渴望你的美好。

这不是我的自我安慰，因为我甘愿平凡让自己保持最惬意的状态。

无爱，无欢，无欲无求，无忧无虑。

我这样想到底有没有自欺欺人的成分？

因为直至此刻，午夜时分，我还抓着手机辗转难眠，可笑的我依旧抱有不切实际的希望，以为会接到汤缅羽不告而别的，充满歉意的电话。

当然，失望是合理并且符合科学规律的，我明明分析很正确，他们本就是天造地设的一对，而汤缅羽对我又怎么会有半丝半毫的绮念？

（二）

汤缅羽从这个意外以后就没有打过电话给我，而且，连平时上学放学的时间我居然也碰不到她，我检查过自己的闹钟，手机还有手表，比对过中央电视台的北京时间的准点播报，到后来我才明白，问题并不出在时间上，而是汤缅羽主动要跟我错过。

我发现她提早一个小时上学，也推迟两个小时放学，逃避我逃避得那么的刻意和明显，甚至有些迫不及待。

我没想过要跟你怎样，只是想作为朋友能够待在你的身旁。我不想胡思乱想但又不得不胡思乱想，我怀疑，生气，以最不良好的心态去猜测汤缅羽，直到无可奈何，无语问苍天。

我内心的自卑让我没办法鼓起勇气去直接询问整个事件的来龙去脉。

我无端的骄傲，让我只能等待，等待她来找我，我真的觉得自己很糟糕，很没用，然而最后，糟糕没用的我，注定等到了一个让自己更加痛不欲生的消息，那是，汤缅羽和唐鸣洪即将在学校的主题联欢会上，为我们献上他们合奏的曲目。

这是不是就是签文上说的那种，琴瑟和谐，鸾凤和鸣？

我有一个星期零两天外加五个小时没有见过汤缅羽，在学校门口小商品超市里碰到她，我发现我居然会不知道如何跟她打一个最平常简单不过的招呼。

汤缅羽却好似什么都没有觉察，什么都没有发生过似的笑着对我勾勾手，她说你这两天究竟死到哪里去了？

我就打个哈欠回答她，照常上学上课，放学回家，我死了你现在见到的难道是鬼？

我的态度让她很不满意，她扬扬眉说，王子辰你这么说是什么意思？

我告诉她我真心什么意思都没有，说完，我耸耸肩绕过她走过。我脚步迈得很快，走得很匆忙，连原本想买的饮料也还没有买，因为我在余光里发现唐鸣洪正在收银台结账，他买了两瓶统一绿茶还背着两个书包，其中一个我认得，那是汤缅羽的，颜色鲜艳得刺眼。

我在联欢会上坐得并不靠前，但我知道因为身高的优势，我鹤立鸡群。所以，汤缅羽一定会注意到我。我很小气地为联欢会上所有的节目都鼓掌，而轮到她跟唐鸣洪共同表演时，我一直捂着嘴低声地笑，并且没有为她鼓掌。

联欢会散场以后，我对身边人说，我真的觉得三班的陈超薇的钢琴要弹得比汤缅羽好一点儿。

而身边这人也居然能随声附和我，他告诉我据说陈超薇钢琴十级，那汤缅羽在这方面估计确实是比不上的，当然除了长相以外，从相貌上来说，她们俩几乎势均力敌。

我很深沉地大声说："其实娶妻求淑女，过分美丽就是莫大的负担。"

我在说完以后，眼看着汤缅羽向我走过来，我确定她刚才清清楚楚听到了我和身边人的对话。而且她一过来，身边那个人就很快溜走。她看也不看那人，叉着腰很气愤地对我说："王子辰，你别夜郎自大，你这么讨厌没有女生会喜欢你，谁会愿意嫁给你？"

我想大笑，嘴唇却张得很勉强，我看着她旁边抱着小提琴穿着白衬衫黑西服还有帆布鞋的唐鸣洪，又看了看今天穿着浅色连衣裙，打扮得像公主一样的汤缅羽，忽然觉得自己居然那么的底气不足，那么的傻，那么的可笑，那么不知所谓。

我捏着拳一言不发，始终低着头直到他们一起离开。

（三）

在青春的年纪我们很少保存秘密，并且在年少的时候，我们都很喜欢探讨我们并不惊奇的青涩人生，所以"汤缅羽跟唐鸣洪天生一对"的流言传得很快，几乎一夜之间，就席卷了校园的每一个角落，嘲笑了我，最后的，那么一点点仿若游丝一样的侥幸，她和他也许只是为了练习演奏的合作。

我一个人去吃过她喜欢的哈根达斯，喝过星巴克，还吃过麦当劳，必胜客，肯德基。我每次都会想起汤缅羽只喜欢哈密瓜口味的冰淇淋和摩卡星冰乐，要披萨还要提拉米苏，吉士汉堡不要芝士，蛋挞永远只吃最普通的葡式。

我想起我们一起去看的每一场电影，汤缅羽跟我吃过每一桶五色爆米花，还记得有几次在情节紧张的时候她不小心地将我的手指突然握住。我当时的那个小心脏，砰砰砰一直跳个不停。

我甚至已经开始忘记是怎样和汤缅羽不说话。只记得，我好像从来都是一厢情愿，有且已经有这么好几年的时光，回忆起来似乎算不上很长，但居然可以想那么久，久到从睁眼到熟睡，久到她的一颦一笑都仿佛在我的世界里脱轨了很久很久，用时光都没办法丈量。

我开始一个人去吃街边的关东煮，以前，都是我陪着汤缅羽一起来。但是现在，是我一个人，我会想起汤缅羽说我总是懒懒散散，没心没肺，态度不端且没事总两眼迷茫。而曾经，我会咬牙切齿地说我很乐意这样。可是现在，我却很想哭，俗话说男儿有泪不轻弹，为什么，我不能像唐鸣洪一样坚强，意志力强大，为什么，我不能和唐鸣洪一样优秀，一样青春勃发？

我忽然发现，自己对汤缅羽的喜欢，原来，早已根深蒂固，无法就那么轻易割舍。

于是，在这个黄昏，我咬着关东煮一路猛冲回家，我在自己的房间里用被子捂住头，我躲在所有人都看不见的地方，偷偷流泪。

我怨恨我自己的小气，讨厌自己的不由自主，所以我最后主动拦住汤缅羽打招呼问好，我想先问好然后再道歉，不祈求她喜欢我，只希望她和我恢复昔日朋友的邦交。

我堵在她们班教室的门口，她让我走，我不走，她就扯我架在门框上的手。

我们挣扎了半天，汤缅羽回头看了看教室里还有些看热闹的人没有从前门走，就只能低头问我到底想怎么样？

我傻傻地笑着说："不好意思，我那天发神经并且脾气有点儿冲。"

紧接着我在她最喜欢的星巴克里进一步挽救我们的友谊，我为她叫了最大杯的摩卡星冰乐。她主动给我，我为我自己点的那最小杯的美式咖啡里加了一勺牛奶和两包黄糖。

我要最小杯是因为为了买她的最大杯而真的不够钱，但她令我吃惊的原因却是，她怎么会知道我喝咖啡的习惯？

她浅笑着回应我，你不是也总是知道我喜欢摩卡星冰乐吗？

我内心一紧，真没想到她也会对我如此细心与体贴。

咖啡入喉是那么的温暖，令人有些心猿意马。

前几天发生的摩擦和尴尬似乎因为我的先走出一步而消失得很快，汤缅羽笑着要求我周末陪她去挑礼物。我在施华洛世奇店面里专挑难看，最看不顺眼的东西推荐给她，后来她干脆就不理我，自己做主买了一支深蓝色的签字笔。所以在出门的时候我酸溜溜地说："这么贵它不就也还是一支笔罢了。"

她轻轻拨弄了下手腕上的那个同品牌的镯子，然后点点头对我说："价格确实有些惊人，不过你难道不觉得它真的很美吗？"

我嘀咕得很大声："奢侈浪费，很美又不是买给我。"

汤缅羽就笑着一把用力拍在我的后背上，然后温柔地说："我知道王子辰你最好了。"

然后没有过两天，我就很惆怅地发现，在唐鸣洪的上衣口袋里，别着这支同样的，深蓝色的施华洛世奇的水晶签字笔。

（四）

这是不久后很奇怪的一天，三班的陈超薇在放学的路上站在教学楼一层走廊对我说："我喜欢你，我做你女朋友吧。"

我有些瞠目结舌，在第一次应对这么热辣的表白束手无策，是汤缅羽和唐鸣洪并肩走过来的身影给了我莫大勇气，我很快红着脸点头答应。

虽然这个情节真的很烂俗，电视里小说里到处都能见到，但周围居然还是有人乐此不疲地尖叫欢呼，拍手鼓掌还有人吹着口哨。

我拉着陈超薇走得很快，我一眼都不敢去看汤缅羽，我怕她的目光坦然，我怕她会优雅地走过来对我说祝你们俩幸福。

而此时我心里早就已经在祝你妹愉快，并且在这里向贵伯母问好。

我在校门口站定，直视陈超薇，态度认真且严肃。我跟她解释说我成绩很差，她就说，她愿意帮助我补习。我说我脑子很笨，她笑着点点头承认自己也并不聪明，她说学习这件事更多在于勤奋，其实老天爷很公平，给任何人的智慧都是差不多的，只是一些人比另外一些人努力一点儿，开发得相对多和好一点儿。

我抓狂说："你为什么喜欢我？可是我不喜欢你。"

陈超薇就收敛住脸上所有表情，正色说："因为我喜欢唐鸣洪。"

你喜欢唐鸣洪跟我有半毛钱关系？我瞳孔放大，几近精神崩溃，然后突然就冷静下来缓缓问她，向她确认："你刚刚跟我说你喜欢谁？"

她就当着我的面花枝招展地笑，笑到眼睛里都流了泪。

我们开始手牵手走到学校最笔直的小道上，反正校园这么小，想怎么躲都躲不掉。

我觉得夏日的空气稀薄，让我的心里一直好像有舒展不开的感觉，汤缅羽从来都不提关于陈超薇甚至是唐鸣洪的任何话题。我们最近最多的表达友谊的方式，就只是礼貌地微笑。

在牵手的时候，我还有些害羞，陈超薇就在旁边问我，如果不能和喜欢的人在一起，那么和谁在一起又有什么分别？

其实陈超薇一点儿都不比汤缅羽差，追她的男生并不比汤缅羽的少，但是不知道为什么，看着陈超薇那张如花似玉的脸，我心里总是不争气地就要想起汤缅羽。

陈超薇常常跟我说，她来找我原本就是想让自己更加难过一点儿。

我愁眉苦脸的，拿着手指了指我自己的躺着也中枪的干净面孔，问她："难道你跟我在一起是你人生中的另类历练方式？"

她就笑了，笑也笑得那么风华绝代，她说，两个失意的人待在一起，就应该要痛苦加倍，哀伤更深。我苦笑着点点头，我说："我们确实可以一起鄙视诅咒，用鞋底抽打小人，我发誓我真的有他们的生辰八字。"

我说完，陈超薇就慢慢靠近我，然后很快用手拧了拧我的鼻子，她说："王子辰，说实话，我觉得你真的一点儿都不差。"

我摊了摊手，告诉她我当然更希望自己是汤缅羽喜欢的那个样子。

陈超薇后来就开始很用心帮我补习功课，抽查我的每一次作业，因为我告诉她，汤缅羽喜欢成绩优异的男生，德智体美劳还要全面发展。

她霸道地不准我剪头发，她说男生头发留长一点儿，碎碎的，厚厚的，才会显得文艺，她说："王子辰你这个样子，总是板寸，哪里能给女生有花样年华的任何幻想？"

她甚至帮我把衬衣熨烫得很平整，洗得像日光灯一样洁白，她硬逼着我把我帆布鞋的白色鞋帮刷得跟新买的一样。她借给我一大堆名著，还给我讲解柏拉图的名句。

我们会分别握着《追忆似水年华》的上卷和下卷，感受着时光不复见的细腻文字。

我们在一起去咀嚼“回忆中的生活比当时当地的现实生活更为现实”这样的句子的时候，陈超薇不自觉地会突然告诉我一些有关她和唐鸣洪的小事。

她说她知道唐鸣洪总是在傍晚的时候在阳台拉小提琴，她知道他老是喜欢看书看到一半再吃一碗泡面，她说他老是背英语背得很晚，每个星期会刷一次帆布鞋，每次考试前紧张得睡不着，她说，她还知道唐鸣洪每周三周四会去体育馆打篮球，她知道他喜欢什么样的女生，还干过一些什么坏事，还有别人不知道的，他从小到大办出过的那些糗事……

（五）

日子就这样不紧不慢地一天一天过着，陈超薇觉得，如果真的想不去想念一个人，其实也是一件很简单的事，那就是认真跟另外一个人在一起。

所以每次，她看到我和她在一起惶惶的脸，她的心里就会有水流般的忧伤散淡开来，她会对我说，对不起，对不起。

我只会对她用力咧开嘴巴笑笑，说：“说对不起的人应该是我，你用我来忘记，而我却用你来怀念，你对我的好全心全意，而我接受你的好然后想念汤缅羽，并且在时时刻刻，暮暮朝朝。”

终于有一天陈超薇突然静下心来，为我弹完整了一首钢琴曲，她呼出口气跟我说：“王子辰你去吧，你现在应该是汤缅羽喜欢的模样。”

我对她说：“你很聪明，你为什么不学着做唐鸣洪喜欢的那个样子。”

她语气很肯定：“他如果为我改变，我就不会喜欢他。喜欢一个人就是喜欢他的全部，他的好和他的不好，如果你不能接受我的坏脾气和缺点，你就不配拥有我的美好。”

我看着她说话的样子脱口而出，我抚住心坎说：“我愿意接受你的一切。”

她紧紧握住我的手，然后用力仰望天空，她对我说：“抱歉，你不是唐鸣洪，没有我想要的样子，不过即使是唐鸣洪再回头来说爱我，我也不能接受，因为他已经不是从前的他了。我也不再是从前的我了。”

她笑着用手腕抹干眼泪：“看吧，你不知道的，其实，我就是这么内心纠结，不值得你爱。”

我开始很认真学习，我把头发留得比以前长但也没有陈超薇要求的那么长，我喜欢我现在的样子，并不为谁，我不穿运动服，会穿白色衬衫和帆布鞋把自己收拾得干干净净，我会更多花时间在图书馆看书而不是睡觉。

我在那年高考，以全年级第一，赶超汤缅羽和唐鸣洪的骄人成绩考入她曾经心生向往的大学，汤缅羽过来笑着恭喜我，我轻轻挠挠头礼貌道谢。

我看着眼前的汤缅羽又会无端想起陈超薇。

我觉得时间真的是一条残忍的线，把情感分割成三段，过去和现在以及将来，汤缅羽站在过去，陈超薇站在现在，而我实在不知道会有谁将站在我的未来。

汤缅羽眨了眨眼说，你似乎跟以前变得有些不同。我回答：“也许你只是不习惯我穿帆布鞋和白衬衣的感觉。”她若有所思，然后点点头承认:“你这样穿真的很适合，很帅气。”

我眯着眼笑着轻轻问她：“我这样穿是不是比唐鸣洪还帅？”她红了红脸，使劲瞪我一眼，说：“你还是跟老样子一样的那么讨厌。”

是的，我确实没有变过，也无法改变我喜欢过她的事实，只是事过境迁，我终于在自卑中学会发奋努力，在人生正道上勇敢且坚强。此时，我们即将分道扬镳，在陌生的，没有预知的未来相互祝福和观望，然后各安天命，流落天涯。

曾经，总有很多事说不清楚，直到现在也无法用言语对你表述。不过我再也不会因为看见汤缅羽和唐鸣洪在一起就难过好久，我也再不会在夜里睡不着，睁大眼睛看着天花板用自惭形秽来解释汤缅羽不喜欢我，并且应该不喜欢我的所有客观原因。

虽然我一直在努力变成你的心中所要，只是你等不及，我来不及。

无论我从什么时候开始，重要的是开始以后就不要停止；而无论你从什么时候结束，重要的是结束后就不要悔恨。把最美时光给你，而我在脉脉中独自怀念，一直到生老病死，直至满地繁花开遍。

恰似自己无关的忧伤

有很多事是转瞬即逝的，就像在车站的告别，刚刚还相互拥抱，转眼已各自天涯。

很多时候，你不懂，我不懂，就这样，说着说着就变了，听着听着就倦了，看着看着就厌了，跟着跟着就慢了，走着走着就散了，爱着爱着就淡了，想着想着就算了，念着念着就忘记了。

（一）

他和她又吵架了，总是这样，住在隔壁的女孩叉腰挥斥方遒，模样张狂，而那个男孩唯唯诺诺红着脸讨饶。

只不过是约会迟到了一点点，她要不要这么矫情？

方怡淳轻笑，顺便耷拉下掀开的，房间素色窗帘的一角，翻身继续自己的懒觉。她闭着眼睛暗自思量，自己究竟哪里会比隔壁的段丽丽差？怎么就没有早一步遇到这个美好的男孩？

另外，她也在想，自己居然会有这样的想法，是不是为人太坏？

方怡淳很喜欢看韩剧，在看到悲伤处随着剧情豪放流泪，揉碎一地纸巾的时候，她会有一种宣泄的快感，这种感觉是愉快的。然而，在面对别人的幸福画面时，她会微笑淡定不说话，或者尖酸讽刺几句，会嫉妒，这种感受虽然不一定是难过，但总归是有那么点儿不忿的。

其实方怡淳甚至，都不知道这个男生的名字，只记得他总是会穿着干净得没有一丝褶皱的白色衬衫，永远笑着红着脸庞，在楼下等段丽丽，陪她上这里，上那里，还送她回家。

他总是喜欢拉着段丽丽的手，充当她的守护天使，不让麻烦找上她，不知道从什么时候起，他就成了段丽丽的小跟班，总是跟在她的屁股后面转，他们一起出去、回来，形影不离得如此理所当然，就像伴星环绕着本星，地球围绕着太阳。

（二）

那男孩总是一副桀骜不驯的样子，也只有在看着段丽丽的时候，才会变得柔软。他乌亮的头发挑染了两簇栗色，方怡淳特别喜欢这个颜色，不知道段丽丽是否也是如此？

方怡淳发觉栗色真的很适合他，映衬得他的皮肤更加白皙，说实话，他真的很好看，唇红齿白的。她知道，他不喜欢好看这个词汇放在他身上，因为，他唯一一次主动跟段丽丽在楼下花园里吵架，就是因为这个词，他认为这是在侮辱他自己的男子汉气概。

有好多好多次，方怡淳下楼，碰巧看到他在等段丽丽，碰巧的次数多了，他也会对她微微笑一下，一点儿也没有暧昧轻佻的味道，只是一种礼貌吧。方怡淳就会瞬时间停下来，静静地看他几秒，看着阳光从树木枝叶间投落些斑驳的光影耀在他的额头，肩膀。

她会若无其事地陪他等待一会儿，也许，是低下头系个鞋带，也许，是打开书包嘴里嘟囔一句:“东西好像带齐了吧！”然后，在听到段丽丽踢踢踏踏下楼的声音后，就赶紧走快点儿离开。

如常，方怡淳早晨又看到他的俊美好看的脸，在走出好几步才猛然间想起，昨日晚间父母的对话。她忍不住出声 :“喂！”

“什么？”他很快接口，笑着看着她。

“我昨天好像听到爸妈说，段丽丽跟家人去国外度假了。”方怡淳在说话的时候，注意到他的表情没有丝毫的涟漪。

“哦，是呢。”他点点头，“好像确实是这样，只是，我好像已经习惯了早上上班前要到这里来等她。”他不好意思地抓了抓自己的头发。

“哦，我还以为你不知道呢。”方怡淳嘟囔着。

“对了，”在她将要背转过身的时候，他又一次把她叫住，挑挑眉毛问，“你吃过早饭了吗？我习惯性地多买了一份，是三明治和牛奶。”他扬了扬手中白色的塑料袋子。

“哦，谢谢，我正好没吃呢！”方怡淳说谎了，她自己都不清楚自己怎么会就那么眼疾手快地伸手接过来，然后咬了一口，“很好吃。”明明她的肚子里已经塞满了老妈给她准备的豆浆，油条，油饼，还有鸡蛋。

（三）

他没有四个轮子，但是却绝对可以买得起自行车，那天他骑着单车载着段丽丽。段丽丽穿了浅蓝色的格子裙子，怀抱着一盆含苞待放的白色百合，花瓣上还有几滴清灵的朝露，如他脸上的笑容般美好！

从小区门口的浅蓝路一直向南，会经过一片大大的蒲公英花圃，蒲公英的花籽絮絮粘在段丽丽的裙间鬓角，粘在他好看的眉毛上，他的眉毛是黑黑粗粗的，像一把利剑。

再过去，就是一个长长的斜坡，单车在斜坡上疾驰，段丽丽便可以一下子靠在他的背上，他的衬衣被风鼓得很高，衣角温柔地抚摸着段丽丽的脸。

他们总是这样在方怡淳面前呼啸而过，其实她并不反感这些幸福的画面，因为等他们走了很远后，她依然能够和段丽丽一样，闻到残留下的，那风里百合花苞的香气和他身上淡淡的肥皂清香。

他长得真好看啊！方怡淳相信，自己已经不止一次这么感叹了。

此时，一小缕阳光偏过遮阳伞斜斜照耀在他身上，为他轮廓分明的五官和漆黑的头发镀上了一抹金边。

他居然能够睡着？也许是段丽丽让他等得太久了吧。

周末，夏日，午后，树荫，长椅，甚至是小区花园里的鸟语，好像都是构成他现在沉睡的因由。黑黑的睫毛覆在眼上，高挺的鼻子，粉色的嘴唇微张，稍露出洁白整齐的牙齿，嘴角还有一抹清清的口水溢出。

方怡淳低头轻笑，从口袋里掏出浅蓝色的纯棉方帕，伸手为他擦掉酣睡的口水，她把手脚尽量地放缓放轻，不想打扰到他的美梦。

“喂！”而正在作业中的手腕突然被有力的手指紧紧握住。

“你……”他眼睛微微睁开一点点，邪邪慵懒地看着她。

“我……”方怡淳不好意思地想要挣脱他，耳根和脸庞开始粉红。

“我竟然睡着了。”相对沉默了几秒后，他失笑着用另外一只揩了揩嘴角的口水。

“段丽丽来了。”方怡淳骗他道，赶紧把自己身子往后挪了挪，出奇轻易地挣脱了他手指的控制，然后，飞快地在他来不及叫住她之前跑掉。

（四）

“啪”的清脆的玻璃声响，一堆五彩的幸运星在小区的花园和碎屑一起散落开来，段丽丽和他赶紧在地上摸索寻找，一颗一颗滚落到各个角落。

“喂，别捡了。”他推推段丽丽。

“怎么？”后者迷茫抬头。

“你妈回来了。”他提醒道。

“哦，那我走了。”段丽丽左顾右盼，果然看见自己老妈正走进小区的大门，老妈一直不同意他们来往，还不是因为，他没有太多钱的缘故。

“你先回去吧。”他嘱咐的声音方怡淳想，段丽丽应该没有听到，因为她没有回头也没有答应，只是很着急地向自己家的楼道跑去。

“需要我帮忙吗？”等段丽丽飞快走出去好远，方怡淳才从花坛后面走出来，在他旁边慢慢蹲下身子。

“好的，谢谢。”他笑着，眼睛弯弯的像月亮，却突然不小心让玻璃渣子划破了手指，殷红的血液染红了那个幸运星星。

“你还是不要捡了，小心受伤。”他侧过脸去用嘴巴吮住手指，方怡淳就悄悄把那颗染血的星星藏在自己的手心里。

（五）

这天下着雨，他就站在楼下，没有打伞，因为他和段丽丽吵架了，又是因为他没有太多钱的缘故，段丽丽跟他说分手吧，她父母是不会同意他们在一起的。

方怡淳就躲在自己家的窗帘后，她实在想不出自己下楼去帮助他的理由，所以她就只能把窗子打开一个缝隙，让风吹些雨丝到脸上，默默站着陪他，一整夜。

他们都感冒了，而且还就在离方怡淳家小区不远的医院里输液。

是段丽丽陪着他来的医院，她看到方怡淳，只是很礼貌地跟她寒暄了几句，而他就在旁边温柔地看着她。方怡淳极不平衡地看见他只需要一针就成功找到血管，而自己却被眼前的小护士连扎了五下。

“喂，你会不会扎针啊？”方怡淳心疼地看着自己被摧残的手，小护士却只是鄙夷地给她翻了个白眼，非常官方地把此次医疗事故归罪到她自己的身上：“人太胖，皮下血管不明显。”然后，护士的第六针明显地加重了力量。

冰凉的针头进入方怡淳青色的脉管，刺痛的感觉虽然只是一下，却仿佛麻痹了她所有的神经，方怡淳甚至没有力气去跟她理论自己一米六五的个子，五十公斤到底胖在哪里？只是呆呆地看着一滴滴浑浊像泪的液体无休止地奔腾进自己的血管，游走全身。

在她病好的时候，方怡淳在楼道口的垃圾桶里，发现了很多张他的照片，有他单人的，也有他和段丽丽的，更多的，是有他有段丽丽，其余的还有很多人。她左顾右盼地确认了周围没有人后，才把他的单人照片悄悄捡了一张回家。

他们最后到底还是分手了吗？方怡淳不断在心中想象，那么，自己怎么可以找到他，他究竟在哪里？她无数次怪自己为什么会喜欢一个并不知道姓名的男生。

（六）

方怡淳终于忍不住主动去询问了段丽丽，尽管，她早就猜到自己会像现在这样，在段丽丽鄙夷的眼神里，把脸颊红成一片。不过也还好，段丽丽似乎也并不想多为难方怡淳，她只是问她："他没有很多钱，在这个城市里连房子都是租住的，这些，你都知道吗？"

方怡淳没有说话，只是点点头。

段丽丽看着她的眼睛沉默半天，才又说："要不要我给你时间，你再好好想想，你真的愿意跟一个漂泊不定的人在一起吗？在父母，亲戚，就连朋友们都反对的情况下？"

"我，"方怡淳顿了一下，然后老实说，"我不知道。"她确实不知道，她甚至也从来没有想过自己父母的意愿，她只是那么单纯地喜欢他，但她从来没有想过，喜欢之后是什么。

于是乎，段丽丽就拉了拉她的手，淡淡笑了，她笑着说："你回去好好想想，如果想好了，就再来找我，到时候我一定会把他的联系方式给你。"

但是，当方怡淳终于鼓足了勇气去找段丽丽的时候，她却居然出尔反尔了，她近乎咆哮地质问她："你究竟有没有考虑清楚？你想清楚了吗？你的今后？未来？"

"喜欢一个人真的需要考虑那么多，那么多吗？"而方怡淳却也只是对着她淡淡地笑笑，她老实地说，"其实，我想了很久也想不出个所以然，所以，我决定只听从自己心的决定，我决定要找到他，然后，认真去喜欢他。"

段丽丽目瞪口呆，最后什么也没有说，但她始终不肯把他的联系方式给方怡淳，甚至连他的名字也不愿意告诉她，她向她这样解释："请原谅我的自私和内心的狭隘，我不可能就这么眼睁睁看着你们花好月圆。如果你们真的那么有缘，那么，你们就一定会再度相遇，那么，到时候我也就无话可说，无力阻止了。"

所以最后方怡淳就只能默默等待，然后期待在某一天的某一个街口再度遇到他，她想，到时候她一定会不顾一切冲上去抓住他的衣摆。

她悄悄地把他的照片和那颗沾有他血液的幸运星星一起留在抽屉的深处。就算他们不再相见，但她也知道，他的青春也许将永远和自己的暗恋定格在那里，不会改变，尽管，他也许从来都不知道，自己曾经迷恋过他。

总是越在意，表现得越无所谓；越难过，看似越幽默。也许，我们真正害怕的，是卸下武装后，比任何人都脆弱的，完全不堪一击的现实的自己。我们始终觉得这一切都太过残酷，但是，又无法怪谁，世间上总有些事情，分不出谁对谁错，不是吗？

我难过，是不能陪你一起老

在他没有来找我的时候，我就明白，爱是一回事，生活是一回事，承诺是一回事，岁月终是另外一回事。

（一）

几乎每一个三年级三班的人，都会认为高新晨是一个传奇，一朵奇葩，不必说他二十岁还在读高三的年龄，也不说他一顿吃四五碗饭还能保持匀称的身材，更不要说他不用怎么认真听课就能拿到很高的分数，当然，除了最重要的高考以外，我知道，他连续交了两年的白卷，就只为等我。而他跟我说过他自认为最浪漫的话，就是："我很后悔我比你早出生两年，导致很多事我们都不能同步，不能一起断奶，不能一起学爬，学走路，更不能在同一个年级同一个班级朝夕相处。所以，我要等你，我想和你上同一所大学，让你的18岁和我的20岁成为一个坎，越过了，我们就一辈子在一起，一辈子同步。"

我真的不知道他的脑子里，为什么会有这么奇怪的想法，但是，我真心建议你去听一听他的天方夜谭，你一定会惊讶，他完全是在鬼扯，却又不得不被他的故事迷住。

课间休息，照例是他和一帮人开小会的时间，我看着他口若悬河就总忍不住把自己的矿泉水给他递过去，我怕他说太多话口渴，我也常常在快上课之前一两分钟里提醒他："高新晨上课了，再说话我可记你小过了。"

他就很老实偏偏头看着我，然后对旁边听得津津有味的人们嚷道："散了散了，班长都发话了，欲知后情如何，请听下回分解。"

直到上课铃声响起了，老师踏进教室的时候，他还要向我举双手比个投降的手势，等着我用力白他一眼，才好好坐下，周围看到的同学都在低声发笑。

（二）

晚上，天都完全黑透了，我去小区里的小卖部买饮料，然后看到高新晨站在对面的麻将馆门口，喊他妈妈回家吃饭："妈，菜都凉了，我都热了三次了。"

"滚滚滚，要吃你先吃，吵得我输了一局，烦死个人。"我知道，这个女人输钱的时候就会尖着嗓子骂人，"我说兔崽子你滚不滚？站在这里晦气死了。"

我买了一瓶可乐喝着，看到高新晨被训斥后低着头从对面的麻将馆走出来。

"喂！"我上前用力拍到他的肩膀上，他稍稍停了停脚步，黑着脸疾步往前走。我追上去跟在他身后，故意问，"又被骂啦？"

"关你屁事！"高新晨停下来冲我大声地吼，吼完转身就走。他需要发泄，还需要一个发泄的对象，我知道。我跟在他身后，陪着他走回家。

我抬头，看着一排排明黄的路灯，就像天上悬着的一排小月亮。

我轻轻叫他："高新晨，你看，我们从一个路灯走到另外一个路灯，像不像走在池塘的水底，从一个月亮走到另外一个月亮？"

他回过头来等我，然后和我并肩走着，他说："你干吗要引用我的经典语录？"

我白他一眼："少来，这是王小波说的。"

他挠挠头笑笑："扯淡，我上辈子说过的话，被王小波引用了而已。"

"无聊。"我又是用力地白他一眼。

他就靠近我低声说："你翻白眼的样子，是最好看的。"

他知道油嘴滑舌了，就证明他已经不生气了，没有任何人可以选择自己的出生和自己的父母，可是，我们却可以选择快乐和不快乐，高兴和不高兴，但不管怎么样，高兴也要过一天，不高兴也还是一天，既然如此，那还不如高兴快乐一点儿的好。

（三）

天气晴朗的日子，我抱着被子在二楼家的阳台上晾晒，我用力撑开被子，刚洗好的头发就在阳光中散开，有细细的水珠飘洒到高新晨的脸上。他在楼下仰头喊我："林微微，这几天的晚自习后我不能陪你回家了，明天后天大后天也不能了，我请了假要去四川亲戚家一趟，回来给你带好吃的"

"谁稀罕。"知道他要离开一段时间，我有些不开心，我趴在被子上，头发垂散下来，然后装作毫不在意地对他说："你最好不要回来。"

谁知高新晨在走回家的路上想了一路，回到家，他把打包好的行李袋翻开，衣物全刨出来，躺在床上假装胃疼，直到他妈妈给他留了点儿钱，丢下他一个人去了四川。

很多年后，我都一直庆幸，高新晨当时留了下来，让我可以看到他不顾一切为我的所有可笑行为，让我可以感动这么多年。

我在这一天放学走到路上的时候，突然觉得脚很麻痹，酸软得简直就走不动路，站不起来，高新晨嫌背着我去医院走得太慢，他看见班上的学习委员骑着自行车从路边经过。就连忙冲过去，一把就把学习委员从车子上扯了下来，拉扯中学习委员的鼻子流了血，流了满脸他也不管，他只是把我抱到后车座上，赶紧骑车带我去了医院。

他在前面用力蹬着，还不忘回过头来耍酷：“别怕，没事的，天塌下来有我。”

我就只好提醒他：“你看着点儿路好吗？我可不想再出车祸。“

原来却只是我贪凉，吹了一夜的风扇，还好肚子上盖了薄被，而腿却不小心受了凉，到医院后又是拔罐又是按摩，等一切工序完毕之后，我的腿上竟然出现了一团团青紫色的瘀斑，我走到镜子前的时候，刚刚被医生允许进门的高新晨就开始在我身后尖叫。

“你叫什么叫？”我头也没有回地在镜子里白了他一眼。

他就站在我身后挠了挠头回答：“你的腿看起来好恐怖。”

“可是我都没有叫，你叫什么？”我看着他一副憋住笑的表情，连忙把自己的双腿藏在窗帘后面。而他就干脆笑出了声，正色答道：“正是因为你没有叫所以我才帮你叫的。”

我用力剜他一眼，大声说：“我不要出门了。”

高新晨便应和着我说：“好，我们可以等到夜深了没多少人了再出去。”

于是，我们从黄昏一直在医院大厅里静坐，看天色一点点变幻，今天晚霞中的天空不知为何美得几乎失去了真实，深蓝，浅色，橘红，浅黄，层层浸染。而我看着看着，就不知不觉在高新晨的腿上睡着了，醒来的时候我已经躺在了自己的床上，值得一提的是我父母为此拷问了我好久，问我是不是早恋了，那个男孩子是谁？

（四）

男朋友的事情还真不算完，既然父母在我口中探听不到他们要的所谓真相，他们就没收了我的手机和笔记本电脑，切断了我和外界的一切联系以后，赶紧把我迅速地转学去了北京，让我在北京姥爷家，心无旁念地上好高三的最后一个学期，考一个北京的大学。

我和高新晨就这么分开了，一切都发生得让人措手不及。

直到高考结束，高新晨把那件百般曲折从他表哥那里抢来的皇马C罗球衣，送给学习委员，才化解学习委员半年来对他的怨恨。学习委员拍拍他的背说："老高，说真的，你当时英雄救美的样子，真的是酷毙了。"

交了两年白卷的高新晨终于考上了大学，还是重点大学，全校都沸腾了。毕业晚会上，我给班主任打电话，大家都抢着电话要和我说话。

"林微微，你一声不吭就走，想死我们了。"他们对着电话大叫。

"林微微，高新晨终于考上大学了哦！"

"林微微，林微微，高新晨报的是北京的学校！"

我握着手机就只知道笑，我知道，我马上就要见到高新晨了，他要来北京了，当然我并不知道的是，当时的他听到同学们这样说，紧张得手心都出了汗，冰凉的啤酒一杯接着一杯往喉咙里灌，直到脸没有那么火热热的烫，酝酿着不知道要和我说些什么。有人把电话传给他，他居然没拿稳，电话掉进火锅里，断了音。

北京这座大城市，是给人造梦的，也有人把梦碎在这里。高新晨有没有来北京我不知道，我只知道的是，他没有来找我。

他这个大骗子，是他说要等我，是他说要和我一直在一起，但是，为什么他不主动来找我？我是骄傲的，所以，我也并没有主动去找他，我只是收到他寄过来的一封快递，里面是我们三年级三班的毕业照，拍照时我并不在场，缺席，是高新晨把我的生活彩照印出来制作成了纸板人，往同学中间一放，咔嚓，三年级三班45个人，最后一个都没有少。

（五）

我开始了我的大学生活，在彻底没有高新晨的情况下，我在大一的时候学会了游泳和羽毛球，在大二的时候学会的下象棋和围棋以及国际象棋，大三的时候又学了国画和书法。我利用所有业余时间去学习新鲜事物，为的是能够忘记高新晨，我知道，在闲下来没有其他事分我的心的时候，我就会想起他。

有很多次，我都以为自己在人群中看到了高新晨，而当我大声叫着他的名字追过去的时候，不是认错了人，就是怎么也找不到刚刚那个似曾相似的背影了。

在大四的时候，我终于恋爱了，我的新男朋友是个很老实的人，对我很好，他不会给我讲那些奇幻的故事，但他却可以给我做很多很多好吃的，在我胃痛的时候给我买三九胃泰，在我发烧的时候陪着我去医院输液。我觉得我应该已经可以忘记高新晨了。

我和我的男朋友相处了一年，我已经完全习惯了他无微不至的关怀和体贴，然后我在大学毕业以后就决定嫁给他。在我结婚的那天，三年级三班能到场的人都到了，除了高新晨。

他们都说我穿上婚纱漂亮极了，我羞红着脸问他们："高新晨去了哪里？我有好多年没有见到他了，不是说他报了北京的学校吗？"

"高新晨去了南极。"这是学习委员说的。

"那小子，还给我寄了企鹅和鲸鱼的照片，还有还有，和金发美女合影的照片。"班主任轻轻笑笑。

众人七嘴八舌，提到高新晨每个人都兴奋得停不下来，他们争抢着讲关于高新晨去南极的传奇事件。他站在轮船上把自己裹成粽子，他抱起了比他人还大的一块大冰块，他给海狮们投食……他把他的一路经历都分享给了大家，当然，除了我。而他们每个人谈起高新晨，脸上都带着快乐和些微隐约的哀伤。

他们所有人都默契地，没有去提起高新晨去了南极之后行踪不明的事实。

他们也都看过，那一张不能让我看到的照片，刻在南极冰层上的字：高新晨爱林微微，永生永世，生生世世。

所有人都瞒着我，不告诉我，原本，高新晨去南极是为了给我做一个礼物，做一个他一个人南极之行的图集，我从小就贪凉怕冷，他是知道的，但他却很喜欢冰天雪地，所以，他自己去，然后回来以后再把美景跟我分享，只是，他没有想到，他没有能够回来。

天下没有不透风的墙，也没有永久埋藏的秘密，后来我终于从高新晨未写完的博客上看到了这一切，在我的威逼之下，学习委员终于对我吐露了所有真相，然后，我就把自己关在厕所里独自哭得很厉害，此时，我已经结婚了，我的老公在门外关切的问我："怎么了？你到底怎么了？"

我就只能回答他："没什么，我只是吃坏了肚子。"

我突然想起夏雨荷说过的话，她说，她盼了一辈子，等了一辈子，怨了一辈子，可是依然感谢上苍，给了她这个可等，可盼，可怨的人，否则，生命就如一口枯井，了无生趣。

但是高新晨你知道吗？

两个人并不等于我们，况且我还是我一个人，所以我不可以等你一辈子，你不来，我不怕死，也不怕活下去，你要怪，就尽管怪我吧。我只是难过，我不能，陪你一起老掉。

我把青春耗在暗恋里，

还不是想要和你在一起

对着电视机屏幕，我不停地撕扯绞揉着手中的纸团，咬牙切齿，咒骂这个，我追了很久的恶俗电视剧，居然被我猜中了结局。

而更让人恶心的是，我还感动得稀里哗啦地流泪。

两个人，真是看着对方长大，看着暗恋成长，终于好像白玫瑰般含苞待放了，却被自己连根拔起，把融化的感情放进了冰箱，而就在背后那么深深浅浅地暗恋着他。

跟他发生过的那一切，曾经的一颦一笑甚至连呼吸都是那么的真切。所以，我又常常会心甘情愿地付出一切该付出的代价。

其实，爱过了他，我还可以爱别人，只是别人回应了我，所以，我暗恋的，只有他。

（一）

许格飞透过星巴克的落地玻璃窗，对着我使劲招手的时候，我正百无聊赖地喝着最喜欢的摩卡星冰乐，牙齿不停地戏弄着嘴里的吸管。并不在乎自己最近的生理期，会不会承受不住这种冰冷的温度。

他落座后递过来的烟是黑魔，喝的依然是卡布基诺加了双份的奶精和白糖。

我摆了摆手，指了指自己桌上的DJ，心下在想，可怜的娃。

他坐下后没多久又立刻起身，拿回几个糖包的同时也取了只新的吸管，放在我的杯边笑笑说："你的牙齿多动症还没好呀？"

我紧接着不客气地回敬他一句："你也应该得了糖尿病了吧！"我甚至可以猜到他家里的书架上一定还搁着那套《尼罗河的女儿》，因为高中的时候我是那么地迷恋筱原千绘。

我低头挑动塑料杯中的奶油时，在猜想许格飞看到我直到现在还在抽DJ，还喜欢喝摩卡星冰乐是不是也会无声叹息呢。

仅仅只是一个小习惯或者身边的物品，就能出卖了你的回忆。

三年没见，加上意外的重逢，所以，我们的话题很多，几乎每一个同学都聊到了，就是没有聊到我们自己，大家都相当默契地在逃避着一些事，他不问，我也不会主动去说。

在饮料见底的时候，我突然发现，有一种情绪是那么的强大，并且杀伤力可以无可抵御，那就是让你全情投入一切但结果不如自己期盼的人，就像此时需要掩饰时不断地吮吸吸管，呼哧呼哧的声音，无情地暴露杯子里早已经没有了水。

如果一个男的愿意给你做饭，愿意给你煲鸡汤，愿意给你系鞋带，请相信我，至少在那一刻的时候，他是真的喜欢你，而如果他做饭、煲汤后还愿意洗碗，会在见你的时候把自己的鞋子刷得很干净，好吧，那一定不止是喜欢而已。

在耐性上，男生一般会输给女生，许格飞终于忍不住说到了我们自己，说实话，我已经等这刻来临很久了。

他神秘地向我招招手，示意我向前靠近点儿，我欲罢不能地白他一眼，不情不愿，还迫不及待地伸过去自己的耳朵，我还是这么的自以为是。

他凝重地说我老了，皱纹都增加了好几条，乍看还以为，遇到的，是我妈。

我眼角的太阳穴突突地跳了几下，笑容仅仅在脸上只消失了 0.0001 秒就继续保持了下来，还持续地更加灿烂。

我靠上椅背，以一种轻松的语调咬牙切齿地赞扬他胖了，富态得肚子上都流了油，侧面看简直就像孕妇。余珍筝怎么会看上你？

许格飞终于忍不住在对面笑开了怀，他眼神很认真地说："林微微，你真的一点儿都没有变！"

我低下头不知道该说什么好，只是用手指把塑料杯捏得咳咳咳地响，看着刚刚装饰修整过的水晶甲片慢慢陷入回忆。

（二）

我喜欢在余珍筝面前修剪指甲，我是故意要在她面前剪的，我唯一的优势就是我的手指更加细长，在这一点上，得益于我从五岁开始学习弹奏的钢琴，而余珍筝的手指并不好看，和一般女生并无二致，但是很明显，她的腰更好看些，细长，虽然看上去有些水蛇腰，可却非常曼妙。

以前在课间，在楼道的拐弯处，我会带给余珍筝，她喜欢的歌星新出的专辑，而她会把最新淘来的男明星照片用来交换。高挑美丽的我们永远都是楼道里的一处靓丽风景，并且还要一起，故意笑得猖狂。

我们都允许自己骄傲得和公主一样，一起讽刺那些土豆一样的男生。

他们时常写情书给我们，我们会交换着看彼此得到的情书，总是尽力嘲笑。

天知道，那个时候，我们两个有多么狂野！甚至，到了目空一切的程度。

许格飞是每一个班上女生的喜欢对象，当然，只有同年级的管晴朗可以比拟。他的格子衬衣甚是好看，还有他的头发，黑得如夜，最亮的是他的眼睛，好似一面湖，让我深深掉落下去，上不来。

余珍筝常常痴痴地看着他，他并不爱说话，只是在有阳光的下午，靠着教室的窗户翻看那本边角都已经磨损的《尼罗河女儿》，暖色调的光芒里，他的样子甚是性感懒散。

“许格飞，你喝不喝水？”不管是何种样貌的女生在旁边拿瓶农夫山泉，这样说的时候，他都会微笑着点头接过来，用细巧的声音说：“好的，谢谢。”

虽然，只有仅仅四个字，可是却已经震天动地。

我喜欢有这种语气的男子，觉得他有一种说不出的气场笼罩着自己，他的千般万般的好，还有，他的目光散淡。

“许格飞？”余珍筝的声音很大，并且叫得并不客气。

“有事？”他却态度亲切而礼貌。

“有本新书，你看吗？”她拿本书就想当作诱惑的道具。

他笑笑回答：“我早看过了，不算新，不过谢谢。”

余珍筝很颓然，我却暗自欣喜。

然后，我会装作心无旁骛地从许格飞旁边走过，他就会站起来递一瓶矿泉水给我，我就扭开盖子，捧着哧溜哧溜地吞咽。而这个时候余珍筝慢慢靠近过来，只是一句话便冰冻了一切，她说：“如果我智商稍微差一些，我可能就会喜欢上他，比如，像我们班那些傻姑娘们一样，站在操场边为他加油。”

“你以为我是你？这么容易就动心？我是不会轻易为一个男生动心的，你知道我的。”我禁不住骄傲地回嘴，说得是那么的理直气壮。

（三）

我硬拖着许格飞去看刚刚张贴出期中考试的成绩排名单，踮着脚尖努力地用手指指着与自己名字隔了大约一指来宽的第一名，自以为是地嚷嚷着管晴朗这个陌生的名字。我说我喜欢他，却只是因为，这个名字永远都高高矗立在这张红色的纸张上，从厚实的云层，冒出的淡泊的光线里，耀眼生辉，那个位置拥有着我学生时期天然的，不容忽视的骄傲与荣光。

我在那里指手画脚的同时，密切地注意到许格飞的脸色越来越淡，如透明的脂玉，全无半分的血色，黑白分明的眸子里有着薄薄的水纹，稍一触动便起了涟漪。

我得意地转身回头，额头却猛然磕入一片温暖柔软之中。

"谢谢你。"眼前的男孩干净阳光般的笑容在眼前绽放开来。

"谢我什么？"我装模作样地揉着自己的额头，在手掌的遮挡下暗自窃喜。

"谢谢你刚才说，喜欢我。"

"什么？"我用自己在镜子前练习过无数次迷媚的眼神投向他，天真无邪地羞红了脸庞。

"我是管晴朗。"他有些讪讪的。

"我叫林微微。"为了表现女生的矜持，现在就应该是要羞愧地逃跑吧，"高一（三）班的。"在迈腿时我着力补充道。

许格飞知道我没有每天吃水果的习惯，只是碰上了就啃一个，给我两个，我会当场吃掉一个，还有一个就放在自己伸手可及之处，想起来也就吃了。

有一次他给了我一个苹果，我直接就放到嘴里去了，他看了觉得又好气又好笑，然后死劲地咬嘴唇，该怎么跟我说呢？"那个，微微，苹果都还没洗呢！"

我根本就不理他，哦，没关系，应该吃不死的吧。然后回头踮着脚用手指戳了戳他的额头恨恨地嚷道："没洗就给我吃啊？"

他无奈地皱一下眉头，然后撇了撇嘴："你给我吃的都洗过了啊？"

我转了转大大的眼睛想了一下："没，哈哈。"

其实，许格飞根本就不喜欢吃苹果，只是喜欢吃苹果味的棒棒糖，但我却常常说吃多了糖会蛀牙的，不健康，还是多吃水果的好。

我以为，这样做其实管晴朗是不会注意到自己的，经过他班级的门口前，我会好好地慢慢地走过去，摆出淑女应有的仪态挺胸抬头，然后对许格飞说："多希望在下一秒他往窗外看一下，然后就那么一瞬间对我一见钟情。"

"你想吃麦丽素吗？"而管晴朗居然，就站在他们教室门口叫住我。

"好啊。"我心虚地点着头，当着许格飞，脸上的表情不得不十分欢乐，我大声说，"小时候这个才卖一块钱一袋，而且根本不叫麦丽素，叫朱古力。"我问他："你吃过一分钱一个的汽水糖吗？还有满街都是粘死牙的五色糖果，有樱木花道和流川枫图案的？"许格飞慢慢走开，我莫名的话很多，却发现说的一切都是我与许格飞的曾经。

"那珍宝珠呢？"管晴朗会笑着接茬，而我是带着脸上全部的欣喜点头的，因为，这是许格飞的最爱。

当我满嘴巧克力味地从教室后门偷溜回教室的时候，许格飞就坐在我的旁边，身上冒着一股热气，脸蛋红红的，还有些狂奔后的气喘吁吁。

他从桌子下面伸手过来拉住我的手，然后用手指慢慢地把我的手掌摊开。

"你干吗啊？"我不好意思地用下巴顶着桌面小声问他。

"给你糖！"他吸了口气，默默把一袋麦丽素搁在我的手心里。

"怎么？今天麦丽素大减价吗？"我好奇地问。

"我不知道你究竟喜欢吃多少，所以，把小卖部的存货都买了。"许格飞嘟囔着，又不断从包包里一包一包地掏着，慢慢地放在我课桌的抽屉隔板上，堆满了。

"还真是大减价啊！"我笑嘻嘻地嚷嚷着。明明知道，追男孩的招数又俗套又白痴，但是我却一样会去买这样那样白痴的书籍，然后心甘情愿地变成一个白痴，按照那些傻傻的激将方法来喜欢他。

（三）

稀薄浅淡的阳光从棉花糖一样蓬松柔软的云层里穿射出来，照耀进学校旁边那个种满玫瑰的西餐馆里，其实，在这些谈话的以前还有以后，我从来没有想到会有这些无所预料。

"你喜欢管晴朗？"余珍筝单手端起杯子，晶莹的脸庞映衬在灯光下柔和了全部的线条。

“当然。”我认真地点点头。

“那你能不能把许格飞让给我？”她不好意思地看着我。

“哦。”我低头喝了口饮料，暗怪自己的作茧自缚。

“可以吗？”她追问，那么的急切。

“今天逛街，你都买什么了？”我故意岔开话题，把自己窝进沙发里蜷起腿，一边使劲地掐了一下自己，会疼的。

“我就随意买了些，买了些许格飞最喜欢的珍宝珠。”余珍筝的笑好像比糖果还要甜腻。

“原来你也知道啊。”我忽然感觉那样的笑是痒痒的，就像一片羽毛飘进心里。不自觉闭上眼睛，脑海里全都是凌乱的思绪，拢不出个具体形状。

“你喜欢许格飞还是管晴朗？”

我呆愣了下，根本就来不及掩饰，因为，原本，两个人都小心翼翼应对的状态下，余珍筝这句话相对问得太过突然，我无语苦笑着直视她眼睛的时候，她却刻意地回避了。

“嗯。”余珍筝点点头，“谢谢你，微微。”她的声音很淡，因为，我根本就不会知道，她的手机已经把这些对话连同这片刻的沉默，都通通送到许格飞那里。“明天我生日，叫上管晴朗好吗？”她满意地挂掉手机，然后向我发出诚挚的邀请。

女孩子的友谊是不牢靠的，它太会因为一些外在因素而发生质的改变，也许天性使然，女生大多善妒善变，而且敏感又脆弱，别说是成为闺中密友了，就连普通朋友也常难维持长久。有人说过，幸福的女生是不能当闺密的，因为与比自己幸福的女人相处，女生的心难免会有些不平衡，女生总是喜欢攀比，比成绩，比容貌，甚至连衣着发型也要比一比，更何况，同时爱上一个优秀的男生，女生们那可怜的小虚荣心又如何平衡得了呢？

KTV 里异常热闹。早到的余珍筝和许格飞正在合唱一首《明天我要嫁给你》，桌上摆满了罐装的啤酒和大袋大袋的麦丽素。有不同面貌的小姐妹在划拳喝酒，四处都是欢腾的音符。

我与管晴朗站在背光的门口，有眼尖的人将我们拉进包房。

余珍筝穿着洁白的泡泡裙装，唇角微扬，她说：“微微，我最好的朋友，你来我真的很高兴。”她放下手中的话筒。“微微，我们来猜拳，输的可是要喝酒的哟！”管晴朗刚要阻止，余珍筝已将手中的啤酒一饮而尽，用手指揩着嘴角，“不会不给面子吧！”

“好啊。”我笑着，然后努力让自己镇定下来。

“怎么？你要代劳？”余珍筝直视着管晴朗瘪了瘪嘴巴，“还真是护花呢，不过我们换个规矩，我输了你喝，微微输了……”她笑吟吟地望着许格飞，“你来替她喝吧。”

我不知道那天到底喝了多少酒，也不知道为什么越是紧张越是次次输掉，我看着许格飞渐渐不支的身体，抢身过去抓起大罐的啤酒直接倒进胃里。

管晴朗终于忍不住拉起满身酒气的我：“微微，咱们走吧！”

起身的前一秒，余珍筝过来摁住我的肩膀说：“我们来玩最后一次！输的人喝光桌上的酒，而且不能找别人代替！”

不理管晴朗的阻止，我几乎是用吼的立马应战。

于是，那夜，我在 KTV 里已经醉到意识模糊，我记得许格飞大叫着：“林微微不要，林微微你别这样！”然后，在走出 KTV 的一瞬间，就跌倒在地上不省人事，是管晴朗送我回家的。

厕所里哇啦哇啦呕吐到毫无形象时，我望着洁白瓷面上的秽迹，想起最后一场，KTV 里余珍筝胸有成竹的样子，她说：“林微微，你不要逼我，不然我会让许格飞一辈子内疚不得安生．”然后我清晰地看见她用左手在自己手腕上，虚做了个割腕的动作。

我原本已经握紧的拳头一点点摊了开来，而余珍筝的手指捏成一个剪刀的形状，稳稳地定格在我的眼前，在所有人的欢声笑语里。

（四）

我开始早早地就到达学校，用耳朵认真聆听自己孤独的脚步声回荡在空空的楼道里。我尽量避免与一个个睡眼惺松的同学打着招呼，避免近距离地闻到各种不同的，并不属于这个学校的气息，男生衬衣上掩不去的香烟味，女生脖颈间浓郁的香水味，以及偶尔夹杂早餐余息的问候。

更多的理由是，我不想在不经意间碰到我不想碰到的人。

我常常站在教学大楼的顶层，看着他们并肩推着自行车从操场上走过，想象着自己坐在许格飞的自行车后座上，环抱着他的腰，把脸埋进那随风飘起的白色衣角里。

管晴朗说："喜欢一个人，其实可以选择沉默。"

然后他看我的眼神有些孤注一掷："你喜欢的人是许格飞吧？"他问，我的眼就突然通红开来，原来，他是知道的。

我所做的，就是回到座位后安静地给许格飞发短信："我讨厌你，你不要来找我说话，即使来找，我亦不会理你。"这格式与六七十年前张爱玲写给胡兰成的并无异致。

我已经开始忘记是什么时候开始喜欢许格飞。却只记得，他跟我刚刚形同陌路，有且只有一个月的时间，看起来不很长，但却仿佛在我的世界里脱轨了很久很久。

管晴朗常常找借口来找我，理由是与我一起参详拆散他们的方法。

我承认，这个提议别具诱惑，而我也明白，自己并不是真的要去实施，但却有一种冲动会让我不断臆想。

管晴朗说知己知彼，所以我们会因为跟踪许格飞和余珍筝而一起看了一场电影，他和我同吃一桶五色的爆米花，会在情节紧张的时候不小心地将我的手指突然握住。

看到余珍筝骑着旋转木马嘟嘴装可爱的时候，我会侧过脸故作恶心想吐的动作，他笑眯眯地捧着手要为我接住。我嘲笑他从海盗船上下来的一脸发白，他皱着眉毛转过头去悄悄吞下颗速效救心丸。

我们一起吃过哈根达斯，星巴克，麦当劳，必胜客，肯德基，他认真地记得我只喜欢哈密瓜口味的冰淇淋和摩卡星冰乐，要披萨还要提拉米苏，吉士汉堡不要芝士，蛋挞永远只吃普通的葡式。

终于，我对管晴朗说算了吧，在无数次破坏计划演变成他对我明目张胆的约会后。"我有你，就够了。"我低头说得很忐忑。

也许青春里所有的事情都一样，看似隆重难忘，其实分外简单，不过如此。而青春里所经历的那些事那些人，也不过是记忆里或深或浅的一抹绯红，仅此而已。

又是一口冰凉的咖啡，甜甜的，早已没有咖啡应有的原苦味道。

"在想什么呢？"许格飞的话把我从回忆里拉了出来。

我对着窗外已经渐渐暗下的天空说："晚上的空气好像要比白天好很多！"

从星巴克出来的时候，附近的商铺里也都陆续地亮起灯光来。连天边最后一丝微亮也被汹涌翻滚的云团迅速地吞进干净。

许格飞提出送我，我点点头，然后仰头用力呼吸着，莫名地怕有眼泪掉下来，张开手臂懒散地走着，因此脚步也有些歪斜。

我齐腰的长发在风的牵动中触到他的手指，他侧身在我的斜身后，用手掌擎起我的末端发梢，而我却依旧装作懵然不知地继续向前走着。

然后在十字路口分别时，我们默契地相互背对着离开，并没有说再见。

在中途，我曾偷偷回过头看他的背影，直到我们两人间相隔了很长一段距离后，才拾级而上。而许格飞越走越快，最后变成跑步跑到街尾的转角，在转角处停下，在我注意不到的时候，回头，默默看着我没入昏黄的门厅灯影内。

常常看到许多以人生导师自居的人们，在那里叮嘱别人，不要走着走着就忘了初衷。其实恰恰相反，不是我们忘记了初衷，而是初衷渐渐变得没有想象的那么重要。

例如我，就算暗恋，可依然没有和他在一起，这也许才是生活。

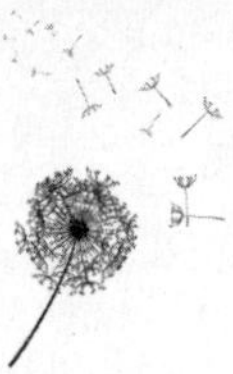

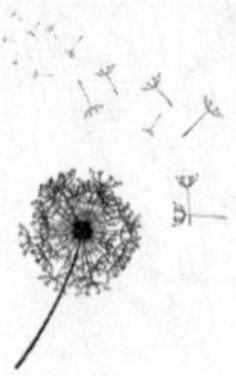

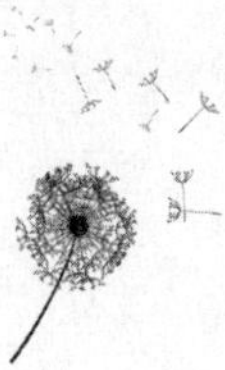

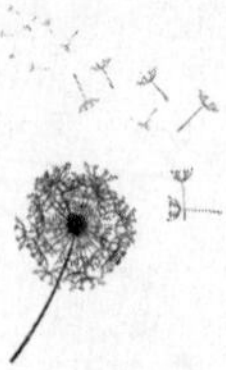